근대 일본의 문단연애사

"이 번역서는 2012학년도 대진대학교 학술연구비 지원에 의한 것임"

근대 일본의 문단연애사

다나카 준 지음 | 임명수 옮김

어문학사

옮긴이의 말

　　작가에 있어서 '연애'는 일종의 센세이셔널한 의미를 갖는다. 어떤 의미로는 '연애'라기보다는 몸과 마음을 다 소진시키고 죽음까지도 수용하려는 극단적인 태도— '정염(情炎)'의 성격을 띠고 있다.

　　이러한 정열적인 연애는 반드시 작가에게만 존재하는 것은 아니지만, 창작가에 있어서 그들의 연애 내지는 정사(情事)의 경험은 커다란 상흔이 되기도 하고, 혹은 그것이 인생관이나 애정관, 여성관 등을 일변시켜 나아가 걸작을 탄생시키는 계기가 되기도 한다.

　　다케다 다이준(武田泰淳, 1912~1976)은 『여자에 대해서(女について)』라는 수필에서 '작가들의 성격은 그들의 작품에 등장하는 여성에 적확(的確)하게 나타나고 있다'고 정의하고 있다. 이것은 작가의 작품 속 여성상의 소묘는, 작가 자신이 체험했거나 동경했던 연애, 여성과의 관계 등에 의해 형성된 일종의 작가 개인적 '시점(~觀)'에서 형성된다는 의미일 것이다. 그만큼 작가에 있어서 '연애' 체험은 그들의 문학 창작에 적지 않은 영향을 미치고 있다 할 수 있다. 따라서 작가론이나 작품론은 이

것을 무시하고는 성립되기 어렵다는 것이 나의 사견이다. 그러한 의미에서 작가의 연애 체험을 검증·참고하는 것은 단순히 그들의 사생활이나 비사(秘事) 등을 추적하는 것이 아니라 일종의 문학사(文學史)상의 조사(調査)라고도 할 수 있겠다.

본 역서는 저자의 저널리스트다운 정보력, 관찰력을 바탕으로 자연주의 전성기부터 다이쇼문학 말기, 아쿠타가와 류노스케의 죽음에 이르기까지 작가의 연애 체험을 가능한 한 선입견을 배제하고 사실에 의거하여 기록한 것이다. 이 역서의 흥미로운 점은, 메이지기의 관념적인 연애관이 무참하게 무너지고, 현실적인 연애관과 퇴폐적인 기풍이 다이쇼기를 어떻게 지배하고 있었는지를 객관적으로 설명하고 있다는 것이다.

역서 전반에는 기독교 사상, 유럽 낭만주의의 여성숭배(존중) 등의 영향에 의한 연애상을 도코쿠(透谷), 돗포(独歩), 도손(藤村) 등의 연애를 들어 구체적으로 설명하고 있다. 그리고 일본 근대화가 보여준 반봉건적(半封建的) 과도기 현상은, 구시대와의 충돌과 갈등을 심화시켜 연애에 있어서도 어중간하고 불완전한 양상을 여실히 보여주었다고 본 역서는 역설(力說)하고 있다.

후반에는 전반의 낭만적 분위기로부터 일변하여 너무나도 인간적인 연애 이야기를 전개하고 있다. 퇴폐적 상상력이 풍부했던 아쿠타가와 류노스케(芥川竜之介)의 여성관계와 죄의식의 문제, 부르주아(bourgeois) 굴레에서 완전히 벗어나지 못하고 진정한 자유인이 될 수 없었던 아리시마 다케오(有島武郎)의 고뇌와 비극적 정사(情死), 위로와 공감으로 맺어진 히구치 이치요(樋口一葉)와 나카라이 도스이(半井桃水)의 은근한 사랑 등도 사실에 의거하여 담담하게 소개하고 있는데, 독자들은 공감과 더불어 애잔한 감동을 느낄 것이다.

이처럼 연애와 예술에 목숨을 건 작가들의 생애—일본 근대문학사의 화려한 한 페이지를 장식한 작가들에 대한 저자의 냉철한 분석은, 연애 당사자인 작가와 그의 문학에 대해 재평가할 계기를 제공하고 있다고 생각한다.

　본 역서에 등장하는 인물, 지명, 잡지명, 사항 등은 검증을 거쳐 가능한 한 한글표기법에 맞추어 기재했으며, 작품명이나 잡지명 등은 원칙적으로 번역에 의한 이름으로 기재하였으나 부분적으로 편의상 일본어 발음대로 기재한 것도 있다.

　끝으로 미진한 부분이 있다면 기탄없는 질정을 바라며, 이 역서가 출판되기까지 수고를 아끼지 않은 도서출판 어문학사 편집실 여러분께 감사드린다.

2012년 7월 12일

역자

차례

『후톤(布団, 이불)』의 진상

모델 구경하기

기억하건대 1911년(明治44)으로 메이지시대가 끝나기 1년 전이었던 것 같다. 나는 그해 여름을 규슈(九州)의 벳푸(別府)에서 보냈다. 아직 간사이학원대학(関西学院大学) 학생으로, 학교로부터 벳푸교회 봉사 명령을 받아 그 온천마을에 머무르게 된 것이다. 그러나 봉사명령이라 해도 기껏해야 신자 20명 정도의 작은 교회였고, 당시 21세였던 나에게 할 수 있는 일이라고는 아무것도 없었다.

"뭐, 온천에 쉬러 왔다고 생각하고 푹 쉬었다 가세요."

연상의 여자와 결혼한 지 얼마 안 되는 목사의 권유를 핑계 삼아 나는 매일 여관방에서 빈둥거리며 소설만 읽고 있었다.

읽고 있는 소설들을 빌려준 것은 동갑내기 아베(阿部)였다. 그는 오이와케(大分) 중학교 교장의 아들로 한때는 구마모토(熊本)의 고등학교에 입학했지만, 얼마 안 있어 폐병에 걸려 조금 다니다 자퇴하고 지금은 벳푸(別府)에서 요양하고 있었다. 그는 중학생 때부터 작가 지망생이었다. 당시 인기를 끌기 시작한 와카야마 보쿠스이(若山牧水, 1885~1928)[1]의 열성팬으로 항상 그의 가집(歌集)을 호주머니에 넣고 다녔다. 또 당시 인기를 끈 소설은 거의 가지고 있었다. 교회에서 한두 번 만나면서 친해졌는데 어느 날 나를 찾아와 무슨 빅뉴스인 것처럼 눈을

---

1 메이지, 쇼와 전기(前期)의 가인(歌人).

번뜩이며 이렇게 말했다.

"다야마 가타이(田山花袋, 1871~1930) 『이불』[2]의 모델이 여기 벳푸에 와 있어."

다야마 가타이의 『이불』은 4년 전 1907년(明治40) 9월 「신소설(新小說)」[3]에 발표되어 문학계 내외에 대단한 센세이션을 불러일으키고 있었다. 작가가 스스로 자신의 경험을 그렇게 노골적으로 적나라하게 묘사한 작품은 여태껏 없었기 때문에 이것도 소설인가라는 평가를 중심으로 문단 내에서 격렬한 논쟁이 몰아치고 있었다. 한편 문단 밖에서는 이 작품에서 풍기는 생생한 육욕의 냄새에 놀라 도덕론의 소용돌이 속에 머물고도 있었다.

물론 나는 이 작품의 위치를 알고 있었고, 이미 10여 일 전에 「가타이집(花袋集)」을 통해 읽은 지 얼마 안 되는 작품이기도 해서 아베의 말에 강한 흥미를 느꼈다.

"그러니까 그 요코야마 요시코(横山芳子)라는 여자가 와 있단 말이지?"

"응, 다나카 히데오(田中秀夫)라는 남자와 결혼해서 아이도 있대."

"만나봤어?"

"응, 내가 묵고 있는 여관에 있어. 4,5일 전에 내가 복도에서 보쿠스이 시집을 읽고 있는데, '보쿠스이를 좋아하세요?' 하고 말을 거는

---

2 메이지, 쇼와 전기(前期) 자연주의 소설가. 『이불(布団)』은 사소설의 출발점이 되었다.

3 일본 근대문학 잡지. 1889.1~1890.6(제1차), 1896.7~1926.11(제2차), 1927.1 『흑조(黒潮)』로 개명, 같은 해 3월 3호만 발행.

거야. 그리고 보쿠스이와 아는 사이라고 하더라고. 그래서 이것저것 묻는 와중에 자신이 『이불』의 모델이라서 마음고생을 많이 했다고 하더라."

그리고 그 다음 날인가 아베의 권유로 그들 부부가 묵고 있는 여관을 방문했다. 그 여관은 벳푸에서도 하마와키(浜脇)온천에 가까운 곳에 있었으며 지은 지 얼마 안 되는 새 건물이었다. 가타이 소설에 등장하는 나가요(永代, 본명)는 작품 속에서는 기독교 분위기의 거만하기도 하고 경박스러운 면이 느껴지는 인물로 보였다. 그런데 내가 처음 본 그는 아주 소탈해 보였다. 아베가 그에게 나를 소개하자,

"아하, 모델을 보러 오셨군요."

하며 큰 소리로 웃었다. 그 웃음소리나 표정에서도 거리낌이 없었으며 의외로 모델의 운명을 달관한 듯 보였다.

그 옆에 앉아 있는 미치요(美知代, 요시코의 본명)[4] 부인은, 작가 가타이가 연모의 감정과 함께 작품에 소묘한 용모의 소유자처럼 느껴졌다.

요시코는 여학생치고는 화려한 편이었다. 금반지를 끼고 한창 유행하는 벨트를 맨 채 단아하게 서 있는 모습은 주변 사람의 눈길을 끄는 데 충분했다. 예쁜 얼굴이라기보다는 표정이 살아 있는 얼굴이랄까, 무척 아름답게 보일 때도 있었지만 추하게 느껴질 때도 있었다. 번득이는 눈빛에서는 그야말로 생동감이 느껴졌다.

---

4 오카다 미치요(岡田美知代, 1885~1968), 소설가.『主婦之友』기자.

생동감이 있고 맑고 아름다운 눈―그것은 당시 자아에 눈뜨기 시
작한 새로운 지성과 감성을 가진 여성들의 마음의 창이었다. 때로는
아름답기도 하고 추하기도 하다는 당시 가타이의 관찰력도 대단하다
고 감탄했다. 나는 그해 여름에는 가끔 그들 부부를 만나기도 하고 간
카이지(観海寺)로 1주일 정도 함께 여행한 적도 있었다. 그런데 그날그
날 기분에 따라 그녀의 얼굴과 표정이 수시로 바뀌는 것에 무척이나
놀랐다.

『이불』 사건

여기서 『이불』이라는 작품을 읽지 않은 독자를 위해 간단히 사건의
전말을 소개하겠다.

다야마 가타이가 34세 되는 해, 러일전쟁 종군 후 일생에 처음 경
험한 사랑이었다. 상대는 오카야마현(岡山県)의 독실한 기독교 신자이
며 자산가의 딸인 미치요였다. 그녀는 고베(神戸) 야마테(山手) 거리에
있는 고베여학원(神戸女学院, 현 고베여자학원대학)에서 학창시절을 보냈다.
그 학교는 미션스쿨(mission school)로 기독교에서는 비교적 자유스럽고
진보적 성향을 띤 교파에 속해 있었다. 때문에 학생들에게 소설을 못
읽게 하는 엄격한 학교는 아니었다. 미치요는 19세 때, 당시 히로부미

관(博文館)에서 지리서를 편집하는 일을 하며 낭만적 소설을 쓰고 있던 가타이에게 제자로 입문하고 싶다는 내용의 편지를 보냈다. 가타이는 처음 편지를 받았을 때는 답장도 하지 않고 별 관심도 없었다. 하지만 그 후에도 그녀에게 계속 편지가 오자 가타이는 그녀를 단념시키기 위해 처음으로 답장을 보냈다. 그것을 계기로 결국에는 부모님의 허락을 받은 그녀는 가타이 집에서 기숙하게 되었다.

당시 두 딸을 낳아 기르고 있는 아내에게 불만을 느끼고, 또 작품 때문에 절망하기 시작하여 슬럼프에 빠져 있던 가타이에게 아름다운 여학생과의 접촉은 활기를 불어넣은 셈이 되었다. 주체할 수 없을 정도로 즐거워하는 그의 표정을 보고 질투하는 아내 때문에, 잠시 미치요를 그의 친척 집에서 생활하도록 했다. 하지만 그럴수록 오히려 그녀를 향한 연정은 더욱 타오를 뿐이었다. ‘아내가 있고, 아이가 있고, 세상의 눈이 있고, 더구나 사제 관계였기 때문에 격렬한 사랑에 빠지지는 않았지만, 이야기를 나눌 때 가슴의 요동, 마주보는 눈빛, 그 속에는 분명히 처절한 폭풍이 감춰져 있었다’고 적고 있는 것은, 당시 가타이가 느끼고 있던 두 사람의 감정이었다.

그런데 여기에 한 젊은 남학생이 그녀의 연인으로 등장한다. 아까 등장한 나가요 시즈오(永代静雄)[5]이다. 당시 21세로 그가 간사이학원대학에 다닐 때 고베의 한 교회에서 만났으며, 미치요가 상경한 후에도 편지를 주고받는 친구 사이였다. 어느 해 여름, 그녀는 오카야마현의

---

5 1886~1944. 소설가, 신문기자.

시골에서 다시 도쿄에 오는 도중 교토(京都)에서 그 남자친구를 만나 이틀 정도 함께 지냈는데, 그때 두 사람은 육체적 관계도 맺게 되었다.

가타이가 이 두 사람의 관계를 알게 된 것은 그녀가 도쿄로 돌아온 지 얼마 되지 않았을 때였다. 그는 그들의 관계가 이미 거기까지 갔으리라고는 생각하지 않았다. 그가 미치요를 추궁한 결과 '사랑, 신성한 사랑'. 두 사람은 절대로 죄를 범하지 않았지만, 언젠가는 꼭 그 사랑을 성취하고 싶다고 애절하게 바라고 있을 뿐이었다.

새로운 애인의 등장은 이미 그녀에게 푹 빠져버린 가타이에게는 견딜 수 없는 큰 타격이었다. 그는 괴로운 나머지 매일 술을 마시고는 죄 없는 아내에게 분풀이를 했다. 평소 자유연애를 주장하던 그로서는 그 두 사람의 사랑을 대놓고 반대할 수도 없었다. 거기서 그는 두 사람의 사랑을 '이해하는 보호자'가 되겠다고 그녀에게 약속하고, 일단 제자리로 돌아와 공부에 전념하도록 설득했다. 그러나 얼마 되지 않아 나가요가 교토에서 상경했다. 처음에는 잘 타일러 교토로 돌려보냈는데 다시 도쿄에 온 것이다. 그는 이미 다니던 학교까지 그만두고 이번에는 도쿄에서 작가가 되고자 상경했다고 했다. 가타이는 불안과 분노가 동시에 폭발했다. 그는 두 사람의 사랑이 '신성한 사랑'이라는 말에 —지금까지는 질투심을 억누르고는 있었지만 나가요가 거의 정착할 요량으로 도쿄에 와 그녀를 만나고 있다는 사실을 알게 되자—더 이상 '이해하는 보호자'라는 가면을 쓰고만 있을 수 없게 되었다. 가타이는 이 사실을 오카야마현에 있는 그녀의 부친에게 알리고 상경할 것을 재촉했다.

두 사람의 사랑이 '신성한 사랑'이 아니라는 것을 안 가타이의 절망의 고통은 극에 달했다. 그리고 그가 3년간이나 짝사랑했던 미치요는 그녀의 부친에 이끌려 오카야마로 돌아가 버렸다.

이렇게 가타이는 다시 '외롭고 황량한 생활'로 돌아갔지만 떠나가 버린 미치요에게서 받은 상처는 치유되지 않았다.

어느 날 그녀가 지내고 있던 방을 찾은 그는 그녀가 사용했던 침구를 꺼내 얼굴을 파묻고 마음껏 그녀의 체취를 느꼈다. 그리고 '성욕과 비애감과 절망감이 갑자기 그의 가슴에 밀려오자' 그는 그 요와 이불을 깔고 누워 흐느낀다.

이것이 다야마 가타이가 전하는 『이불』사건이다.

모델의 진술

그런데 본의 아니게 모델이 되어 버린 나가요 부부 쪽에서는 이 사건에 대해 이견을 가지고 있었던 것 같다.

"당시 문단에서는 많은 사람들이 다야마 가타이를 천진난만하고 정직한 사람이라고 말하고 있던 것 같은데, 그건 거짓말입니다. 그는 실로 악랄하고 너구리 같은 영감이지요."

나가요 씨가 나에게 이런 말을 한 것은 그해 여름 우리들이 꽤 친해지고 나서였다.

"예를 들면 소설에는 그가 항상 우리들의 이해하는 보호자가 되려고 노력했다고 말하고 있지요. 실제로 나와 만났을 때도 그는 그렇게 말했지만, 사실 우리들을 보호하기는커녕 끝까지 적대시하고 우리 사이를 떼어 놓으려고 했어요. 내 취직 건도 그래요. 나는 그때 일자리를 구하고 있었습니다. 그 일이 있고난 후에도 도쿄에서 잡지사, 신문사 할 것 없이 동분서주하며 취직활동을 하고 있었는데, 그때마다 가타이가 방해를 해서 취직을 하지 못했습니다. 지금 우리 부부가 이렇게 규슈지방을 배회하고 있는 것도 요컨대 가타이 때문에 도쿄에서 밀려난 결과라 할 수 있지요."(당시 나가요 부부는 둘이서 쓴 동화 등을 팔면서 겨우 숙박비를 충당하고 있었던 것 같았다.)

"우리들이 도쿄에 있으면 가타이 선생님이 불편해지는 셈이 되는 거죠."

미치요 씨가 거들었다.

"불편한 게 아니라 무서운 거야. 단순히 우리들이 무서운 것만 아니야. 젊은이, 신세대들이 가타이에게는 무서운 존재인거야. 그도 그럴 것이 그 작자는 초등학교도 제대로 졸업하지도 못하고 소년시절을 심부름꾼으로 보낸 사람이잖아. 갖은 노력과 고생 끝에 작가는 되었지만 그 밑바닥에는 자신감이 없는 거야. 언제 어느 때 신세대에게 밀리게 될까 그것만 생각하고 있는 사람이니까 우리들을 동정할리가 없지."

"그렇군요. 그런 관점에서 그의 소설을 다시 읽어 보면 또 새로운 의미가 생겨날지도 모르겠네요."

"그렇지요. 사랑의 질투라기보다는 시대의 질투라는 견해군요. 가타이는 그 점을 의식하고 있지는 않지만."

또 어느 날 미치요 부인은 잡담 중에 이런 말을 했다.

"저는 요즈음 이런 것을 생각하는데요. ―그때 가타이 선생님은 자신의 소설을 쓰기 위해 자기 편할 대로 우리들을 이용하셨다. 또 우리들은 아무것도 모르는 어린아이였기 때문에 선생님이 지시하신대로 순진하게 따랐다.―그것이 돌연히 저런 형편없는 소설이 되어 나타나 저는 정말 놀랐어요.

저는 그 소설을 고향에서 읽었어요. 읽자마자 병이 나서 한 달가량 누워 있을 정도로 너무 놀랐어요. 소설에서는 선생님이 저를 정말 사랑하신 걸로 되어 있고 저도 선생님에게 흥미를 느껴 다소 선생님을 유혹하는 호기심 많은 여자로 묘사되어 있지만 그건 정말 거짓말이에요. 저는 그 전부터 나가요를 사랑하고 있었기 때문에 선생님을 유혹할 마음 같은 것은 애초부터 없었어요. 그리고 선생님도 가정을 파괴하면서까지 저를 사랑할 마음이 있었다고는 생각하지 않아요. 제가 아무리 어렸어도 그 정도는 알았을 거예요. 그러한 의미에서 소설로 쓰기 위한 과장이나 곡해가 꽤 있었다고 생각해요.

그 소설의 도입부에 호프만(Gerhart Hauptmann, 1862~1946)[6]의 『쓸쓸한 사람들(Einsame Menschen, 1891)』 내용이 등장하는데, 우리들의 진짜 비극은 거기서 온다고 생각해요. 선생님은 제가 선생님 댁에서 신세를 지기 전에 그 희곡을 읽고 매우 감동하신 것 같았어요. 그래서 자신도 그러

---

6 독일 극작가, 소설가, 시인. 1912년 노벨문학상 수상.

한 작품을 쓰고 싶다고 생각하고 있던 차에 제가 나타난 거죠. 선생님
은 바로 저를 여주인공 안나 마—르로 하고 저희들의 생활을 소설화하
려 하셨던 거죠. 공상과 현실이 얽혀져 선생님 머릿속에서 소용돌이치
고 있었던 거예요. 그런데 저에게는 나가요라는 사람이 있었어요. 그
래서 선생님의 뜻대로 움직여지지 않았죠. 때문에 선생님은 초조해하
셨고 그 초초함은 사모님에게 돌아갔어요. 그러면 사모님이 또 저에게
질투를 하시고……. 진짜 비극은 거기에 있었는데 선생님은 그걸 쓰
실 수가 없었어요. 즉 진짜 비극의 원인은 창작에 대한 선생님의 야심
에 있었던 거죠. 하지만 그렇게 쓸 수는 없으니까 대신 치정으로 바꾼
거고 그러한 부분이 소설에 존재한다고 생각해요."

　　모델의 항변은 대부분의 경우 자기변호로 일관하는 것이 보통이
다. 이 나가요부부의 항변 역시 그러한 부분은 있었다. 그렇지만 3년
간이나 가타이 옆에 있었던 만큼 그들 부부의 이야기에는 작품 성립의
진상이 존재하고 있는 것처럼 느껴졌다. 그 당시 가타이는 지금까지의
센티멘털한 미문(美文) 분위기의 작품에 한계를 느껴 상당한 고민을 하
고 있었다. 그래서 그때까지의 자신의 문학을 전면 부정하는 문장론
「노골적인 묘사(露骨なる描写, 1904)」를 『태양(太陽)』[7]에 발표하여 '아무것
도 숨기지 않는 대담하고 노골적인 묘사'를 주장했다. 그렇지만 실제
작품에는 여전히 미문 분위기에서 완전히 탈피하지 못하였다. 실제로
그 문장론을 발표한 이듬해 『미문작법(美文作法)』 같은 문장독본을 출판

■ 근대 일본의 문단연애사

하는 슬럼프에 빠져 있었다.

그러한 상황 속에서 고전하고 있던 가타이 앞에 돌연 아름다운 한 근대적 소녀가 등장한 것은 그에게 있어서 운명적인 대사건이었다. 그는 아마도 그 소녀를 본 순간부터 그의 작가적 본능에 의해 '이거 물건이 되겠구만!' 하고 직감했음에 틀림없었다. 이는 아까 미치요 부인의 말처럼 그 전에 영문판으로 읽고 있었던 『쓸쓸한 사람들』의 영향을 무시하기는 어렵지만, 어쨌든 여기에 실제의 연애가 시작되기 전에 하나의 관념적인 연애가 작가 가타이의 내부에서 형성되어 작품『이불』의 골격이 된 것은 부정할 수 없는 듯하다.

때문에 이 소설에는 작자 즉 주인공의 연정(恋情)이나 치정(痴情)은 그야말로 섬세하고 대담하게 묘사되고 있다. 그러나 그것과 조응(照応)하는 사랑의 상은 전혀 묘사되어 있지 않고 고백 장면도 없고 극적인 장면도 없어 연애소설치고는 변태적이고 빈약한 작품이 되어 버렸다. 이러한 부분은 당시의 비평가들도 느끼고 있었으며 가타카미 덴겐(片上天弦 1884~1928)[8] 등도 이 점을 지적하면서 주인공의 고뇌와 동요가 그리 깊지 못하고 그저 떠있는 상태에 있다고 비평하였다.

---

8 문예평론가, 러시아문학가.

백야의 사랑

　이러한 내막을 생각하면 이는 '작품'으로나 '사건'으로도 별로 흥미롭지 않다. 작품으로는 『쓸쓸한 사람들』의 얄팍한 모방에 지나지 않으며, 사건으로는 가타이 혼자서 비통해하며 혼자 씨름하는 식의 불완전한 연애에 불과하다. 만약 당사자의 성격이나 운명에 영향을 미칠 정도로 연애의 비중이 정해진다면, 그 연애는 가타이에게 있어서 그저 한 번 지나가는 소나기 같은 것에 지나지 않는다. 그것보다는 그 후 유녀와의 연애 쪽을 오히려 더 비중 있게 다루었어야 할 사건이다.

　유녀와의 연애는 『이불』사건 직후부터 시작된 것 같다. 원래 아카사카(赤坂)의 하급유녀였는데 나중에는 가타이의 후원으로 무코지마(向島)의 상당한 지위의 유녀가 되었다. 그녀를 만난 적은 없지만 나가다 히데오(長田秀雄, 1885~1949)[9]군의 말에 의하면 꽤 이재에 밝고 바람둥이였던 듯하다. 한때 시가지 건달에게 붙어서 행방을 감추기도 해 가타이를 골탕 먹이기도 했다. 그는 천성이 우직하여 연애에 있어서도 그러한 양상을 띠고 있었으며 63세의 나이로 세상을 뜰 때까지 사랑의 열정을 잃지 않았던 것 같다. 그의 작품 『잔설(残雪, 1917)』, 『사랑의 전당(恋の殿堂)』, 『백야(白夜, 1927)』 등은 이 연애의 경위를 묘사한 것이다. 모두가 묘하게 차분하고 축축한 맛이 있고 그의 작품 군(群)에서도 유달

---

9 시인, 소설가, 극작가.

리 감동을 주는 이유는 바로 이러한 연애에 쏟아 붓는 그의 깊은 연심 (恋心)이 있었기 때문일 것이다.

오나니즘(onanism)

그러나 작품이나 사건 면에서도 그리 깊이가 없는 것이었음에도 불구하고 『이불』이라는 작품은 가타이의 최고 걸작으로 알려졌다. 뿐만 아니라 지금도 초기 자연주의의 대표적 작품으로 높이 평가되고 있는 것은 왜일까. 그것은 동시대 및 그 이후의 작가들에게 많은 영향을 주었기 때문일 것이다.

실제로 이 작품은 작가가 직접 경험한 것 특히 연애에 있어서 치정이나 욕망을 미추선악(美醜善惡)의 구별 없이 대담하고 솔직하게 표현한 최초의 작품이었다. 그리고 그 작품이 대단한 화제를 불러일으키자 당시 작가들은 앞 다투어 그들의 『이불』을 쓰기 시작했으며 그 열기는 초기 자연주의의 방향을 제시하였다. 뿐만 아니라 그 후 사소설(私小説)의 오랜 역사의 원류가 되기도 했던 것이다. 마사무네 하쿠초(正宗白鳥 1879~1962)[10]의 말처럼, 만약 가타이가 『이불』을 쓰지 않았더라면 메이

---

10 소설가, 극작가, 문학평론가.

지 말기에서 다이쇼(大正) 초기에 걸쳐 일본 문단에 그렇게 많은 자전 소설이나 자기고백소설이 과연 유행했을지 의문이며, 그 후 일본문학의 추이(推移)도 그 양상이 많이 달라졌을 것으로 인식될 정도였다.

그러나 단순히 작가의 체험을 썼다는 사실에만 주목한다면 그 작품은 그리 신기하고 새로운 것도 아니었다. 가타이 자신도 이미 『작은 시인(小詩人, 1893)』, 『고향(ふる郷, 1899)』 등의 자서전적 소설을 썼고 다른 작가들도 이미 전부터 그러한 작품을 썼었다. 또 단순히 관능적인 에로틱한 작품이라는 관점에서 보아도 『이불』 이전에 역시 존재했었다. 우선 이하라 사이카쿠(井原西鶴, 1642~1693)[11]의 훨씬 노골적이고 관능적인 묘사에 대해서는 누구나가 인정할 것이다.

그렇다면 무엇이 그렇게 『이불』을 유명하게 했으며 자극적인 작품으로 알려지게 했던 것일까. 그것은 작품의 마지막 장면 때문이라고 생각되는데 그 장면이 아니더라도 작품 전체에 그러한 분위기가 강렬하게 풍기고 있다는 점은 부정할 수 없다. 이는 이 작품이 불완전한 연애 체험을 바탕으로 성립되었고 작가의 관념적인 몽상과 현실과의 혼합 속에서 탄생되었기 때문이라고 할 수 있다. 대체적으로 불완전한 연애는 다소 오나니즘적 경향을 띠고 있는데 그것을 노골적으로 표현한 작가는 당시 드물었다. 시가 나오야(志賀直哉, 1883~1971)[12] 등이 노골적인 묘사의 대표적인 작가라 할 수 있는데 그가 그렇게 쓰기까지는

---

11 에도시대 오사카출신 우키요조시(浮世草子) 작가.

12 시라카바하(白樺派)를 대표하는 작가. 문장의 신으로 일컬어짐. 대표작으로는 『暗夜行路』, 『和解』, 『小僧の神様』등이 있음.

20년이라는 세월이 흘러 있었고 그때에는 리얼리즘의 길이 이미 닦여져 있었다.

실제로 대중들에게 앞장서서 이러한 수치스럽고 한심한 고백을 하기 위해서는 그야말로 대단한 용기가 필요했다. 게다가 자식을 셋이나 둔 40대 남자의 체험담으로 들린다면 듣는 사람 입장에서는 귀를 틀어막고 싶을 정도로 수치스럽고 황당할 것은 분명했다. 그 점을 알면서도 과감하게 작품화시킨 가타이의 결심에는 아마도 사지(死地)에 뛰어드는 심정이었음에 틀림없다. 당시의 문단이 작품의 여러 가지 결함을 인정하면서 그를 환영했던 이유는 바로 그의 비장한 용기에 있었다고 생각한다.

소녀병으로부터 탈피

사실을 말하면 다야마 가타이는 이 작품을 쓰기 직전까지 대표적인 소녀병 환자였다. 단순히 가타이 뿐만 아니라 기타무라 도코쿠(北村透谷, 1868~1894)[13]를 비롯해 구니키다 돗포(国木田独歩, 1871~1908)[14], 시마자

---

13 평론가, 시인.

14 소설가, 저널리스트.

키 도손(島崎藤村, 1872~1943)[15] 등 그 시대의 젊은 시인이나 작가는 거의 소녀병 환자였는데 그러한 경향은 가타이가 특히 심했다. 실제로『이불』을 쓰기 2,3개월 전에 그는『소녀병(少女病 1907)』이라는 작품을 발표하였다. 이것은 아름다운 소녀에 대한 달콤한 동경이 감상에 젖은 미문으로 엮어져 있다. 소녀들은 모두가 아름답고, 정신적으로 유약하여 신경질적이며 체질적으로도 병약하다. 게다가 계모 밑에서 자란 이른바 미인박명의 패턴을 그대로 묘사하였다. 그러한 소녀에게 감상적인 사랑을 주는 것이 '신성한 연애'이며 시인에게 허용되는 사랑이라는 것이었다.

그러나 현실적으로 가타이가 그러한 몽상만으로 만족할 수 없었던 것은 당연한 일이었다. 그의 결혼은 아주 평범한, 맞선을 통한 중매결혼이었다. 당시 결혼식의 감상을 그의 자전소설『생(生, 1908)』에서 서술하고 있다.

> 요컨대 인간은 이러한 것이라고 누군가가 귓전에서 고함치는 것 같았다. 중매인이 되어준 두 친구 앞에서도 왠지 창피했다. 평생 연애의 신성함을 주장하고 소녀의 아름다움을 동경하고 있고 그리고 내심 격렬한 생리적 압박을 받아온 만큼 이것이 일종의 굴복처럼 느껴져 몹시 불쾌했다.

---

15 자연주의 대표작가. 대표작『파계(破戒)』『봄(春)』.

이 결혼은 그의 소녀병을 치유하는 데 다소 도움이 되었지만 완치는 불가능했던 것 같다. 그는 이 결혼에 의해 '강렬한 생리적 압박'으로부터 해방되었지만 그것을 '일종의 굴복'으로 느꼈다는 점에서는 소녀를 향한 동경에서 끝내 자유로워질 수 없었다. 게다가 그 후에 경험한 결혼생활의 우울한 실태는 그의 몽상을 더욱 자극하여 원래 가지고 있던 처녀 숭배의 원망(願望)을 가속화시키는 결과를 낳았다.

『이불』의 여주인공이 그의 앞에 등장한 것은 바로 이 시기였다. 즉 그는 외적으로는 이미 소녀병에서 탈피해 있었지만 관념적으로는 여전히 하나의 꿈으로 아름답고 청아한 처녀를 동경하고 있었다. 때마침 그 앞에 꿈을 충족시켜줄 여학생이 나타난 것이다. 그리고 그러한 그의 내부의 모순이 그대로 이 사건에 작용되어 한 편으로는 젊은이의 사랑을 '이해하는 보호자'임을 선언하면서 또 한편으로는 심한 질투심에 불타 남몰래 욕정을 자극하게 되었다.

이 소설을 읽고 이상하게 느껴지는 것은, 가타이가 젊은 두 사람의 사랑을 '신성한 사랑인가, 타락한 사랑인가', '정신적인 사랑인지, 육체적인 사랑인지'를 추궁하려 하는 그 태도의 진지함이다. 그리고 한 편으로는 젊은 여자에게서 '신성한 사랑이며 결코 죄를 짓지 않았다'는 말을 듣고 쉽게 안심해 버리는 어수룩한 모습이다. 이러한 가타이의 안이하고 미숙한 모습에 비해 시골에서 상경한 그녀의 부친의 사고방식은 그보다 훨씬 철저했다.

"그런데 두 사람의 관계를 어떻게 보고 계시는지요?"

가타이가 그녀의 부친에게 묻자 그의 부친은 이렇게 답했다.

"글쎄요, 관계를 완전히 무시할 수는 없겠지요."

“이 기회에 그 사실을 확인할 필요가 있다고 생각하는데요.”

“뭐, 그렇게까지 하지 않아도…….”

가타이는 그녀를 불러 추궁할 것을 재촉했지만 그녀의 부친은 완곡하게 가타이의 주장을 물리쳤다.

고향에 멀리 떨어져 있는 그녀의 부친조차도 두 사람의 관계를 이미 알고 있는데도, 정작 그들 가까이에 있는 가타이는 파악도 못하고 그저 혼자서 허둥지둥하고 있었다. 이러한 그의 모습에서 중증의 소녀병을 느낄 수 있다. 게다가 그 일이 있었던 직후에 젊은 두 사람이 이미 육체적 관계가 있었다는 사실을 알게 되자 그의 소녀병은 홀연히 사라져 버린다.

“도키오(時雄)는 그날 밤 번민에 시달렸다. 기만당했다고 생각하니 부아가 치밀어 올라 견딜 수 없었다. 아니 요시코 영혼과 육체—그 모든 것을 일개 청년에게 빼앗기면서 어쨌든 그 사랑에 대해서 최선을 다해 성실히 임했는가 생각하자 화가 난다. 그렇다면—그 남자에게 몸을 허락할 정도라면 그녀의 정조를 존중할 것도 없었다. 나도 대담하게 성욕을 채우려 했어야 했는데 라고 생각하자 지금까지 성스럽고 아름답게 보였던 요시코가 매춘부처럼 느껴져 그녀의 몸은 물론 그 아름다운 태도도 표정도 죄다 천박스럽게 느껴졌다.”

이것이 바로 가타이의 ‘타천녀(墮天女)’다. 그가 이처럼 반평생동안 지니고 있던 로맨티시즘과 소녀병으로부터 탈각하여 문학이론으로서 당시 문학계 중심에 우뚝 서 있던 리얼리즘에 미련을 두지 않고 새로운 길을 모색할 수 있었던 것은 바로 이러한 연애 경험이 있었기 때문이다. 『이불』사건은, 단순한 연애사건이라면 흔히 있을 수 있는 스승과 여제자와의 사건이기도 하고, '중년의 사랑'의 불완전한 모습, 짝사랑의 풍자이기도 하겠지만, 그것이 메이지문단의 낡은 전통—얄팍한 로맨티시즘과 소녀병을 짓밟고 새로운 문학으로의 발돋움을 보인 계기가 된 점에서는 커다란 의미를 갖는다. 이는 단순히 가타이 개인 문학생활에 중대한 혁명을 가져다 준 것뿐만 아니라 당시의 문단 전체가 활기를 찾는 계기를 제공하였다. 그것은 도코쿠(透谷) 등에서 비롯된 일본근대문학이, 꿈 많은 청소년기에서 이성의 육체에 눈뜬 성숙기로 옮겨가는 시기에 발생한 상징적인 연애였고, 거기에서 표류하는 격렬한 오나니즘의 냄새는 성숙기에 소유할 수밖에 없는 체취였다고 이해해야 할 것이다.

어쨌든 이후 한동안 노골적으로 육체적 욕정을 이야기하는 문학이 속출하였고, 문인들의 행동에도 영향을 주어 화려한 문단연애시대를 형성해갔다. 나는 앞으로 대표적인 연애담을 가지고 그 의의와 문학에 끼친 영향 등을 서술하려고 하는데, 그것에 앞서 『이불』 이전으로 돌아가 메이지 초, 중기 작가들이 실제로 어떤 연애를 경험하였는가를 탐색해 보겠다.

모리 오가이(森鴎外)는 연애를 했는가

비타 섹슈얼리스(Vita Sexualis)

다야마 가타이(田山花袋, 1871~1930)의 『이불』이 발표되고 2년 후 메이지42년(1909) 7월에, 모리 오가이의 『비타 섹슈얼리스』가 잡지 『스바루』[16]에 등장했을 때 우리들은 놀라움을 금치 않았다. 이 2년 사이에 가타이는 『한 병졸의 죽음(一兵卒の銃殺, 1917)』을 쓰고 이어서 『생(生)』을 요미우리신문(読売新聞)에 연재하여 문단의 호평을 얻고 있었고 후타바데이 시메이(二葉亭四迷, 1864~1909)[17]의 『평범(平凡, 1908)』, 마사무네 하쿠초(正宗白鳥, 1879~1962)[18]의 『어디로(何処へ 1908)』, 구니키다 돗포(国木田独歩, 1871~1908)의 『대나무 문(竹の木戸, 1908)』, 시마자키 도손(島崎藤村, 1872~1943)의 『봄(春)』, 도쿠다 슈세이(徳田秋声, 1871~1943)의 『신세대(新世帯, 1908)』, 이와노 호메이(岩野泡鳴, 1873~1920)의 『탐닉(耽溺, 1918)』 등 초기 자연주의 걸작이 줄이어 등장했고, 한편으로는 나가이 가후(永井荷風, 1879~1959)의 『프랑스이야기(フランス物語, 1909)』, 『아메리카이야기(アメリカ物語, 1908)』, 나쓰메 소세키(夏目漱石, 1867~1916)의 『산시로(三四郎, 1908)』, 『그 후(それから, 1909)』 등도 발표되어 문단 전체가 봄을 맞이하듯이 활기를 띠기 시작했다.

　이때까지 모리 오가이는 창작다운 작품은 쓰지 않고 있었다. 물론

---

16 1909~1913. 낭만주의 성향을 띤 문예잡지.

17 소설가, 번역가.

18 소설가, 극작가, 문학평론가.

그는 『매목(埋木)』, 『즉흥시인(即興詩人, 1892~1901)』의 번역작가로 유명했으며, 『무희(舞姬, 1890)』라든가 『덧없는 이야기(うたかたの記, 1890)』와 같은 서정적 아문(雅文)의 작가로도 알려져 있었고, 또 쓰보우치 쇼요(坪內逍遙, 1859~1935)[19]를 상대로 「몰이상론(没理想論)」의 논쟁을 전개하면서 하르트만(Eduard von Hartmann 1842~1906)[20] 미학을 계승함으로써 문예비평계 선구자로도 유명했지만 작가로서의 그에 대한 평가는 그야말로 미지수였다. 그러던 그가 돌연 『비타 섹슈얼리스』라는 묘한 제목으로 200매 가까운 중편작품을 『스바루』에 발표했다. 게다가 작품 내용에 있어서도 오가이 자신의 소년기에서 청년기에 걸친 성욕생활 과정을 노골적으로 묘사하고 있어 세상이 놀란 것도 당연한 일이었다.

놀란 것에는 여러 이유가 있었다.

원래 오가이는 의사였고 그것도 위생학의 대가였던 만큼, 그의 두뇌는 이지적이고 리얼리스틱한 사고방식의 소유자였지만, 문학적 입장에서는 소요와의 논쟁에서도 알 수 있듯이, 애초부터 이상주의적 문학관을 가지고 있었고 주위에서는 그를 유미파(唯美派) 거두(巨頭)로 인식하고 있었다. 때문에 당시 유행하기 시작한 자연주의 문학에 대해 그가 반대 입장을 취할 것이라는 생각은 당연한 것으로, 오가이 자신도 실제로 '있는 그대로 묘사하는 것만으로는 진정한 미를 이룰 수 없다'라 하며 은연중에 자연주의를 비판하고 있었다. 그런데 그러한 오

---

19 소설가, 평론가, 번역가, 극작가.

20 독일 철학자. 『무의식의 철학』으로 생의 철학과 신 칸트파, 융(Carl Gustav Jung)에 영향을 줌.

가이가 이 작품에서는 그야말로 자연주의 수법으로 자신의 성욕사(性慾史)를 적나라하게 묘사했기 때문에 주위에서 놀란 것은 지극히 당연했다. 그중에서도 가장 놀라고 기뻐한 것은 바로 자연주의 문학자들이었다. 어제까지만 해도 적이라고 생각하고 있었던 자가 자신들의 진영으로 들어왔다고 오해하고 있었던 것 같다. 그즈음 자연주의 문학의 거점으로 주목받고있던 하쿠분칸(博文館)의 『다이요(太陽)』에서 하세가와 덴케이(長谷川天溪, 1876~1940)[21]를 오가이에게 보내 기고를 의뢰하였다는 소문이 있었던 것으로 보아 그들의 적지 않은 동요를 엿볼 수 있다.

또 하나 세상을 놀라게 한 것은, 노골적인 성적 고백의 글이 당시 육군 군의총감이라는 자에 의해 쓰여졌다는 것이었다. 군의총감은 육군 중장에 해당하며, 군의관의 최고 관직이었다. 메이지시대의 중장은, 우후죽순처럼 대장으로 승진한 쇼와(昭和)시대와는 달리, 아주 유능하지 않으면 오를 수없는 계급이었다. 훌륭한 군인이 그런 고백소설을 썼다는 것과, 게다가 그것이 발매금지 처분을 받았다는 것 때문에, 일반사람들도 놀랐고 정부도 당황했던 것 같다.

당시 출판물 검열은 내무성 경보국(警保局) 소관이었다. 일단 경보국에서 불합격으로 발매금지 처분이 내려지면 하루 이틀 중에 압수당하는 일이 보통이었다. 개중에는 서점에 도착하기도 전에 인쇄소나 제본소에서 압수당하는 경우도 있었다. 그러나 『비타 섹슈어리스』를 발표한 『스바루』는 서점에서 발매가 시작되고 한 달이나 지난 후에야 겨

---

21 메이지~쇼와시대 평론가. 『다이요(太陽)』 편집자.

우 발매금지가 된 것으로 기억하고 있다. 이례적인 처분이었다. 이때 내무성은 육군성에 압력을 넣기도 하여, 오가이는 당시 육군 대장 야마가타 아리토모(山県有朋, 1838~1922)[22]에게 질타를 받았다는 소문도 전해지고 있다.

당시 고라이 스가와(五来素川, 1875~1944)라는 정치평론가가 있었다. 유럽을 순회하며 각국의 정치가들을 만났다고 자부하고 있었는데, 그가 야마가타를 만나고 나서는 "세계 정치가 중에서 야마가타만큼 얼굴이 무서운 사람을 만나본 적이 없다."고 술회할 정도였다. 나도 한동안 세키구치다이마치(関口台町)의 친잔소(椿山荘)[23] 옆에 살고 있어, 때때로 야마가타를 거리에서 본적이 있는데 역시 깐깐하고 무서운 얼굴을 한 영감이었다. 그러한 무서운 자로부터 야단맞았다면 모리씨도 꽤 힘들었을 것이라고 그 영감을 볼 때마다 상상했다. 그러나 이러한 일이 있어도 그 후 오가이의 필력은 위축되지 않고 육군성 의무국장실에서 당당하게 소설을 쓰고 있었다고 생각하니, 이 사건도 오가이 자신에게 큰 영향을 주지 않았던 것 같다. 야마가타 아리토모가 오가이의 이 특별한 재능을 아끼고 그를 감싸고 있다는 소문도 거짓이 아니었던 것 같다.

그러나 오가이가 자연주의문학으로 전향했다고 생각한 것은 자연주의 문학자들의 큰 오산이었다. 오가이는 자연주의를 인정한 것이 아니었다. 그는 『다이요(太陽)』에도 발표하지 않았다.

---

22 메이지~다이쇼시대 군인, 정치가.

23 야마가타 아리토모가 1878년 매입한 저택. 도쿄 분쿄구(文京区) 소재.

오가이가 『비타 섹슈어리스』를 집필하게 된 동기는, 작가 자신이 작품 속에 서술하고 있는데, 하나는 나쓰메 소세키(夏目漱石, 1867~1916)의 활약이었다. 소세키는 이미 4년 전에 『호토토기스(ホトトギス)』[24]에 『나는 고양이로소이다(我輩は猫である, 1905)』를 발표, 다음해에는 『도련님(坊っちゃん)』을 집필, 이어 아사히신문사(朝日新聞社)에 입사하여 『산시로(三四郎)』, 『그 후(それから)』를 발표했다.

그러던 중, 나쓰메 긴노스케(夏目金之助)군이 소설을 쓰기 시작했다. 가나이(金井)군은 남달리 흥미와 관심을 가지고 읽었다. 그리고 글이 쓰고 싶어 근질근질했다. 그러자 나쓰메 군의 『나는 고양이로소이다』를 생각하면, 뇌리에 『나도 고양이로소이다』가 떠오른다. 『나는 개로소이다』라는 제목도 생각난다. 가나이군은 결국 짜증이 나 포기해 버렸다.

이 구절은 『비타 섹슈어리스』의 일절인데 '근질근질(技癢)'이라는 어휘가 기발하다고 생각했다. 그때까지 주로 번역과 평론을 써온 오가이가 소세키의 문학창작 진출에 자극받아 갑자기 창작 충동을 느낀 그의 심정은 공감할만한 일이었다.

그러나 그가 특히 『비타 섹슈어리스』와 같은 소설을 쓰게 된 동기에는, 당시 자연주의 작가들의 작품에 대해 비판할 의도가 있었다고

---

24 1897년 창간한 하이쿠(俳句)잡지. 마사오카 시키(正岡子規), 소세키가 적극 참여하였음.

쓰고 있다.

가타이(花袋)의 『이불』 등장과 더불어 활기를 얻게 된 자연주의 작가들은 이 작품을 스프링보드로 활발히 성욕을 모티브로 하는 작품을 줄줄이 발표했다. 그리고 당시의 많은 젊은 비평가들—하세가와 덴케이, 가타가미 덴겐(片上天弦, 1884~1928), 소마 교후(相馬御風, 1883~1950) 등이 이 작품군을 가리켜, 인생의 진실을 소묘한 것이라고 극찬했다. 그러나 오가이는 그것을 보고 '인생은 과연 그런 것일까?'고 의심했다. 그리고 동시에 '어쩌면 자신이 인간의 일반적 심리상태에서 벗어나, 성욕에 냉담한 것은 아닌가, 특히 불감증(frigiditas)이라 할 만한 비정상적인 성벽(性癖)을 타고 태어난 것은 아닐까 생각했다'고 말하고 있다. 거기서 오가이 자신도 자연주의 작가들의 수법을 사용하여 있는 그대로 '자신의 성욕적 생활의 역사'를 써 보겠다. 그리고 그 결과에 따라 오가이 자신이 성적으로 불구자인지 아니면 자연주의 인간들이 성적으로 과민한 것인지, 한 번 진찰해 보겠다는 것이었다.

봉건성

이 작품 내용에 대해서는 이미 많은 사람들이 읽은 작품이고, 또 이 작품을 논한 사람도 많아 여기서는 언급하지 않겠다. 어쨌든 그가 여섯 살 때 동네 여자들이 마쿠라에(枕絵)[25]를 보여준 경험담에서 시작하여 21세 때 유럽 유학이 결정되었을 즈음, 싸구려 시타야(下谷)[26]유녀와 잤을 때까지의 청소년기의 여러 성적 경험을 서술한 것으로, 이러한 유의 경험담으로서는 오히려 단조롭고 재미없지만, 그 시대상(메이지 초)이나 학생생활—오가이와 같은 사람들의 정신적 성장기에 있어서 여러 영향을 알 수 있다는 의미에서는 매우 귀중한 작품이라 할 수 있다. 왜냐하면 이 시기에 청년기를 보낸 작가로는 쓰보우치 쇼요, 고다 로한(幸田露伴, 1867~1947)[27], 오자키 고요(尾崎紅葉, 1867~1903)[28] 등 이른바 당시 중견작가들이 있었지만 그들이 청년기에 접했던 작품은 대체적으로 미화시켜 묘사되어 있고 오가이만큼 정직하고 노골적이지 않았기 때문이다.

그런데 이 작품이 쓰여진 당시의 성풍속을 말하자면 아직도 에도시대(江戸時代) 봉건적 습속과 성의식이 남아 있었다고 할 수 있었다. 예를 들면, 이 작품에는 적잖이 춘화류의 그림 이야기가 자주 언급되고 있는 것으로 보아, 그러한 그림이 일반 가정집에 흔히 있었다고 추측할 수 있다. 대개 그러한 그림은 봉건시대의 신부에게는 아주 중요한 혼수품의 하나였던 것 같다. 딸의 성교육 교과서이기도 했지만 그것보다도 시집보낼 딸의 매력을 배가시키기 위한 사위에게 주는 선물—요

---

25 남녀 간의 성생활을 예술적으로 묘사한 회화. 춘화.

26 東京都 台東区.

27 메이지~쇼와시대 초기 소설가.

28 메이지시대 소설가.

힘빈(yohimbine)[29] 또는 톳카핀(tokkapin)[30]과 같은 의미였을 것이다. 이러한 습관은 메이지시대가 되고 나서도 당분간 지속되어 메이지 2,30년대에도 유소년들은 서랍장 깊숙한 곳에서 해괴한 그림을 꺼내 동네 아이들과 즐겨 보는 경우도 허다했다. 당시의 결혼관념 속에서 여자의 입장이 얼마나 비참했는지를 말해주는 자료이기도 하다.

또 하나, 이 소설 속에서 남색(男色)에 관한 서술이 상당한 부분을 차지하고 있는 것도 봉건시대의 성풍속이 여전히 뿌리깊이 남아 있음을 말해주고 있다. 이 풍속은, 메이지 초기에 학생들 사이에서 유행했으며 메이지 30년대(1900년 전후)까지 특히 규슈(九州)와 추고쿠(中国) 학생들 사이에 남아 있었다. 이것에 연루된 싸움이나 폭행도 끊이지 않았다. 그러한 면에서 꽤 야만적인 시대이기도 했다.

그런데 이 소설이 오늘날 우리에게 이상하게 느껴지는 것은, 이렇게 소상히 성욕 묘사를 하면서도 연애에 관한 서술이 없다는 것이다. 즉 가나이(金井)라는 청년은 21세가 될 때까지 몇 번인가 성 경험을 하지만, 연애다운 연애는 한 번도 하지 않는다. 단순히 주인공뿐만 아니라 작품에 등장하는 10여 명의 청년들도 사창가를 드나들고, 소년을 유혹하고, 네즈(根津)[31]여자와 깊은 관계를 가져도 이른바 양가집 여자와 성관계를 갖거나 사랑하거나 하는 일은 한 사람도 없는 것으로 묘

---

29 열대 아프리카산 요힘베나무 껍질에서 채취. 발기, 중추흥분, 교감신경 마비 등의 작용을 함.

30 자양강장제.

31 東京都 文京区, 당시 사창가가 있었음.

사되고 있다.

하기야 이중에 연애 분위기를 묘사한 부분이 전혀 없는 것은 아니다. 예를 들면, 주인공이 대학 기숙사에서 고스게(古菅)[32] 집으로 가는 도중, 요시와라(吉原)[33]유곽 부근에 '아키사다(秋貞)'라는 간판이 붙어 있는 중고 연장 가게가 있었다. 그 가게 입구에 가끔 한 예쁜 아가씨가 서 있었다. 주인공은 그 아가씨의 모습을 볼 때마다 왠지 즐겁고 들뜬 기분이 들었고 그녀가 보이지 않을 때는 그 주(週) 내내 쓸쓸했다. 그리고 이 아가씨에 대한 아름다운 꿈은 그로부터 2년 후 유럽으로 유학 갈 때까지 그의 마음 속에 깊게 자리 잡고 있었다. 그 아가씨가 어느 승려의 첩이라는 사실도 모른 채……

이러한 연애 태도는 훗날 보면 오히려 이상할 정도로 담백하지만, 당시의 청년들에 있어서는 살얼음판 위를 걷는 것과 같은 감정생활이었던 것 같다. 어쨌든 이처럼 많은 젊은이들이 등장하여 성적으로는 꽤 자유로운 생활을 하면서 연애감정은 아주 순진하고 무능하게 보일 정도로 스스로 억제하고 있는 모습은, 개화기였던 당시에도 봉건시대의 생활습관이 여전히 뿌리깊이 남아있음을 보여주고 있다.

---

32 東京都 葛飾区.

33 에도시대(1617) 에 세워진 대표적인 유곽. 처음에는 東京 日本橋에 있었으나, 화재로 台東区로 옮김.

독일 처녀와의 로맨스

이러한 청년기를 보낸 오가이도 그 후 수년간 유럽생활을 하게 된다. 그 기간 동안에는 꽤 개방적인 생활을 한 것처럼 보인다. 우리는 그러한 상상(想像)의 자료를, 그의『비타 섹슈얼리스』말미의 문장이라든가,『덧없는 글(うたかたの記)』,『무희(舞姬)』,『이틀밤(ふた夜)』,『편지심부름꾼(文づかひ, 1891)』등에서 찾아볼 수 있다. 물론『덧없는 글』이하의 작품은 그 당시 로맨틱한 풍조에 편승하여 쓴 미문(美文) 분위기의 서사시 같은 것으로, 개중에는 오가이의 실생활 경험이 얼마나 반영되어 있는지는 잘 모르지만, 일본 군인이며 젊은 유학생이었던 그와, 군인을 동경하는 열기가 뜨거웠던 한 독일처녀가 사랑에 빠져 있었다는 것은, 그 독일 처녀가 그를 쫓아 일본에까지 온 것을 보더라도 알 수 있다.

이 독일아가씨가『무희(舞姬)』에 등장하고 있는 장본인인지,『덧없는 글』,『편지심부름꾼』과 관계가 있는 여성인지, 혹은『비타 섹슈어리스』에서 속옷 바람으로 매일 밤 주인공 침실을 드나드는 여자인지는 아직까지 분명히 밝혀지지는 않았다. 아마도 오가이 이외에는 아무도 모를 것이다. 그러나 그 독일 처녀가 멀리 독일에서 오가이를 뒤쫓아온 사실이 눈치 빠른 신문기자 귀에 들어와 당시 신문에 회자되어 화제가 되었던 것 같다. 그리고 오가이가 그리워 독일에서 어렵게 온 그녀를 요코하마(横浜)에 발도 딛지 못하게 한 채 쫓다시피 독일로 귀국시켰다 하여, 그의 냉혹하고 박정함을 비난한 자도 있었다고 한다. 소마 교후(相馬御風) 등도 그 소문을 믿고 비난하는 어조의 말을 흘리기도 했는데, 그것은 오해였던 것 같다. 그 진상은, 잠시 도쿄에 머물게 한 후, 그녀를 설득하여 귀국시켰는데, 어떻게 설득했느냐 하면 일본의 군인이 외국인과 결혼하면 출세에 막대한 지장이 있음을 강조하여 이해시켰다고 전해진다.

오가이는 작가로서 메이지, 다이쇼(大正, 1912~1926)시대 문단에 커다란 족적을 남긴 자이지만, 자신의 본업은 군인이고 의학자임을 잊지 않고 본업에 충실하려 했던 것 같다. 그는 당시, '문단'이라는 말을 가장 많이 사용하였는데, 거기에는 평상시 그가 자신을 문단 권 밖의 존재라는 것을 사람들에게 인식시키려는 의도가 있었기 때문이다. 또 그가 항상 문학자로서 인생의 방관자 태도를 취한 것도 이러한 생활태도에서 기인하는 일종의 포즈였을 것이다. 원래 그가 비판력이 뛰어난 과학자인 점도 물론 고려해야 하겠지만……

오가이는 『비타 섹슈어리스』를 쓰기 10여 년 전에, 어느 의학 잡지에 장문의 성욕론을 연재하고 있다. 그 내용에 의거하여 생각해 보면 당시 그는 이미 성에 관한 유럽의 탁월한 연구 내용을 숙지하고 있었음을 알 수 있다. 그것은 크래프트 에빙(Krafft Ebing 1840~1902)[34]의 저서가 번역되어 세상을 놀라게 한 시점 이전이었으니까 아마도 일본에서는 오가이가 이 분야에 있어서는 선구자였다고 할 수 있다. 『비타 섹슈어

---

34 오스트리아 의학자, 정신과의사. 성적 도착 연구서 『성적 정신병리(Psychopathia Sexualis)』가 유명함.

리스』는 이러한 전문가적 연구를 기초로 한 문학작품이다. 당시 분수에 맞지 않게 과학적 정신을 외친 자연주의 작가들에게 과학적 정신으로 소설을 쓰려면 적어도 이 정도의 작품은 써야 한다고 비난과 함께 충고하는 오가이의 의도가 전해지는 듯하다.

작품 『기러기(雁)』의 문제

『기러기』는 오가이의 사생활을 들여다 볼 수 있는 자료로 1950년대부터 다방면으로 문제시되고 있다. 필자는 오가이 전문가가 아니기 때문에 강력히 주장할 수는 없지만 여러 학설 중에는 너무 파고들어 오히려 진실을 왜곡해 버리는 경우도 있었던 것 같다. 예를 들면 오타마(お玉)라는 고리업자의 첩이, 나중에는 오가이의 첩이 된 것은 아닌가 하는 추측이 바로 그것이다.

이러한 억측은, 이 작품 말미에 작가가 '우연히 오타마(お玉)를 알게 되어'라고 쓰면서,

독자들은 나에게 물을지 모른다. '오타마와는 어떻게 알게 되어, 어떤 상황에서 그 얘기를 들었는지'라고 물어올지 모른다. 그러나 이에 대한 대답도, 전에 말한 대로, 작품과는 전혀 관계없다. 단지

오타마가 나의 연인이 된 연유를 말하지 않은 것은 그럴 입장이 아니기 때문에 독자는 필요 이상의 억측을 하지 않았으면 한다.

이렇게 서술하고 있다.

오가이가 한때 첩을 거느리고 있었던 것은 사실인 것 같다. 본처를 잃고 재혼할 때까지 수년간 공백기가 있었다. 오가이는 당시 첩의 모친 허락을 받고 집 가까이에 첩을 두고 있었다고 전해진다. 첩은 오가이 집안을 출입하는 어느 의료기구상 주인이 주선한 자로 체구가 자그마하고 세련된 여자였다고 하는데, 그 소문의 출처는 알려져 있지 않다. 그러나 그러한 스타일의 여자가 오가이 취향이었다는 것은 어느 정도 상상이 간다.

혹자가 추측하듯이 이 여자가 작품 『기러기』의 여주인공 오타마의 모델이라면, 그녀는 서른에 가까운, 그 당시 감각으로는 중년 여성이었던 것으로 봐서는, 아직 젊었던 오가이의 첩으로는 너무 늙은 감이 있다. 의료기구상 주인이 그런 세련되지 못한 선택은 하지 않았을 것이다. 자의적 추측을 한다면, 그 첩과 오타마는 아는 사이고, 오가이는 거기서 창작에 필요한 오타마에 대한 정보를 얻었을 가능성도 있다. 그러나 어쨌든 『기러기』에 등장하는 오타마라든가 사채업자의 생활상이 오가이의 작품성향으로서는 균형을 잃을 정도로 아주 세밀하게 묘사되어 있어, 갖가지 억측은 거기서 발생한 것으로 추측된다. 또는 오타마의 그러한 생활을 묘사한 것은, 확실한 근거는 없지만, 오가이 자신의 첩 집에서 생활했던 경험을 토대로 쓴 것이며, 오타마의 모델이 바로 그의 첩이라는 추측은 부정할 수 없다.

『기러기』의 오다스에 조(小田末造)의 이야기는, 당시 혼고(本郷)[35]의 학부에서는 이미 전설로 남아 있었다. 이전 의학부 소사(小使)로 있던 남자가 학생들에게 이자를 붙여 돈을 빌려주면서 점점 돈이 모여 결국 사채업자가 되었다는 이야기다.

오가이는 이 전설을 그대로 작품에 쓰고 있다.

이 이야기를 나에게 해 준 사람은, 당시 도쿄대 M내과 수간호사였다. 나와 사귀는 사이는 아니지만, 그녀가 근무하는 병원에 자주 놀러 갔다. 그리고 그녀에게서 오가이에 관한 이야기도 들었다.

당시 M내과는 국내 최고의 내과였다. 그리고 그 병원 M박사가 여자를 밝히는 것으로도 유명했다. 실제로 들은 바에 의하면, 그는 여자만 보면 상대가 누구든 손을 잡기도 하고 가슴을 만지기도 하는 나쁜 버릇이 있었던 것 같다. 예를 들면 수간호사가 M박사에게 뭔가 보고하러 가면, 그는 먼저 그녀의 손을 만지고 나서 보고를 들었으며, 보고가 끝나면 살짝 가슴을 만지고 나서 "음, 됐어!" 하고 그녀를 보내는 식이었다고 한다. 특별히 그 이상의 행동에 관한 이야기는 듣지 못했으니 아마도 반 장난이었을 것으로는 생각되나, 그 버릇은 가끔씩 부인환자들에게도 행해져 전혀 문제가 되지 않았던 것은 아니었다. M박사 진료실에 검은 커텐이 쳐져 있었던 것을 아직도 기억하고 있는데, 그 커텐이 왠지 음침하게 느껴진 것은 사실이었다.

그런데, 이 M박사의 나쁜 버릇이 가끔 모리 오가이 부인을 진찰할

---

35 도쿄대학 소재지.

때 발병한 것이다. 부인이 분개하며 남편 오가이에게 일러바쳐 오가이도 격노했다. 결국 M박사를 상대로 소송하겠다고 하여 큰 문제가 되었다.

물론 오가이는 의사로서 도덕적 문제로 소송을 제기하려 했던 것인데, 소송인이 군의계의 지도자이고, 피소송인은 임상병리 계통의 권위자여서 마치 의료계가 양분되어 두 세력 간의 정면충돌로 보이는 사태로 발전하기에 이르러, 그 여파는 대단했던 것 같다. 결국 M박사의 사과로 사건은 표면화되지 않고 수습되었던 것 같은데, 얼마 전 M박사의 수제자 S박사를 만났을 때, 그 사건 이야기를 꺼내자, "그때는 정말 걱정이 대단했지요."하며 벗겨진 머리를 쓰다듬었다. 당시 사건 해결의 중재자는 오쿠마 시게노부(大隈重信, 1838~1922)[36]였으며, 확실한 기억은 아니지만, 오쿠마는 야마가타 아리토모(山県有朋)와 협상하여 해결했다는 소문을 들었던 것 같다.

연애를 모르던 시절

나는 전부터 『비타 섹슈어리스』에 연애다운 이야기가 없는 것에 의

---

36 정치가, 교육자. 와세다대학 설립.

문을 가지고 있었다. 그리고 그 후의 오가이의 실생활을 살펴봐도 그가 연애를 했던 흔적이 없는 것은 『비타 섹슈어리스』의 청소년기와 동일하다.

내가 여기서 연애라고 지칭하는 것은, 특정한 이성에 대한 애정을 중심으로 하는 전인적(全人的)인 감정의 발동이라 할 수 있다. 물론 오가이에게도 잔잔한 파도와 같은 감정의 동요는 있었음에 틀림없다. 아까 언급한 중고 연장가게 집 딸에 대한 감정과 같은 것이다. 또 독일 유학시절에 사귀었던 독일 처녀와의 관계에 있어서는 보다 깊은 감정이 존재했다고 생각된다. 그것은 결코 쇼와 20년대(1945년 이후) 미군 장병이 패전 후 경제적으로 궁핍해진 일본인 여성을 희롱하거나 유혹하는 등의 가벼운 것은 아니었을 것이다. 그러나 멀리 독일에서 온 여자를 출세에 방해가 된다는 현실적인 이유로 그녀를 귀국시킨 오가이에게 냉혹하다는 비난까지는 안 하더라도, 어딘가 고풍스러운 에고이즘을 인정할 수밖에 없다. 적어도 그 정도로 탁월한 문학자의 행동으로서는 왠지 감정의 둔감함이 느껴진다.

그러나 이러한 감정의 둔감함이나 연애에 대한 불감증적 경향은 모리 오가이 한사람 뿐만은 아니다. 메이지 이전에 태어난 문학자들의 공통적인 경향인 것 같다. 메이지 이전에 태어난 대표적인 메이지 문학자로는, 쓰보우치 쇼요(坪內逍遥), 고다 로한(幸田露伴, 1867~1947), 오자키 고요(尾崎紅葉, 1867~1903) 등을 들을 수 있겠는데, 그들은 단순히 연애 경험이 없었을 뿐만 아니라, 타인의 연애에 대해서도 유연한 태도를 보여주지 못했던 것 같다. 그러나 그들도 유곽에 가면 아주 잘 놀았다. 오자키 고요 같은 경우는 자타가 공인하는 베테랑이었다. 특히 쓰보우치 쇼요의 부인은 요시와라(吉原)유곽의 기녀였다는 것은 숨길 수 없는 사실이다. 또 고요가 요코하마 네기시(根岸)인가 어딘가에 한 명기(名妓)를 첩으로 숨겨두고 있었다는 이야기도 단순한 소문이 아니다.

이들의 남녀관계 속에 얼마나 연애감정이 존재하고 있었는가는 의문이며, 그러한 매춘 관계에 있어서 대등한 인격과 인격의 만남이 있었다고는 도저히 생각할 수 없다. 물론, 예를 들면, 쇼요가 부인을 유곽에서 데리고 나와 결혼하기까지에는 어느 정도 강한 감정의 변화도 부정할 수는 없지만, 그것은 마치 완구점 앞에 선 남자가 어떤 물건에 혹해서 느끼는 감정과 같은 것으로, 그것은 1887년(明治20) 이후의 문단에 등장한 인격적 연애감정과는 거리가 먼 것이라고 생각된다.

내가 이 점을 강조하는 것은, 후에 이들이 타인의 연애에 대해 보여준 태도, 특히 그 애제자들의 연애사건에 대한 태도에 대해 생각할 자료를 제공해 주기 때문이다.

예를 들면 그것은, 시마무라 호게쓰(島村抱月, 1871~1918)와 마쓰이 스마코(松井須磨子, 1886~1919) 사이의 연애관계가 알려졌을 때의 스승 쇼요의 태도이다. 그 사건이 있고 얼마 안 있어, 나는 잠시 소마 교후와 같은 집에서 살고 있었기 때문에, 어느 정도는 감지하고 있었는데, 당시 쇼요가 보여준 연애에 대한 이해는, 완전히 구시대의 완고한 도학자의 그것과 다를 바 없었던 것 같다.

"연애는 해서는 안 되는 것이라는 게 쓰보우치 선생님의 본심이니까, 타협의 여지는 없을 거야."라고 어느 날 교후가 흥분하며 말했던 적이 있다.

쓰보우치 선생이 그런 쪽에 베테랑이라고 그때까지 여러 번 듣고

있던 나도 꽤 의외라고 생각했지만, 지금 생각해 보면, '베테랑'이라는
의미 속에 새로운 시대의 감정이나 윤리를 기대하고 있었던 우리들 쪽
이 오히려 너무 앞서 가지 않았나 하는 느낌이 들기도 한다.

동일한 사례로는, 오자키 고요가 이즈미 교카의 결혼을 망친 사건
을 들을 수 있다. 당시 교카는, 가구라자카(神楽坂) 기생(芸者) 모모타로
(桃太郎)와 사랑에 빠져, 단란한 신접살림을 하려던 참이었는데, 스승인
고요가 격노하여 둘 사이가 깨지고 말았다.

얼마 안 있어 고요가 세상을 떠나자, 두 사람은 결국 부부가 되었
지만, 교카는 스승의 허락을 받지 못했다는 이유만으로 만년이 될 때
까지 그녀를 정식 아내로 입적시키지 않았다.

그런 쪽에 달인이었던 오자키 고요가 왜 애제자 교카의 연애를 허
락하지 않았는가. ―이 심리는 지금도 불가사이다. 당사자인 교카 자
신도 왜 그리도 스승이 노했는지 알지 못했다. 시마무라 호게쓰의 경
우에는 스마코와의 연애 때문에 시마무라 부인이 희생을 하게 된 관계
로 쇼요가 반대한 것에 대해서는 어느 정도 이해가 되지만, 교카의 경
우에는 아무도 이해할 수가 없었다. 상대가 기생이어서 반대할 고요가
아니었다. 일가를 거느릴 경제적 능력을 보더라도 당시 교카에게는 별
문제가 없었다. (경제적 능력 없이 가정을 가지려는 모험 따위는 애당초 할 만한 위인이 아
니었다) 그렇다면 무엇이 고요를 반대하게 하였는가 굳이 묻는다면, 결
국 상대에 반해 버리는 것이 못마땅했던 것 같다.

"여자한테 홀딱 반해 어쩌자는 거냐. 못난놈."

이것이 고요의 본심이었던 것 같다. 결국 그것은, 전 시대에 흔히
볼 수 있는 소박하고 완고한 어른들의 연애에 대한 부정적 견해와 통

하는 것으로, 이해의 융통성이 없는 일종의 건조한 감정 면에서는 고요나 쇼요도 다르지 않았다. 물론 오가이는 그들에 비하면, 그들 보다는 훨씬 적극적으로 새로운 시대의 기류를 흡수하려 했고 화류계의 달인 같은 속성은 가지고 있지 않아서 그 이해의 정도는 훨씬 유연했던 것 같다. 그러나 인간의 감정적 동요에 대해서는 항상 비판적이었고, 그의 작품 속에도 그러한 부분은 연애 장면에 은연중에 묘사되고 있다.

그것은, 연애를 이야기할 때 왠지 자신이 수줍어진다. —그렇게 말하는 그의 습성을 대변하는 것 같다.

이는, 오늘날 우리들에게는 기묘하게 느껴진다.

연애감정을 갖지 못하는 자에게, 어떻게 문학적 감동을 가질 수 있는가 할 정도로, 문학의 발생동기와 연애경험을 결합시키는 일에 익숙한 우리들에 있어서, 메이지 전기(前期)의 문호로 일컬어지고 있는 자들이 한결같이 연애다운 연애를 하고 있지 않고, 연애라는 것이 어떤 것인가조차도 나름대로 알지 못하고 있는 것처럼 보이는 것은 정말 이해하기 어렵다. 우리는 거기서 메이지 초기라는 시대적 분위기를 확실히 느낄 수 있다.

메이지의 청춘기

시마자키 도손(島崎藤村)의 『봄(春)』

　　모리 오가이가 『비타 섹슈어리스』를 발표하기 전년에, 시마자키 도손(島崎藤村, 1872~1943)은 『봄(春)』을 아사히신문에 연재했다. 같은 시기에 다야마 가타이는 요미우리신문(読売新聞)에 『생(生)』을 연재하고 있어 우연하게도 이 두 사소설(私小説) 작가가 서로 경쟁하는 구도로 최초의 자전적 소설을 소개하는 모양새가 되었다.

　　이 경쟁구도에서 다야마 가타이 쪽이 높은 평가를 얻었다. 당시 지방 중학생이었던 나도 일부러 요미우리신문을 도쿄에 구독하여 『생(生)』을 읽었는데, 『봄(春)』에 대해서는 그다지 관심이 없었다. 전년에 발표한 『파계(破戒)』에 의해 도손의 등장을 기대했던 독자들도, 『봄(春)』의 평범·단조로움에 식상한 것 같았으며, 그런 소설은 연재를 중단해야 한다는 내용의 투서도 신문사에 쇄도했던 것 같다.

　　실제로 『봄(春)』는 요즈음 읽어 봐도 지루한 느낌을 주는 것은 부정할 수 없다. 작가 혼자서 일방적으로 감동하고 비통해 하는 느낌을 주는 점에는 미숙하고 어색한 작품이기는 하지만, 그 대신 작가의 지극한 성실성이 묻어 있고, 당시 젊은이들의 독특한 생활상이라든가 꿈, 탄식 등이 단적으로 묘사되어 있어, 어떤 의미로는 소중한 작품이라 할 수 있다. 필자가 『문단연애사』에 굳이 이 작품을 거론하는 것은 오로지 이러한 자료적 가치를 존중하기 때문이다.

이 작품은, 도손이 아직 젊었을 때—『와카나슈(若菜集)』[37] 작가로 이름이 알려졌을 때보다 더 젊었을 때, 기타무라 도코쿠(北村透谷, 1868~1894)[38] 를 중심으로 한 동인잡지『문학계(文学界)』를 발간하고 있었을 무렵의 기록이다. 이 잡지의 동인으로는 도코쿠, 도손 외에 호시노 덴치(星野天知, 1862~1950)[39], 바바 고초(馬場孤蝶, 1869~1940)[40], 히라타 도쿠보쿠(平田禿木, 1873~1943)[41], 우에다 빈(上田敏, 1874~1916)[42] 등이 있었다. 우에다 빈은 당시 고등학생이었으나 고초 이하는 모두 메이지학원(현 메이지학원대학) 출신으로 메이지여학교(明治女学校)[43]에서 교편을 잡고 있었다. 그러한 인연으로 그들은 일본 최초의 부인잡지『여학잡지(女学雑誌)』[44] 기고 동인으로 당시 문학계에 등장하였는데, 도코쿠 등의 철저한 자유주의와 예술지상주의는 여성들을 대상으로 하는 계몽적 내용으로는 도저히 만족시킬 수가 없어 결국 문예를 주된 내용으로 하는 잡지를 발간하기에 이르렀던 것이다.

그러나『봄』의 주제는 이러한 문학운동의 실상을 알리려는 것은 아니었다. 작가 도손은 이 작품 집필을 즈음하여,

---

37 島崎藤村의 첫 번째 시집. 1897(明治30)년 출간.

38 시인, 평론가. 島崎藤村 등과『문학계』창간. 근대 낭만주의 선구자. 자살.

39 평론가, 소설가.

40 번역가.

41 영문학자, 수필가.

42 외국문학자, 시인. 1905년 번역시『해조음(海潮音)』간행.

43 1885년 도쿄 치요다구(千代田区) 고지마치(麹町)에 설립된 기독교 여학교. 1908년 폐교.

44 1885년 기독교 여성잡지. 1904년 폐간.

■ 근대 일본의 문단연애사

『봄』이라는 작품명은 단지 계절을 의미하는 것이 아니다. '이상(理想)의 봄'과 '예술의 봄'과 '인생의 봄' 이 세 가지를 포함하기 때문에, 먼저 '이상(理想)의 봄'에 기만당해 죽는 청년을 묘사하고, 다음으로 '예술의 봄'을 추구하다 실패하는 청년을 그리고, 마지막으로 '인생의 봄'에 도달한 청년을 등장시키려 하고 있다.

라고 쓰고 있다. '이상(理想)의 봄'에 기만당해 죽은 청년은 물론 기타무라 도코구를 가리키는 것이며, '예술의 봄'을 추구하다 실패한 청년은 도손 자신을 말하는 것일 것이다. '인생의 봄'에 도달한 청년은 과연 누구를 가리키는 것일까. 『봄』을 읽기만 해서는 확실하지는 않지만, 작품 속의 등장인물들이 모두 메이지 20년(1887)대의 기독교 교육을 받아 근대화 열풍 속에서 청춘을 구가했던 젊은이들이었다는 사실을 생각하면, '인생의 봄'은 모든 등장인물에게 해당되는 것이고, 그들의 군상 속에서 누구라 할 것 없이 '시대(時代)의 봄'을 찬미하는 것이었다.

중심인물은 물론 작자인 도손이었다. 그는 당시 메이지학원을 막 졸업한 스물 한 두 살의 청년이었다. 이 시기에 그의 마음을 사로잡은 인물이 둘 있었다. 한사람은 그보다 다섯 살 위이고 이미 인생이나 문학에 대해서도 확실한 개념을 가지고 있었던 도코쿠였으며, 또 한사람은 가쓰코(勝子)라는 그와 동갑네기 여성이었다. 가쓰코(본명은 佐藤輔子)는 모리오카(盛岡) 출신. 부친은 모리오카 자산가로, 그 지방 정계를 좌지우지하고 있었으나, 당시의 진보주의 시류에 편승하여 자식들을 모두 도쿄로 유학을 보내 신교육을 받게 하였다.

도손과는, 그가 메이지여학교 교사이었던 관계로 사제지간으로 서

로 아는 사이였는데, 이윽고 도손의 의중을 그녀에게 전하는 자가 있
어 두 사람 사이에는 연애감정이 싹트게 된다. 그러나 가쓰코에게는
이미 부모가 정한 신랑감이 있었고, 그도 역시 도쿄에 유학하고 있었
기 때문에, 서로의 감정을 확인했을 뿐 그 이상의 진전이 없었다. 여기
서 도손이 좀 더 적극적인 행동을 취했다면 좋던 싫던 결론이 났을 터
인데, 도손은 그런 도박을 할 남자가 아니었다. 그의 성격은 유약하고,
경제적인 면에서도 자신이 없었다. 한편 가쓰코 쪽도 단지 머뭇머뭇하
고 있을 뿐 적극성을 보이지 않는 남자에게, 부친의 노여움과 약혼자
의 슬픔을 감수하면서까지, 자신을 내던져 버릴 정도로 낭만적이고 격
정적인 여자는 아니었다. 두 사람은 세 번, 지인들의 주선으로 둘만의
만남의 기회를 갖지만, 중요한 것은 아무 말도 못한 채 싱겁게 끝나버
리고 말았다. 기껏해야 서로 손수건을 교환하는 정도로 싱거웠다. 결
국 여자는 약혼자가 학교를 졸업하자 도손에게 제대로 인사도 못한 채
고향으로 돌아가 약혼자와 결혼한다는, 도손에게 있어서 당연한 실연
의 이야기가 구성되어 있는 것이었다.

메이지의 청춘 발아기

이러한 도손의 적극적이지 못하고 애매모호한 첫사랑에 비해 도쿄

쿠의 사랑은 꽤 적극적이고 상큼했다. 조숙했던 천재 도코쿠가 교회에서 알게 된 두 세 살 어린 소녀(작품 『봄』에는 미사오(操))에게 마음을 준 것은 그의 나이 18,9세 때였던 것 같다. 20세였던 그가 이미,

'제가 당신의 모습을 그리워하는 시간은 너무 길고, 이렇게 친구로 지내는 시간은 너무 짧습니다. 당신과 친구로 지내며 살아갈 수만 있으면 더 이상 바랄 행복은 없습니다.' 이렇게 절절한 내용의 편지를 보내고 있다. 당시 그는 정치가가 될 것인가 기독교 전도사가 될 것인가 아니면 문학자가 될 것인가 정하지 못해 방황하고 있던 시절로 경제적으로도 힘든 때였는데, 그럼에도 불구하고 대담하게도 당당히 미사오 집을 방문하여 당시 정부 관리였던 그녀의 부친에게 딸과의 결혼을 신청했다. 물론 그녀의 부친은, 처음에는 일언지하에 거절하였으나, 자주 찾아와 진심어린 청혼을 하는 도코쿠를 대하면서 점차 그의 성실성과 재능을 이해하게 되었던 것 같다. 결국 그녀의 부친의 허락(도코쿠의 친어머니는 끝까지 반대했던 것 같다)이 떨어져 21세 되던 해 가을 결혼하게 된다. 그러나 무리한 결혼생활이 잘 되었을 리가 없다. 경제적 궁핍, 모친과의 불화, 종교적 동요, 문학에 대한 회의, 건강상의 문제 등 그의 젊은 나이로는 감당할 수 없을 정도로 부담이 커 결국 27세가 되던 해 이른 봄에 스스로 목숨을 끊게 된다. 도손이 '이상(理想)의 봄'에 기만당해 죽었다는 것은 바로 이 죽음을 가리키는 것이었다.

도손의 『봄』에는 이 외에도 몇 개의 연애군상이 그려져 있다. 예를 들면, 작중인물 중에 스게(菅)라는 자는 하룻밤을 지냈던 하코네(箱根) 도노사와(塔ノ沢)의 한 여관에서 일하는 여자에게 반하여 그녀와의 결혼을 심각하게 고려하고 있었고, 학생 이치카와(市川)는 오카미(岡見)의 여

동생 료코(凉子)와 서로 사랑하고 있었고, 오카미는 또 제자 이소코(磯子)와 사제애(師弟愛) 이상으로 뜨거운 감정을 서로 느껴 결국 오오이소(大磯)[45]에서 사랑의 보금자리를 갖게 된다.

물론 이 작품의 주제는 이러한 사랑의 경위 등을 서술하는 데에 있는 것이 아니기 때문에, 이러한 연애담이 조야한 스케치처럼 작품에 점철되어 있는 것에 지나지 않지만, 그러한 스케치를 모아 보면 거기서 저절로 하나의 연애사—메이지시대에 있어 최초의 연애 구가(謳歌) 시대의 소식—가 그 내부에서 묘사되고 있었음을 알 수 있다. 내가 이 작품을 가리켜 '시대의 봄'을 그린 작품이라고 평가한 것은 바로 이러한 의미에서이다.

플라토닉 러브

이 시기의 청년들의 특성을 좀더 확실히 알기 위해서는 그들의 생태와, 모리 오가이의 『비타 섹슈얼리스』에 등장하는 청년들의 생태를 비교해 볼 필요가 있다.

나는 전장(前章)에 『비타 섹슈얼리스』에 대해 기술하면서 여기에 등

---

45 가나가와(神奈川) 남부에 위치한 마을. 1885년 일본 최초로 해수욕장 개장.

장하는 청년들에게는 성욕생활은 존재하지만 연애생활은 찾아볼 수 없다고 지적했다. 실제로 작품에 묘사되고 있는 청년들은 정말 버젓이 매춘을 하기도 하고 동성애를 연출하기도 하지만, 연애의 희열을 노래하거나 그 고뇌를 호소하거나 하는 등장인물은 한 사람도 없다. 동시대의 청년을 묘사하며 가장 연애소설에 가까운 형식을 갖추고 있는 『기러기』에서도 그저 오타마(お玉)의 오카다(岡田)에 대한 일방적인 사랑뿐이며, 오카다 쪽에서는 연애감정을 전혀 느끼고 있지 않는 듯하다. 아마도 그와 같은 연애감정을 경멸하거나 경계하고 억제하고 있는 것처럼 보인다.

그런데 『봄』이 보여주는 것은 전혀 다른 세계이다. 친밀한 우정을 나누는 젊은이들이 있으면서도 동성애의 흔적은 찾아볼 수 없다. 성욕에 있어서도 희석되어 있다. 도손과 도코쿠가 시나가와(品川) 창부집에 가는 묘사는 보이지만, 한편으로는 삭발하고 죽음을 앞둔 전야(前夜)와 같은 절박한 절망 속에서의 행위이며, 또는 자살 직전의 모든 것을 포기하는 것과 같은 상황 속에서의 행동이었다. 그 어느 것도 결코 오가이시대 처럼 분위기 좋은 매춘이 아니었다.

게다가 놀라운 것은 이 작품에 등장하는 열 명에 가까운 청년들이 한결 같이 애인이 있다는 것이다. 또한 그 애인들은 하코네 여관 종업원을 사랑하는 스게(菅)의 케이스를 빼고는 모두가 당시 최고 교육을 받은 양가 규수였다. 또 더욱 놀랄 것은 이들이 지향하는 연애는 죄다 관념적 플라토닉 러브였고, 그러한 사랑을 완성시키는 것이야말로 최고의 도의적 사명이라 여기고 있었다.

이러한 그들의 연애관을 들여다보기 위해 『봄』 중의 한 구절을 인용하겠다. 이것은 그들 그룹 중에서 연장자 격인 아다치(足立)가 하코네 여자에게 반한 스게를 위해 스게의 숙모를 만나 대화를 나눈 내용의 문장이다.

나는 스게의 숙모를 만났다. 그녀는 역시 산전수전을 겪어서인지 아주 깊은 배려심도 있고 말씨도 꽤 침착했다. 그렇지만 아직도 어딘가 유교적 사상이 남아 있어 사랑의 진정한 의미를 이해하지 못하는 것 같았다. 나는 스게를 위해 여러 가지 변명을 늘어놓았다. 숙모는 한결같이 놀라고 있었는데 시간이 지남에 따라 스게의 애틋한 정을 이해하게 되었다. 그 여자(하코네 여자)를 어쨌든 만나 보겠다고 했다…… 숙모는 내 이야기를 듣고 비로소 그 내막을 상세히 이해하게 되었다고 했다. 나는 친구 스게의 마음이 여자의 육체를 갖지 못해서 고뇌하는 것이 아니라 그녀의 영혼이 아직 더럽혀지기 전에 구제하는 데 있다고 설명했다. 또 사랑이란 이성의 마음속(내부)에서 자기 자신을 발견하는 것이며, 인간의 참모습은 그 내부(내면)에 의해 정해지는 것이라고 부연 설명했다……

29일 스게의 숙모를 재차 방문했다. 그녀는 소녀를 이곳으로 오게 하는 것은 좋지 않다고 했다. 나는 그 소녀는 그야말로 들에 핀 꽃이어서 색도 향기도 없는 것은 당신이 말했듯이, 지금 세상의 숙녀에는 미치지 않는다. 하지만 인간의 진정한 가치는 외면만으로 판단하기란 어렵다. 인간의 지위, 학식, 재력, 복장, 용모도 모두 버리고 나면 남은 것은 뭔가 분명히 있다. 이 정말 순수한 것이야말로 진정한 인간상이라 생각한다. 이러한 의미에서 귀인이나 빈자

(貧者)나 다를 것이 없다.(중략) ……그런데 당신은 스게가 우연히 그 소녀를 보고 순간적으로 반한 것을 보고 천박하다고 하지만 인간의 영혼의 불꽃은 순간적으로 타오르고 순간적으로 꺼지는 것이다. 그러한 자연의 불꽃은 아주 하찮은 실마리가 도화선이 되어 순간적으로 온 천지의 광명이 인간의 내면으로 전해진다. 이 도화선을 준비하는 데에는 시간을 요하는 것이다. 불이 붙고 타오르는 것은 분명히 순간적이다. 아니 그 순간이야말로 오히려 존귀한 것이다. 또 당신은 스게의 연애는 한때의 감정에 지나지 않음으로 그냥 시간을 보내다 보면 쉽게 식는다고 말하지만, 원래 사랑이라는 것은 일시적인 감정이 아니다. 시간이 지날수록 모든 정신에 작용하여 하나의 주의(主義)에 고정되고 끝내는 그 목적을 얻지 못하여 더욱 격렬하게 돌진하는 것이다.(중략)…… 남자가 한 번 마음먹은 일, 천 번 당긴 바위는 아니지만 그렇게 쉽게 굴려지는 것은 아니다. 죽으면 함께 할 친구가, 나중에 고독하게 생활하는 모습이 지금도 더욱 선명하게 눈에 아른거려……

이 문장에 함축되어 있는 연애관을 요약하면, 연애는 한 이성(異性)의 내부에 자기를 발견하는 것이며, 인간의 진정한 가치는 이 '내부'에 있다. 때문에 외부적인 미추(美醜), 빈부, 학벌 등은 사랑의 조건을 충족시키지 못하며 오로지 진실되고 순수한 내부의 결합만이 연애의 실체이다. 이러한 내부의 영혼끼리의 결합은, 타인의 권유나 타산적이고 일시적인 생각의 결과로 나타나는 것이 아니라, 제3자 입장에서는 우연이라 할 정도로 순간적인 접촉 속에서, 정신적으로 불타오르는 정열인 것이다. 그것이 순간적이고 직관적일수록 그 본질은 숭고하다. 게다가 이 내부적인 결합이 일단 이루어지면 그것은 일시적인 거짓 애정이 아니라 정신적 활동이 되어 서로의 인격을 만들어가는 것이며, 그와 같은 결합에 실패하면 일생을 고독 속에서 보내는 결과를 낳게 된다.

이것은 플라토닉러브의 공식이다. 오늘날 우리들의 입장에서 보면 꽤 유치한 독단으로도 보이고, 고열 속의 헛소리로도 생각되지만, 당시 그들이 이러한 연애관을 유일한 신조로 여겼고 한결 같이 그 신조를 관철시키려는 열정과 성의는 정말 대단한 것이었다. 그들 중에서 가장 소극적인 태도를 취했던 도손조차도 끊임없이 죽음의 관념에 시달리고 있을 정도였다. 물론 이러한 그들도 이 소설 말미에서는 "사랑이라는 건, 그리 대단하고 난리칠 것은 아니야. 그저 밥 먹는 거랑 같은 거야."라고 스게를 빌려 말할 만큼 성장하지만 그들이 이러한 결론에 도달할 때까지는 서로가 목숨을 건 사투를 경험한 결과로, 일본의 상실세대(Lost Generation)가 "연애 같은 것 웃겨……"라고 가볍게 내뱉는 것과는 꽤 어감의 무게가 다르다.

봉건성과 연애

그러나 오가이에 의해 대표되는 청년들과, 도손에 의해 대표되는 청년들은 왜 이리 대조적으로 연애관이나 연애감정이 다른 것일까. 한쪽은 연애에 둔감하고 경멸하기까지 한 것에 비해, 다른 한쪽은 연애에 민감하고 숭배적이기까지 했다. 그 이유는 어디에 있는 것일까.

가장 중요한 것은 그들이 성장한 시대, 그들의 정신을 형성시킨 중요한 시기가 10년의 격차가 있다는 것이다. 이것을 연대적으로 말하면, 오가이가 만으로 10살이 되던 해가 메이지5(1872)년, 20살이 되던 해는 메이지15(1882)년이었는데, 도손의 같은 연령기는 메이지15(1882)년에서 메이지25(1892)년이었다.

근대화가 급격히 진행되고 있던 메이지 이후의 일본에서의 10년이라는 시간은 오늘날에도 결코 무시할 수는 없지만, 메이지 전반기에 있어서의 10년이라는 세월은 엄청난 격차를 보이고 있었다. 특히 메이지10(1877)년의 세이난전쟁(西南戰争)[46]에서 메이지27,8년의 청일전쟁까지의 16,7년 동안의 일본은 정치적, 경제적, 문화적으로 일대혁명에 견줄 만큼 큰 변화를 보여준 시기로, 따라서 오가이와 도손과의 시간적 차이는 그야말로 큰 것이었다.

좀 더 구체적으로 말하면, 대체적으로 메이지유신은 막부정치를

---

46 사이고 다카모리(西鄕隆盛)가 일으킨 메이지정부에 대한 반란.

일왕정치로 체제가 바뀌었기 때문에 정치적으로도 커다란 변혁이었지만, 국민의 관습이나 생활양식, 도덕성 등에 있어서는 그다지 변화를 가져다주지 못했다. 이전의 영주는 지사(知事)로 임명되었고, 머리의 상투는 강제로 잘리고, 허리에 찬 검은 사라져버렸지만, 서민의 생활이나 의식은 여전히 도쿠가와(德川)시대의 봉건주의와 도덕의 기본이었던 유교에 바탕을 두고 있었다.

봉건제도는 단순하고 엄격한 계급제도를 기본으로 형성되어 있었다. 즉 세상이 귀천, 상하, 존비(尊卑), 지배자와 피지배자라는 2분법 계열로 단순화되어, 지배계급이 명령을 하기도하고 제도를 세우는 것에 대해, 비천한 피지배계급은 그저 명령에 복종하는 것이 이 제도의 기본이며 도덕이었던 것이다. 군신(君臣), 부자(父子), 부부(夫婦), 장유(長幼)—모두가 명령하는 자와 복종하는 자와의 관계에서 위반은 한 치도 허용되지 않았다. 군주는 백성에 대해 절대적이고, 가장인 부친은 가족에 대해 무상(無上)의 명령자였으며, 남편은 아내에 대해 생살여탈의 권리를 가지고 있었다. 또, 부락이나 촌락 등의 협동체에서는 대표자(촌장)가 그 권력을 행사할 수 있었다.

이러한 제도 속에서 젊은 남녀의 연애는 절대로 허용되지 않았다. 결혼도 이혼도 모두 가장인 부친이나, 부락의 촌장의 명령에 따라야 하는 사회에서는, 젊은이들이 자신의 의지로 애정을 품는 것 자체가 가장이나 촌장에 대한 반역을 의미하는 것이었다. '남녀 간의 밀통(密通)은 가훈(家訓)으로 엄금한다'인 만큼, 무 자르듯 젊은 남녀의 목을 치는 정신은, 단순히 영주저택이나 무가저택에서 뿐만 아니라, 일개 촌락의 서민들 집에까지 본질적으로 습득되어 있었다. 그뿐만 아니라,

여자를 업신여기는 것을 남자의 체면으로 알고 있던 사회에서는, 남자가 여자에게 애정을 느끼는 것을 남자의 체면을 손상시키는 치욕으로 느끼는 심리적 습성도 깊게 뿌리내리고 있었다. 남자에 있어 여자는 사랑할 대상이 아니라 그저 가엾은 존재였던 것이다. 그리고 여자로부터 사랑받는 것은 남자의 자랑거리지만, 남자로서 여자를 연모하는 것은 수치스러운 것이었다.

오가이 부류의 정신이 형성된 시대, 즉 메이지 10년 전후는, 이러한 제도나 심리적 습관이 거의 그대로 이어지고 있었던 시대였으며, 당시의 청년들에게는 그것에 대한 비판의 조짐조차도 기대할 수 없었다. 이것이 『비타 섹슈얼리스』를 구성하고 있는 사회적 배경이다. 때문에 작중인물들은 재물의 욕심이나 화류병(성병)에 대해서는 경계하고 있으면서도 아주 당당하게 요시와라유곽으로 몰려가지만, 일반 여성에 대해서는 관심을 보이지 않는다. 아니, '아키사다' 라는 중고 연장가게집 딸—어느 대처승의 첩에 대한 오가이의 감정처럼—에게 상당한 관심을 갖게 되는데, 체면 때문에 그 감정을 억제한다. 그리고 매춘을 하는 학생들을 비난하지 않지만, 양궁점 딸에게 오비(帶, 허리띠)을 선물한 소년은 추방(따돌림)의 쓰라린 고통을 맛보게 되는 것이다.

남색(男色)이 그리 대단한 추태로도 생각하지 않고, 어떤 의미로는 '청결'이나 '강건(剛健)'을 보여주는 것으로 암묵적으로 허용되었다는 것도 이러한 연애금기사회의 한 풍경이라 할 수 있다. 남자가 여자에게 반하는 것은 남자의 체면을 손상시키는 일이지만, 남자가 남자에게 반하는 것은 오히려 바르고 건전한 일로 여겨졌던 것이다.

기독교의 성행

그러나 이러한 봉건시대의 여풍은, 메이지15년 경, 다시 말해서 오가이가 청년이 되었을 무렵부터 일시적이긴 하지만, 크게 무너지기 시작했다. 그것은 낡은 봉건제에 대해 가장 향수를 느끼고 있던 구시대의 무사들, 신사족(新士族)들의 꿈이 세이난전쟁의 실패로 일거에 무너짐과 동시에, 벤담(Bentham, Jeremy 1748~1832)[47]이나 밀(Mill, James 1773~1836)[48]과 같은 영국 류의 공리주의와 이타가키 다이스케(板垣退助, 1837~1919)[49]의 프랑스 류의 자유민권사상이 급격히 밀려들어와 국민들의 마음을 뒤흔들기 시작함과 동시에 또 메이지 정부가, 막부가 체결한 불평등조약을 개정하기 위해 급진적 서양화정책을 표방했기 때문이다. 당시의 정치가나 귀족들이 10년 전까지만 해도 상투머리에 포마드(pomade)를 바르고 제각기 멋을 부리며 로쿠메이칸(鹿鳴館)에서 밤새도록 연회를 열었다는 이야기나, "이타가키는 죽지만 자유는 죽지 않는다."라고 폭탄 연기 속에서 이타가키가 외쳤다는 이야기 등, 지금 보면 한편의 코믹연극처럼 느껴지는 장면이지만, 그러한 사상적, 정치적인 움직임이 당시까지 무자각, 무비판적으로 계승되어 왔던 봉건주의에 역류하는 것에 박차를 가했다는 것은 분명하다.

---

47 영국의 법학자, 철학자. 공리주의 주창자.

48 영국(스코트랜드)의 철학자, 경제학자. 벤담과 함께 공리주의 입장을 선언.

49 막부말기~메이지시대 정치가.

하지만 이러한 움직임에는 문화라는 표방 이면에 정치적 야심이
숨어있었다. 아니 적어도 그러한 요소가 너무 많았다. 때문에 겉으로
는 아주 대단한 계몽운동처럼 보이거나, 진보주의 운동처럼 보이면서,
그 효과는 국회를 개설한다는 약속, 그 외에 두 셋의 정치상의 개혁 정
도에 지나지 않았으며, 국민의 실제생활(생활감정이나 가정적 습관) 상에서는
거의 아무런 변화를 가져다주지 않았다. 결론적으로 로쿠메이칸에 모
이는 호족이나 관리들은 무도장에 있는 시간 동안 만 문명개화 법칙에
따라 레이디 퍼스트의 예의를 지켰지만, 일단 가정으로 돌아가면, 여
러 명의 첩을 두고 부부생활을 영위하고 있었으며, 자유와 인권을 외
치는 자유당 청년당원들도 창녀촌의 포주를 적으로 생각하지 않았다.

때문에 모처럼의 서구화주의, 자유민권론도, 일본인을 봉건주의로
부터 해방시키기에는 아무런 도움이 되지는 않았지만, 단지, 그러한
봉건성에 대해 정면으로 도전한 것은, 전술한 바와 같이 새로운 풍조
에 편승하여 갑자기 활기를 띠게 된 당시의 기독교단체였다.

기독교가, 특히 프로테스탄트가 일본에 전래되기 시작한 것은 에
도시대 말기였는데, 급격히 활기를 띠게 된 것은 세이난전쟁 전후
부터였던 것 같다. 거기에는 삿포로(札幌)의 크라크(Clark, William Smith,
1826~1886)[50], 구마모토(熊本)의 젠스(Janes, Leroy Lansing, 1838~1909)[51], 교토의

---

50 미국의 교육자. 1876년 삿포로농업학교(현 홋카이도대학)초대 수석교사역임. 기독교를 기
본으로 한 인격교육. 시도.

51 미국의 교육자. 1871년 熊本洋学校교사로 부임. 자택에서 성서를 강의함.

니지마 조(新島襄, 1843~1890)[52] 등의 헌신적인 지도자가 있어, 우수한 청년들을 가르친 덕택으로 한동안 결실을 보게 된 부분도 있지만, 메이지정부의 서양화정책(欧化主義)이 영어교육열을 부추긴 결과도 있었던 것 같다. 어쨌든 메이지10년대의 기독교 유행은 대단하였으며 신자 수가 2,30만명(다이쇼기에는 2.3만명에 불과했음)이나 되었고, 크고 작은 교회가 전국의 도시는 물론 농어촌에까지 세워졌을 정도였다. 성급한 선교사들은, 일본은 앞으로 10년 내에 기독교국이 될 거라고 본국 기독교단체에 보고했을 정도였다.

어쨌든 기독교 신자들은 개인주의사상을 고집하고 있었기 때문에 당시 사회 봉건성과 대립하고 있었다는 이유로 "기독교는 불효를 가르치는 종교다", "불충불효의 무리들의 모임이다"라는 비판을 감수해야 했다. 사실 당시의 청년 목사였던 고자키 히로미치(小崎弘道, 1856~1938)[53] 등은 천황제를 비판하여, 일왕은 봉건질서의 정점에 있으며 미개국의 상징이라고 그의 저서에 쓰고 있을 정도였으니 그의 주위와의 마찰의 정도는 상상하지 않아도 알만했다.

그러나 기독교인들의 이러한 저항도 기껏해야 1890년(明治23) 교육칙어(教育勅語)가 발포될 때까지였다. 1891년(明治24) 1월 9일 第一高等学校(현 도쿄대학) 입학식 때, 교수 우치무라 간조(內村鑑三, 1861~1930)[54] 가 일왕의 친필서명이 적힌 교육칙어에 배례(拜禮)하지 않았다는 이유

---

52 기독교 교육자. 도시샤대학(同志社大学) 설립자.

53 목사, 신학자, 사상가. 도시샤(同志社) 2대 총장.

54 개화기 일본 기독교 지도자. 교육자.

로 세간의 큰 문제가 되었다. 우에무라 마사히사(植村正久, 1858~1925)[55], 오시카와 마사요시(押川方義, 1849~1928)[56] 등의 기독교 지도자들은 공개 장에다 '어떤 내용이던 한 장의 종이쪽지에 배례하기를 강요한다면, 우리는 죽음을 불사하고 우리의 양심을 지키겠다'고 항의 하였지만, 당사자인 우치무라가 여론에 굴복하여 동료 기무라 슌키치(木村駿吉, 1866~1938)[57]를 보내(우치무라는 당시 병상에 있었음) 정식으로 칙어에 경례하게 하여 문제를 일단 수습하였다. 그리고 이후 기독교는 새로이 등장한 교육칙어적 봉건제에 굴복함과 동시에 정치적 발언권도 잃어 버렸다. 그러나 사회풍속 면에 있어서는 상당한 족적을 남겼다. 그것은 그들의 인간 평등주의관에 기초를 둔 여성존중의 관념과 연애의 자유 그리고 결혼을 신성시하는 등의 사고방식이었다. 도손의 『봄』은, 이와 같은 기독교가 잠시 꽃피웠던 시대의 남녀의 mission school 생활을 배 경으로 하고 있다는 점에 큰 의의를 가지고 있으며, 타오르는 생의 환 가(歡歌) 속에, 초조함을 느끼게 하는 것은 바로 당시의 시대적 불안을 나타내는 것이라 할 수 있다. 여기에는 물론 사랑이 있지만, 그 사랑 이 너무나 관념적이고, 공식적이며, 관능적인 발랄함이 없는 것은, 바 로 기독교 윤리의 영향 때문이었다고 할 수 있다. 어쨌든 많은 젊은 남 녀가 개인적으로 서로 왕래하고, 편지를 교환하고, 회합하면서도, 육 체적 관계를 갖는 남녀는 없었고, '영혼의 결합'만으로 끝나는 것도 이

---

55 개화기 사상가, 기독교 전도사, 목사.

56 종교가, 교육자, 도호쿠학원 및 미야기학원 설립자.

57 개화기 통신기술자.

시대의 특색이었으며, 작품 전체에 사원 같은 우울함과 공허함과 초조함이 흐르고 있는 것도, 시대 상황에 비춰 볼 때 당연한 것이었다.

그러나 그러한 우울함과 공허함을 보이면서 도코쿠(透谷)를 비롯하여, 여기에 등장하는 청년들이 각자 꿈을 안고 있으며, 생활의식에 있어서도 의욕적이고, 도손처럼 여행을 통하여 현실도피를 꾀하는 청년조차도 "나 같은 놈도 어떻게 하든 살고 싶다"고 기도하는 것은, 그들이 강한 반속정신(反俗情神)을 지니고 있고 그 정신이 항상 연애에 반영되고 있기 때문이었다.

이 반속정신과 연애감정과의 관계는, 일본에서는 연애하는 것 자체가 반사회적인 것이었기 때문에 사랑하는 자는 항상 저항에 부딪히는 것을 각오해야 했으며, 죽으려면 같이 죽자라는 각오로 임해야 했다. 여기에 일본인의 사랑이 적지 않게 비극적인 양상을 띠게 되는 이유가 있으며, 그 같은 경향은 패전 때까지 이어져 왔다. 메이지 중기부터 실시된 교육칙어적 봉건제에서도 연애금기 규정은 엄연히 남아 있어, 수많은 남녀학생들은 퇴학처분을 받기도 했다.

로카(蘆花)의 첫사랑

『검은 눈과 갈색 눈』

　　다이쇼 3년(1914) 말에, 도쿠토미 로카(德富蘆花, 1868~1927)는 장시간의 작가적 침묵을 깨고 『검은 눈과 갈색 눈(黒い芽と茶色の目)』를 출판했다. 출판하기 전에 로카는 혼자서 유럽순례 여행길에 올랐는데, 먼저 팔레스티나에 있는 기독교 유적을 방문했고, 이어서 야스나야 포리야나에 살고 있는 톨스토이(Aleksei K, Tolstoi, 1817~1875)를 방문하여 젊었을 때부터 품어왔던 꿈을 이루었다. 귀국 후 그는 도쿄 교외 가스야무라(糟谷村)에 별장을 마련하여 톨스토이가 직접 전수한 반농생활(半農生活)을 시작했는데, 『검은 눈과 갈색 눈』은 이러한 새로운 생활 속에서 태어난 제1작이었으며 당시 그의 나이는 47세였다.

　　로카는 일찍이 서양의 빅토리아조 세기말 영문학의 영향을 많이 받았고 게다가 유소년기부터 기독교풍의 환경에서 자라, 그의 작품은 대체로 가정소설적이고, 연애라든가 가정을 절묘하게 묘사하는 경향이 있었다. 때문에 예수의 성지를 순례하거나, 톨스토이 영향을 직접 받은 후, 새로운 생활환경 속에서 그가 발표한 작품에는 이전보다 더 종교적이고 이상주의적인 색채가 강할 것이라고 기대하였으나, 정작 『검은 눈과 갈색 눈』은 예상을 뒤엎은 자기폭로적 자전소설이었다.

　　이 소설의 '검은 눈'은 그의 은사이고 도시샤(同志社大学) 창립자인 니지마 조(新島襄, 1843~1890)의 눈이고, '갈색 눈'은 그의 애인이며, 당시 도시샤여학교 학생이었던 히사요(壽代)라는 소녀의 눈이었다. 즉 이 소설은 일찍이 도시샤 학생이었던 로카가, 한편으로 끊임없이 니지마 조의 검은 눈—엄숙하면서도 온화한 눈의 경고를 느끼면서, 또 한편으로는 끊임없이 히사요의 갈색 눈—음탕하고 도발적인 눈에 이끌려 행동하게 된다. 그러한 청소년기의 그의 다감하고 들떠있던 학창생활을 묘사한 것으로, 그 묘사법이 종래의 장식적인 가정소설과는 달리, 실체를 과감히 파헤쳐 작가 자신과 주위의 비사(秘事)를 묘사하고 있는 것에 의외의 흥미를 느끼게 했다.

가스야무라의 한가한 저택에 들어앉아 바야흐로 완전히 톨스토이교(敎) 성자가 되었어야 할 50세의 로카가, 어떤 연유에서 새삼 청년시절의 광태(狂態)를 파헤쳐, 사랑하는 아내에게조차 감춰온 비밀을 아내와 세상 앞에 공표해야만 했는가. 거기에는 다분히 종교적 참회와 같은 심정 때문이었던 것 같다.

그는 작품 초판본 권두에 이 작품을 아내에게 보내는 취지를 쓰고, 그 헌사(獻詞)에

내 아내에게

21년 전 결혼했을 때, 당신에게 보냈어야 했던 것을 수치심에서 오늘에까지 늦어지게 된 것이 바로 이 작품이다.

나는 당신을 이 세상에서 만나기 전에 제멋대로 분별없는 행동을 했다. 이것도 당신으로 오해한 허무한 그림자에 당황하고 흘린 피와 눈물과 땀의 흔적이다. 우리는 이미, 이러한 것도 옛 이야기로 창작할 수 있는 행복한 사람들이다.

라고 쓰고 있다. 이 헌사에는 로카 부부생활이 이제야 겨우 안정되었다는 안도와 만족이 느껴짐과 동시에, 먼저 이것을 아내에게 밝히지 않으면, 진정한 부부로서의 새로운 생활을 영위할 수 없다는 일종의 힘찬 결의가 느껴진다. 그것은 그의 참회록이며, 신생활의 제1작으로서 우선 과거의 분별없는 행동을 적나라하게 고백하고, 신과 인간 앞에 특히 아내에게 용서를 구하려는 의도에서 쓴 것으로 풀이된다.

이러한 의도에서 쓰여진 자기고백의 문학은 서양에서는 아주 오래전부터 존재하고 있어, 참회문학 계열을 이루고 있지만, 일본에서는 드물었다. 물론 자기 생활경험을 적나라하게 묘사한다는 것은 다야마가타이 이래 많은 작가들이 해온 것으로 그것이 일본 근대문학의 정형(定型)으로 되어 있기 때문에 문학 형식에 있어서는 결코 드문 것은 아니었다. 때문에 로카가 이 작품을 발표했을 때에는, 로카도 드디어 자연주의 앞에 무릎을 꿇었는가라고 논평한 자도 있었는데, 실제로는 로카는 전혀 다른 의도에서 썼던 것이다. 즉 자연주의 작가는 자기긍정입장에서 자신의 경험을 표백하고 있지만, 로카는 신과 인간 앞에 자기를 부정하는 입장에서 이 작품을 쓰고 있다. 하기야 종교적 참회의 심리에는 신의 용서를 예상하고 있는 것이기 때문에 결국에는 긍정과 통하고 있지만, 어쩌면 그것이 작가의 자기비판을 당면의 과제로 들고 있다는 점에서는, 처음부터 자기를 긍정하고 있는 근대 리얼리즘과는 다르다 할 수 있다.

어두웠던 학창시절 연애

이 소설은 작가가 19세 때 숙모(이모 또는 고모)의 남편인 요코이 도키오(橫井時雄, 1857~1927)[58] 일가와 함께 두 번째 교토 유학길에 오른 경위에서 시작하여, 2년 후, 실연의 고통과 사채에 시달려 교토에서 실종될 때까지의 학생생활을 묘사한 것이다. 학교는 물론 도시샤. 요코이 도키오는 메이지정부 최초 참의(參議)를 지낸 구마모토(熊本) 출신 요코이 쇼난(橫井小楠, 1809~1869)[59]의 아들로, 그도 역시 도시샤 출신이었고 졸업 후 에히메(愛媛)이마바리(今治)의 예수교 목사로 부임하게 되었는데, 때마침 예수교 붐으로 단시간에 수백명의 신자들이 모여들어, 미국 신자들로부터 기념 종을 선물 받을 정도로 목회자로서 성공을 거두었다.

이 작품 처음 부분에, 그는 교회 목사를 그만두고, 마침 그때 같이 살고 있던 4촌 로카와 함께 교토로 이사를 가게 되는데, 뜻밖에도 교토에는 청년 로카의 마음을 끄는 한 소녀가 기다리고 있었다.

이 소녀의 이름은 히사요(壽代). 니지마 조 아내의 조카이며, 요코이 도키오 부인의 이복 여동생이었다. 그녀의 친어머니는 과거에 기온(祇園)의 기생 출신이었는데, 기적(妓籍)에서 빠져나와 당시 도시샤 부사장이었던 야마시타(山下)씨의 아내가 되었다. 그러나 그 후, 양자로 들이

---

58 메이지, 다이쇼기의 목사, 정치가.

59 에도말기 유학자, 메이지 초기 정치가.

려고 집으로 데려온 소년과 정을 통하여 임신까지 하게 되자 끝내 야마시타 집에서 쫓겨났던 여자였다. 히사요는 생모의 이러한 피를 이어받아서인지 13,4세 때부터 남학생들 사이에서 소문이 날 정도로 자유분방한 행동을 보였다. 로카가 교토에 왔을 때, 그녀는 16세 여학생이었는데, 매일같이 요코이 집에서 얼굴을 마주하는 동안 두 사람 사이가 점차 가까워져 갔다. 그러나 로카는 신앙과 야심에 불타고 있는 청년이었다. 지금까지의 그녀의 행적이나 혈통, 성격 등을 이미 알고 있는 이상, 그리 간단히 사랑에 빠질 수는 없었다. 그는 한동안 자중하고 있었는데, 그러던 중 그와 동년배인 4촌이 구마모토에서 와 같이 살게 되었다. 그런데 그 4촌이 그녀에게 접근하는 모습을 보자 그의 감정은 질투와 함께 급격히 그녀에게 향하게 되었다. 그는, 그 우둔하고 손버릇이 나쁜 4촌을 상대로, 한 여자 때문에 다툰다는 것 자체가 자존심이 상하는 일이어서, 한때는 4촌에게 그녀를 양보할 결심을 하지만, 히사요의 감정이 자신에게 향해 있다는 것을 알게 되자 로카는 결연히 그녀의 애정을 수락하게 된다. 그때 그가 그녀에게 보낸 편지는

전능하신 하나님 아버지, 십자가에 선혈을 흘린 그리스도, 영생의 성령, 3위1체이신 주님의 이름으로 당신과 백년해로할 것을 맹세하고 앞으로 영원히 변하지 않을 것을 신 앞에 기도합니다…….

당신의 장래의 남편으로부터
나의 미래의 아내에게

이렇게, 도시샤 3학년 19세 청년과, 같은 여학교 1학년 16세 소녀가, 신과 성령 앞에서, 영원히 변치 않는 부부의 약속을 하게 된다. 일반 사람들의 상식선에서 보면 우스운 연애문장이지만, 이 엉뚱함과 우스꽝스러움 속에, 당시 기독교의 젊음과 10대의 성실함과, 로카 성격의 강인함이 깔려 있었다고 말할 수 있을 것이다. 물론 로카는 일생을 걸 정도의 진심으로 이 사랑에 임하게 되는데, 그러나 세속적 상식은 이러한 사랑을 허락하지 않았다. 그리고 이 세속적 상식의 대변자는, 그의 보호자이며, 4촌이며, 히사요의 형부이기도 한 목사 요코이 도키오였다.

하루는 로카가 히사요를 데리고 난젠지(南禪寺)[60] 정원에서 데이트를 즐기고 있었는데, 갑자기 요코이 도키오가 들이닥쳤다. 히사요는 재빨리 몸을 숨겼지만, 로카는 바로 잡혀 호되게 야단맞았다. 다음날 요코이로부터 로카에게 건네진 각서에는

1. 성적이 아직 중간에도 미치지 않는데도 한 여자와 경솔하게 약속한 행동.
1. 묘령의 여자를 유혹하여 야외에서 밀회한 행동.

등을 조항별로 써서 꾸짖고 있다. 당시 로카는 아직 목사로서의 요코이 도키오를 존경하고 있었기 때문에 어쨌든 그 충고를 받아들여 히

---

60 교토시에 있는 임제종 本山.

사요와의 혼약을 파기할 것을 약속하지만, 실제로는 그 후에도 편지 왕래는 계속 되었다. 여름방학이 되자 그는 처음으로 도쿄로 가, 당시 필명을 날리고 있던 형 소호 집에 기거하게 된다. 거기서도 이미 요코이로부터 히사요와의 관계를 들은 형 소호한테도 잔소리를 듣고 그녀와 헤어질 것을 맹세하지만, 방학이 끝나 교토에 돌아가자, 그는 발이 닳도록 히사요 집을 들락거렸다. 히사요 집에서는, 그 유명한 도쿠토미 소호(德富蘇峰, 1863~1957)[61] 동생이 사위가 된다는 것에 그를 환영했다. 그러나 만남을 거듭하며 히사요의 저속한 가정환경을 보고 있는 사이에 점차로 정이 떨어지기 시작했다. 특히 그해 여름, 도쿄의 형 소호 집에서 후타바테이 시메이(二葉亭四迷)의 신작『뜬구름(浮雲, 1887~91)』를 읽고, 마치 그의 방황하던 마음이 채찍질 당하는 것 같은 강한 인상을 받았다.

처음 접한 구어체 문장에 다소 당황했지만 한쪽 두쪽 읽어감에 따라 절제되고 생동감이 느껴지고 사람 마음속까지 생생하고 선명하게 떠오르는 필력에 매료될 수밖에 없었다. 1시간 후에는 게이지(敬二)는 낯뜨거워지기도 하고, 미소짓기도 하고, 안색이 바뀌어지기도 하고, 눈물짓기도 하고, 떨기도 하고, 한숨을 쉬기도 했다. 게이지는 이것을 남의 일처럼 문학의 유희로만 볼 수는 없었다. 그는 이 소설은 자신에 대해 쓴 것이라고 생각할 수밖에 없었다. 게이지

---

[61] 저널리스트, 평론가.

는『뜬구름』주인공에게서 자신을 발견했다. 따라서 여주인공에게
서도 스미요를 발견하려 했다…… 대부분에 있어, 여주인공과 흡
사한 스미요에게 끌려다니는 자신의 처지를 게이지는 남자주인공
의 비참한 운명처럼 느껴졌다.

이것은 로카가『뜬구름』을 처음 읽은 후의 인상이다. 그는 이 소설
이 두려워졌다. 두 번 다시는 읽지 않겠다고 생각했다. 그가 도쿄에서
형 소호 앞에서 히사요와 헤어지겠다고 약속한 것도 이 소설의 영향
때문이었다.

그런데 지금, 이렇게 슬금슬금 그녀를 만나면서 그 저속한 가족들
과 접하게 되자, 그는 다시금『뜬구름』의 경고를 떠올리게 되었다. 요
코이 도키오의 충고에는 아랑곳하지 않았던 그도 후타바테이의 경고
에는 항변할 용기가 나지 않았다. 그는 절벽에 서있는 자신을 발견한
다. 그리고 드디어 파약선언을 하기 위해 히사요를 만나게 되는데, 히
사요는 동의하려 하지 않았다. 그러나 로카는 애써 애정이 식었음을
그녀에게 말하고 혼약을 파기했다. 그러나 로카에게는 그녀에 대한 미
련이 적지 않게 남아 있었다. 그는 방종한 생활을 하게 되고 기분 내키
는 대로 행동하였고, 게다가 나태해져 학교나 교회에도 한동안 가지
않았다. 그 때문에 학교성적은 계속 떨어졌고 갚기 버거운 사채까지
빌렸다. 빚의 총액은 100[62]엔이 채 안 됐지만, 당시 그가 집으로부터 받

---

62 메이지 30년 기준으로 1엔은 단순계산으로 지금의 3,800엔이지만, 여러 경제 사항을 종
   합적으로 고려하면 약 2만 엔의 가치가 있었다.

았던 한 달 학비가 4엔 50전이었던 것을 기준으로 생각하면 상당히 큰 부채였음에 틀림없었다. 그는 초조와 절망 속에서 드디어 교토를 떠나기로 결심한다. 떠나기 전, 마지막으로 히사요를 만나고 싶다는 생각에 여학교 기숙사로 달려가지만 공교롭게도 니이지마 부인이 와 있어 만나게 해 주지 않았다. 부인과 절충한 끝에, 니이지마 집에서 만나기로 하고, 그는 니이지마 부부 입회 하에 그녀를 만났다.

창백한 숙부(니이지마 조)와 붉게 상기된 숙모 사이에 의자에 앉아 있는 스미요를 보자 게이지(로카)는 그 자리에서 패대기치고 싶을 정도로 증오감에 사로잡혔다. ……1년 남짓 함께 달콤한 꿈을 꾸었던 남자 앞에, 지금 그 남자의 운명이 정해질 판에 눈썹 하나 움직이지 않고 있는 그녀의 옆모습을 게이지는 온몸에 힘을 주고 노려봤다.

의자에서 삐걱하는 소리가 났다. 이지마(飯島, 니이지마)선생님은 게이지를 보고 천천히 입을 열었다. "자네가 여학교로 보낸 편지는 모두 이쪽으로 오게 되어 있어서……"

선생님은 게이지를 보고 두세 번 고개를 끄덕였다.

"……뭔가 스미요에게 할 얘기가 있다고 하던데 여기서 얘기하게."

"지금 여기서…… 좋습니다. 여기서 못할 것도 없지요. 그러나— 두 분께서 자리 좀 비워주셨으면 합니다만."

"그럼, 만나게 해줄 수가 없네."

"그럼, 안 만나도 괜찮습니다."

"그럼, 돌아가게."

선생님은 침통한 분위기였지만 조금도 흔들림이 없었다.

"이만 가보겠습니다."

게이지는 벌떡 일어났다. ……게이지가 난폭하게 문을 열고 나가 인력거를 탈 때까지 선생님의 오른손에 쥐어진 램프 빛은 게이지 뒷모습을 비췄다.

이 장면을 마지막으로 그는 남은 소지품을 모두 팔고, 니이지마씨에게는 '성공할 때까지 선생님을 뵙지 않겠습니다.'라는 글을 남기고 여행을 떠났다. 1887년 12월의 일이었다.

그는 이윽고 고향인 구마모토에 정착하여, 목사 에비나 단조(海老名弾正, 1856~1937)[63] 보호 하에 인고의 나날을 보내게 되는데, 그가 교토를 떠날 때에는 생사를 건 결연한 모습이었다.

로카가 『국민의 친구(国民の友)』[64]에 투고하여 서서히 그의 문학적 재능을 세상에 알리게 된 것은 수년 후의 일이지만, 그 즈음 히사요는 이미 여러 남자 품을 전전하다가 폐병에 걸려, 천주교로 개종하여 독실한 신앙생활을 보내다 얼마 안 있어 세상을 떠났다고 전해진다.

메이지여학교

『검은 눈과 갈색 눈(黒い芽と茶色の目)』은 로카가 젊었을 때 경험한 연애 이야기라 할 수 있다.

이 사건은 1885년경부터 1887년경까지의 일이다. 시마사키 도손의『봄』보다는 3,4년 전의 일을 쓰고 있는데, 두 작품이 기독교의 강한 영향 하에, 기독교식 학교생활 속에서의 연애라는 점에서 공통점이 있다. 이 두 작품이 보여주는 연애는 플라토닉 러브이고 서로 손을 잡는 것조차 묘사되어 있지 않다. 그 대신 그야말로 정정당당한 연애의 상을 보여주고 있어 그 연애가 교사나 학교 친구들에게 알려지는 것 따위는 조금도 개의치 않았다.

전술한 바와 같이 시마자키 도손과 사토 스케코(佐藤輔子, 『봄』여주인공의 본명)와의 사랑은 메이지여학교 교사와 여학생과의 즉 사제지간의 사랑이었다. 당시 이 여학교 학생이었던 신주쿠(新宿) 나카무라야(中村屋)[65] 여주인 소마 곳코(相馬黒光, 1876~1955)[66] 자서전에 의하면, 이 두 사람의 사랑은 그때 이미 학교 전체에 소문이 퍼졌지만, 교사나 학생들도 전혀 비난의 하려고 하지 않았으며, 오히려 가련한 두 연인에게 동정하고 있었다고 전하고 있다. 만약 이러한 사건이 다른 학교에서 발

---

[65] 1901년 相馬愛蔵가 도쿄대학 정문 앞에 있던 제과점을 매입하여 경영, 1909년 신주쿠로 이전.

[66] 메이지~쇼와기 실업가 수필가. 신주쿠 나카무라야 창업.

생했다면, 아무리 서구화가 활발했던 때라 하더라도 큰 타격을 받았을 것인데, 그렇지 않았던 것은 이 두 사람의 정숙한 연애 태도 때문이기도 하지만, 메이지여학교의 자유주의적 교육의 영향이 컸다.

메이지여학교는 1884년경에 창립되어 십수년 후에 폐교된 학교이다. 그 십수년 동안에 구단(九段) 우시가후치(牛ケ淵), 이이다마치(飯田町), 시모로쿠반초(下六番町). 스가모(巢鴨) 등지를 전전할 정도로 재정난에 허덕이는 보잘것없는 학교였지만, 문학과 종교 면을 강조한 참신한 자유주의 교육은 당시 여성들이 자아에 눈뜨기 시작한 기운에 편승하여 일약 도쿄의 명물학교가 되었던 것 같다. 때문에 이 학교 대부분의 학생들은 아오모리(青森)나 모리오카(森岡) 같은 먼 지방에서 한결같이 이 학교를 지원하여 온 자들로, 졸업생 중에는 시킨여사(紫琴女史)라는 필명으로 한때는 히구치 이치요(樋口一葉, 1872~1896)와 필명을 겨루었던 고자이 도미코(古佐豐子, 1868~1933)[67]를 비롯하여, 구세군 야마무로 군페이(山室軍平, 1872~1940) 부인, 『부인지우(婦人之友)』[68]를 창간한 하니 모토코(羽仁もと子, 1873~1957), 소마 곳코(相馬黒光 1876~1955), 오쓰카 구스오코(大塚楠緒子, 1875~1910)[69], 노가미 야에코(野上彌生子, 1885~1985)[70] 등, 메이지 다이쇼의 여성문화사에 커다란 족적을 남긴 여성들을 다수 배출하였다. 물론 그중에는 혼쇼 유란(本荘幽蘭)과 같은 소설가, 신문기자, 여

---

67 본명 시미즈 시킨(清水紫琴). 메이지기의 소설가. 당시 도쿄대학 총장 부인.

68 1903년 4월 창간한 여성월간지.

69 가인, 미학자, 소설가, 시인, 오쓰카 나오코라고도 함.

70 소설가. 나쓰베 소세키 문하생.

배우, 무성영화변사, 만담가(落語家), 단팥죽집 등 점점 수준이 낮아져 끝내는 요시와라(吉原) 요정을 전전하며 몸을 파는 자들도 등장하지만, 어쨌든 이 학교의 존재가 메이지 여명기의 여성의 개안(開眼)과 해방에 끼친 영향은 지대했다고 할 수 있다.

이 학교 교장은 이와모토 요시하루(巖本善治, 1863~1942)이다. 그는 명작 『소공자(小公子)』를 번역한 와카마쓰 시즈코(若松賤子, 1864~1896)의 남편으로만 기억되고 있는 경향이 있는데, 그가 메이지여학교와 『여학잡지(女学雜誌)』경영에서 보여준 진보주의적 행적에서는, 그가 일본 최초의 페미니스트였던 것 같다. 그는 원래 농학자 쓰다 센(津田仙, 1837~1908)의 제자였다. 그리 문학적 교양을 지닌 인물은 아니었는데 20대 때 메이지여학교 업무를 하게 되고나서 당시의 로맨틱한 풍조에 편승하여 문학교육과 여성교육과의 접목에 착목했던 것 같다. 그때 당시의 문단에서는 가장 진보적이면서 정열적인 시인이며 평론가였던 기타무라 도코쿠를 데리고 와 사실상 교무주임을 시킨 것은 그의 사업가로서의 역량을 말해주고 있다.

그러나 그러한 사업상의 수완은 그렇다 치고, 그의 용모, 언변, 재기, 정열 등은 당시의 여성을 끌어들이는 데에 긍정적 요소로 작용했으며, 그가 페미니스트로서 성공한 것도 이러한 그의 매력의 덕분이었다고 할 수 있다.

제 견해로 말씀드리면, 선생님은 키가 크고, 혈색 또한 아름답고, 축축하고 선명한 큰 눈이 뭔가를 가만히 응시하고 있는 듯한 빛을 띠고, 언제나 조용히 눈을 크게 뜨고 보고 계셨습니다. 그 수려한 턱수염, 다소 두텁고 선명한 입술, 남성의 대부분의 미를 갖춘 모습으로 단상에서 학생들에게 강한 시선을 끊임없이 보내면서 강연하실 때, 그 목소리가 다시금 침통한 분위기를 띠고 있었습니다. 내가 재학하고 있을 때, 선생님은 이러한 분위기로 스펜서의 교육학을 설명하시고 남은 시간에도 보통 교장선생님이 흔히 하시는 무미건조한 교훈적인 이야기를 전혀 하시지 않았기 때문에 학생들은 그 시간을 고대하고 있었으며 강연이 끝나 강당을 나설 때는 누구나 감동하여 인생의 기쁨을 느끼고 한편으로는 선생님의 비범한 재기에 경탄하여 우리들이 이 학교 학생이라는 자부심과 행복을 강하게 느끼곤 했습니다.

이것은 곳코(黒光)부인이의 추억담의 일절인데 이렇게 매력적인 젊은 교장이 성경을 강론하고 스펜서를 논하고 평소에 기다유부시(義太夫節)[71]나 고산(小さん)[72] 만담을 읊조리는 식이었으니까 "선생님의 매력은 실로 대단하셨고 그 당시 젊은 여자들의 눈에는 신 같은 존재로 비쳐졌습니다."라고 말한 것도 당연할 일이었다. 물론 도코쿠의 열렬한 연애지상주의나 도손의 애달픈 영문학 강의에도 나름대로 일부 팬들이 있었지만, 그것은 이와모토교장에는 범접할 수 없었으며 그는 전교생의 사랑을 받았다고 할 수 있다.

그러한 반면에 자신이 여자를 좋아했고 극단적으로 여자에 흥미를

---

71 義太夫가 시작한 인형극 조루리(浄瑠璃)의 절(節).

72 小さん金五郎.

가지고 있었다는 것도 사실이었다. 메이지 27년(1894) 그의 처 와카마쓰 시즈코가 죽은 후에는 여러 여자와 사귀었으며, 그 여자들 간의 갈등에서 '메이지여학교 복마님(伏魔殿)'라 불리는 사태에 이르기도 했다. 때문에 정숙한 가정에서는 자녀를 학교로 보내지 않아 일세를 풍미했던 명물학교도 끝내는 객사의 운명을 맞이할 수밖에 없었다.

그러나 그의 성품이나 사생활의 행동거지가 어떻든 당시 가난했던 문학청년을 불러모아 과감한 자유교육을 수행한 그의 자신감과 수완은 평가할만한 것으로, 그만큼 그 학교가 아직 봉건성이 건재했던 시대에 여성의 자아를 깨우치고 해방시킨 공적은 인정해야 할 것이다.

도코쿠(透谷)를 사랑한 여인

앞에 언급한 곳코부인의 자서전은 당시 이 학교에서 맺어진 기타무라 도코쿠와 사이토 후유코(齋藤冬子)라는 여학생과의 사랑을 이야기하고 있다. 이 연애는 마침 『봄(春)』이 집필되는 동안에 행해져, 당연히 작품 『봄』에도 묘사될법한 사건이었는데 왠지 도손은 작품에 일언반구도 하고 있지 않았다. 설마 도손이 이 연애를 전혀 모르고 있지는 않았을 테지만, 아무것도 몰랐던 도코쿠 부인을 배려하여 일부러 쓰지 않았을 것이다.

    사이토 후유코는 메이지·다이쇼기 영어학계에 그 이름이 알려진 사이토 히데사부로(斎藤秀三郎, 1866~1929)의 누이동생이다. 그녀는 원래 센다이 미션스쿨 미야기여학교 학생이었는데, 아마도 일본 최초 여학교 스트라이크 주동자라는 이유로 퇴학당해 메이지여학교로 온 것이었다. 오빠처럼 머리가 비상하고 영민하였으며, 아름다운 눈과 예쁜 목소리의 소유자로 어딘가 자유인다운 의연한 분위기의 여자였던 것 같다. 메이지여학교에 적을 둔 것은 2년에 불과했지만, 그 동안 도코쿠의 뜨거운 문학정신을 접하고 그에게 그녀의 모든 정열을 바치게 되었다. 이에 도코쿠는 어떤 반응을 보였는지는 아직도 불분명하지만 그 당시 교실 안에서의 도코쿠의 강의 분위기를 곳코부인은 이렇게 전하고 있다.

도코쿠 강의시간이 되면 왠지 오후유(冬子의 애칭)가 가장 생기발랄한 모습이었고 반응이 빨랐다. 그리고 자연히 도코쿠도 오후유를 중심으로 강의를 하는 식이 되어 버렸다. 열심히 듣고 진지하게 질문하고……열심히 설명하고 힘주어 질문에 답했다. 거리가 점점 좁아져 어느새 이 두 사람은 책상을 사이에 두고 마치 개인지도를 하는 듯한 수업이었다. 반 친구들은 두 사람의 일문일답을 매우 흥미롭게 들으면서 수업에 임하는 묘한 분위기였다. 어느날 도코쿠가 감기로 콧물 때문에 계속 훌쩍거리며 강의를 하고 있었다. 그러던 중 콧물이 떨어질 것처럼 되자 오후유는 재빨리 주머니에서 휴지를 꺼내 내민다. 도코쿠가 그것을 받아 코를 닦는다. 그러나 강의는 열정적으로 진행되고 있으며, 휴지를 건네는 자도 받는 자도 무의식적으로 행동하였고 이 모두가 이심전심, 이러한 수업 분위기였던 만큼 오후유가 감동한 것도 상상할 수 있는 것이었다. 이렇게 주고받는 가운데 서로의 마음은 보다 친밀해졌다고 주위에서는 모두 인정하고 있었다.

물론 그 당시 도코쿠에게는 이미 처자가 있었지만 그녀의 프라토닉 러브는 그러한 현실을 무시하고 불타올라 끝내는 1년 후 폐결핵으로 쓰러졌다. 그리고 같은 해 5월 도코쿠가 시바(芝) 자택에서 목을 매 자살했을 때에는, 그녀는 이미 회복 불가능한 몸으로 고향 센다이의 한 병원 입원실에 누워 있었다.

도코쿠의 자살 기사가 센다이 신문에 실린 것은 그가 죽은 이틀 후였다. 후유코 가족은 신문을 감추고 그녀에게 알리지 않았다. 가족들은 그들의 관계를 이미 알고 있었기 때문에 도코쿠의 사망소식이 바로 그녀의 생명을 앗아갈 것을 두려워하고 있었다. 그리고 후유코는 1개월 후 도코쿠를 뒤를 쫓듯이 숨을 거두었다. 사후 그녀의 사체를 깨끗이 하기 위해 옷을 벗기자 몇 통의 편지가 나왔다. 도코쿠가 보낸 편지였다. 그녀는 끝내 도코쿠의 죽음을 모른 채, 그 편지를 자신의 가슴에 품고 죽어갔던 것이다.

이러한 슬픈 사랑이 도코쿠의 자살과 관련이 있는 것일까는 지금으로서는 알 수는 없지만, 이러한 강렬하고, 순수한 그리고 로맨틱한 사랑이야기는 역시 그 시대의 모습이었다. 꿈은 많았지만 저항도 강한 시대이기도 했다.

니지마 조(新島襄)

　이러한 자유스럽고 마치 저항이 없는 연애환경에 비하면 도쿠토미 로카(德富蘆花)의 『검은 눈과 갈색 눈(黒い目と茶色の目)』에 묘사된 연애는 다소 다른 분위기이다. 그것은 둘 다 자유주의를 표방한 기독교학교가 배경이지만 하나는 페미니스트 이와모토 요시하루의 학교였고 다른 하나는 애국적 기독교 신자 니지마 조의 학교였다는 그 차이이기도 하다.

　로카의 연애에는 적지 않게 주위로부터 압력이 존재해 있었다. 한 번은 그가 자발적으로 결심을 하고 헤어지자는 내용의 편지를 쓰지만 본심은 그렇지 않았다. 헤어져야한다고 생각하면 생각할수록 그녀에 대한 사랑과 미련은 더욱 뜨거워지는 이른바 번뇌형(煩惱型) 사랑이었다. 게다가 자발적으로 보이는 이별의 결심조차도 외부의 압박에 의한 것이었다. 이러한 압박 때문에 당시 연애를 했던 많 젊은이들은 저항도 못한 채 포기하였지만, 개성이 강했던 로카는 묵묵히 포기할 사람은 아니었다. 그는 스스로 그 사랑을 파기하고 학교에서 뛰쳐나간다. 그것은 겉으로는 일종의 패배자의 피신인 것처럼 보이지만 그의 의식에는 압박하는 기성세대와 사회에 대한 저항과 실망의 표출이었다.

　압박자의 한 사람으로는 전에도 거론한 요코이 도키오이며 그는 지극히 세속론의 대표자로 등장한다. 그가 이 연애에 반대한 것은 부모, 형제 허락없이 결혼을 했거나, 젊은 여자와 사람의 눈을 피해 만났거나 하는 것에 대한, 요컨대 인습과 체면의 입장에서 압박하는 것이었으며, 연애의 본질에 대해서는 전혀 고려하지 않았다. 결국 그는 낡은 봉건성과 유교도덕의 카테고리 안에서 기독교라는 새로운 종교를 전파하려는 이른바 절충파의 대변자였다. 젊은 로카가 이러한 목사의 훈계에 조금도 복종할 의사가 없었다는 것은 지극히 당연한 일이었다.

로카에 대한 또 하나의 압박은 니지마 조한테서였다. 이 소설에는, 니지마는 요코이만큼 자주 등장하고 있지 않으며, 겉으로는 그다지 말을 건네지도 않지만 그러면서도 로카는 끊임없이 〈검은 눈〉을 의식하게 된다. 그를 무모한 도주를 하게 한 것도, 요코이의 훈계가 아니라 이 〈검은 눈〉의 무언의 압력에 의한 것이라 생각된다.

그러나 재미있는 것은, 그것은 단지 로카 자신만이 그렇게 느끼고 있을 뿐이고 니지마 조 자신은, 이 두 제자—도시샤(同志社) 남녀학생의 연애에 대해 조금도 비난의 뉘앙스를 띤 말은 한마디도 하지 않았다. 그는 학생 간의 연애를 장려하지도 않았지만, 반대하지도 않았던 것 같다. 사실 그 당시의 도시샤에는, 로카의 작품에서 상상할 수 있듯이, 학생 간의 연애가 꽤 성행했고 그중에는 프라토닉을 벗어난 연애도 있어, 자주 교무회의에서 문제되기도 했다. 하지만 니지마 조는 그들이 연애를 했다 하여 전혀 꾸짖지 않았으며, 퇴학 등의 처분도 물론 승낙하지 않았다고 전해진다. 정도가 심한 남녀 학생을 퇴학시켜야한다고 주장한 교사를 향해 "이 두 학생을 내가 포기해 버린다면 나중에 누가 그들을 교육할겁니까?"라고 니지마가 반문했다는 이야기는 유명하다. 니지마의 인격적인 자유주의 교육신념은 거기까지 도달해 있었던 것이다. 그리고 그러한 그의 자유주의는 전교에 퍼져있었고, 실제로 로카의 소설에도 로카의 편지가 도시샤 여학교 기숙사의 그녀에게 빈번히 배달되는 것을 보고 그곳의 사감이 "히사요(壽代)양이 좋아하겠네요"라고 말하고는 바로 그녀에게 건네주는 장면이 묘사되어 있다.

그렇지만 니지마 조도 결국은 로카의 연애를 저지할 입장에 서게 되었다. 하지만 그것은 요코이와 같은 세속적인 입장에서가 아니라 히사요라는 자신의 질녀가 로카의 아내로 적절하지 않다는 이성적 판단에 의한 것이었다.

"내 친척이지만, 그 아이는 그다지 질이 좋은 여자가 아니네."라고 니지마는 로카에게 솔직하게 전하고 있다.

이 충고는 로카에게는 일종의 지성의 소리로 피부에 와 닿았다. 로카 자신도 그녀가 '질이 좋지 않은 여자'라는 것을 통감하고 있으면서도 어찌할 수 없는 상황에 놓여 있었기 때문이었다.

결국, 이 소설에서 〈검은 눈〉으로 묘사되고 있는 것은 니지마 조의 눈이 아니라 로카 자신의 내면에 존재하는 지성을 가리키는 것이고, 〈갈색의 눈〉은 히사요의 눈이 아니라 로카의 애틋한 욕정을 묘사한 것으로 해석해야 할 것이다.

욕정과 지성—사랑하는 자 속에 존재하고 있으면서 영원히 화합할 수 없다는 것을 이와 같은 형태로 작품에 소묘한 도쿠토미 로카를 단순한 가정소설 작가로 묻어두는 것은 적절한 평가라 할 수 없다.

돗포(独歩)와 노부코(信子)

전설의 탄생

구니키다 돗포(国木田独歩, 1871~1908)와 사사키 노부코(佐佐城信子, 1878~1949)[73]의 열애와 비참한 종말은 당시 청년들에게는 유명한 사건이었다. 이 연애사건에 있어 동정을 받아야 할 자는 돗포이고 비난을 받아야할 자는 노부코와 그의 모친으로 알려져 있었다. 이 연애의 윤곽을 간단히 설명하면, 성실하게 순정을 다 바친 쪽은 돗포고, 그 사랑을 배신한 쪽은 노부코임에 틀림없었기 때문에 당시 주위의 동정이 모두 돗포 쪽으로 쏠렸고 그를 가리켜 '비련의 순교자'라 평가했다. 반면에 노부코는 불성실하고 '악랄한 요부'라 비난받았다.

그러나 당시의 관련자가 모두 세상을 떠난 오늘날, 다소의 자료로 이 사건의 경위를 조사해 보면, 이 사건은 당시 세상이 생각하고 있었을 정도로 사회적으로나 심리적으로 그리 단순한 일이 아니었다. 따라서 당사자들을 각각 선·악의 존재로 정해 버리는 성질의 것이 아님이 밝혀졌다. 적어도 이 사건으로 동정을 한 몸에 받은 돗포가 아주 순조롭게 문단에 많이 알려져, 일부 비평가들에게는 부당하다고 평가할 정도로 문단의 지위를 구축한 것과, 노부코와 그 가족들까지 이 사건을 계기로 자신들의 사회적 존재를 위협받아 죄인 취급을 받아야 하는 상황을 비교해 보면 왠지 공평하지 않다는 느낌은 부정할 수 없다.

---

73 国木田独歩 첫 번째 부인. 有島武郎의 『어느 여자(或る女)』의 모델.

　도대체 그러한 여론은 어떤 연유에서 생겨난 것일까. 나는 이 연애의 전말을 설명하기 전에 먼저 이것을 짚어 보기로 하겠다.

　돗포와 노부코의 연애는 메이지 27년(1894)에 시작하여 다음 해 끝났다. 그러나 당시의 돗포는 아직 무명의 작가였고 세상에 널리 알려진 사사키로 집안에서는 이 관계를 비밀로 하려 했기 때문에 당시에는 몇몇 소수의 관계자 외에는 거의 아는 사람이 없었다. 그런데, 그로부터 5,6년 후, 노부코가 미국 가는 선박에서 그 선박의 사무장과 눈이 맞아 미국에 상륙하지도 않고 같은 선박으로 바로 귀국한 사건이 발생하여 그 사실이 호치신문(報知新聞)에 일대 추문기사로 연일 보도되었고 그것에 편승하여 수년 전 돗포와의 연애 내용까지 폭로되기까지 이르렀다. 당시 왜 호치신문이 악의를 가지고 노부코의 사생활을 파헤쳤는지는 후에 아리시마 다케오(有島武郞, 1878~1923)가 『어느 여자(或る女, 1919)』에 모티브로 썼다는 것은 사실인 것 같다. 그때 같은 배에 있던 다가와 다이키치로(田川大吉郞, 1869~1947)박사부인(본명 불명)이 명사부인다운 일종의 반감에서 다가와박사 세력 하에 있던 호치신문에 게재하도록 압력을 가했던 것이다.

　이 기사가 나왔을 무렵, 돗포는 마침『무사시노(武蔵野, 1901)』를 발표하고 있었고, 신인작가로 널리 알려져 있었다. 세평(世評)이 높았던 돗포에 대해, 그를 배신한 여성은 당연히 가혹한 취급을 당해야했다. 게다가 당시의 로맨틱하고, 센티멘털한 풍조는 실연자에게는 아낌없이 동정하는 경향이 강했다. 돗포의 필명이 높아짐에 따라 노부코의 악평은 나날이 높아질 뿐이었다.

　이렇게 돗포는 찬란한 명성을 안고 1908년 가나가와현(神奈川県) 치

가사키(茅ヶ崎) 난코인(南湖院)에서 세상을 떠났다. 사람들은 돗포의 요절(夭折)을 애도하였다. 그 후 그의 일기 『거짓없는 기록(欺かざるの記)』이 출판된 것은 노부코에 있어서는 그야말로 치명적인 것이었다.

『거짓없는 기록』은 연애가 한창 진행 중일 때 돗포가 썼던 일기여서 이것이 출판되자 사람들은 새삼 돗포에게 이 연애의 진상을 직접 듣는 기분이었다. 청년들은 이 일기를 탐독하고는 돗포의 비극적 연애에 비분의 눈물을 흘렸다.

그러나 '내가 말한 것에는 한 치도 거짓이 없다'라고 호언한 자는 대부분 모두 거짓말쟁이인 것을 알고 있는 사람은, 돗포가 '거짓없'다고 장담한 그 기록 이면에 거짓 아닌 거짓이 잠재해 있다는 것을 감지했을 것이다. 과연 돗포는 이 일기 속에 의식해서 허구를 쓰지는 않았겠지만, 상대방의 입장이나 변명에는 전혀 귀를 기울이지 않으면서 이해하려고도 하지 않고 그저 자신의 입장에서만 쓰고 있으며, 그러면서 기괴한 공상이나 의심에 찬 억측을 덧붙이고 있는 듯하다. 그것뿐만 아니라, 그가 공개된 이 비록(秘錄) 중에 일종의 묵비권을 행사한 것도 인정되어 자신에게 불리할 것 같은 사항에 대해서는 일절 쓰고 있지 않은 경우도 있으며, 아주 애매하게 희석시켜 버리는 경우도 있다. 물론 돗포로서는 어디까지나 정직하게 자신의 생애의 대사건을 기록으로 남기겠다는 생각이었겠지만, 그처럼 자의식이 강한 천재에게 '공평함'을 기대하기에는 무리가 있다.

이리하여 연애의 전설은 노부코에게 결국 불리하게 작용했는데, 그 불리함에 더하여 노부코라는 여성을 마치 요부인 것처럼 각인시켜 준 것은 아리시마 다케오의 『어느 여자』였다. 물론 다케오는 이 작품의 모델이 돗포의 애인 노부코가 아니라고 잘라 말하고 있다. 말 그대로 작품에 묘사되고 있는 인물은 일찍이 돗포의 애인이었던 노부코가 아니라, 작자의 인간관을 보여주기 위해 소묘된 완전 가공의 인물이었지만, 그러나 이정도로 노골적으로 돗포의 전설을 이용한 작품을 가지고, 전혀 다른 사람에 대해 쓴 것이라고 많은 사람들을 이해시키는 것은 무리다. 작가가 다른 사람이라고 주장하면 할수록 사람들은 반대로 상상하는 것이 미묘한 독자심리인 것이다.

사실을 말하면, 작품『어느 여자』가 잡지『시라카바(白樺)』에 연재가 시작된 것은 1911년 1월부터이고 완결된 것은 약 10년 후 1919년이었다. 1911년이면 돗포가 죽은 지 3년, 돗포열기가 최고조에 달했던 때였다. (돗포의 걸작은 모두가 그가 죽기 직전에 쓴 것이며, 따라서 그의 문학적 명성도 그의 죽음을 계기로 급상승했다.)『어느 여자』는 돗포의 죽음 전후로 하여 아리시마 머릿속에서 구상되었음에 틀림없으며, 그 의도는, 아마도 그 연애사건과 그 후의 이야기를 중심으로 노부코의 입장에서 쓰려는 것에 있었을 것이다. 아리시마가 이 사건에 각별한 흥미를 보인 것은, 훗날 『단교(斷橋)』를 써서 다시금 이 사건을 이야기하고 있는 것을 보면 확실한 것 같다. 그러나 이 작품이 완성되기까지 10년이나 걸렸다. 이 10년이라는 기간은, 다케오에 있어 사상적 동요가 가장 심했던 시기로, 사회관이나 인간관 등도 크게 변하고 있다. 그 결과, 아마도 그는 이 사건에 대해 흥미를 잃어버리고, 당시(1919년 경) 그는 가슴 속에 품어왔던 절망적 인간관을 여주인공 요코(葉子)의 모습으로 구현하려 했던 것이다. 때문에 이 작품 전반에서는 꽤 돗포전설에 충실하고 있으나 후반에서는 모델과는 완전히 멀어지고 지극히 주관적이 되어 정열적이기는 하나 얄팍한 통속소설의 경향을 띠게 된다.

어쨌든 이 소설이 돗포의 애인을 모델로 하고 있으면서 실제와는 거리가 있다는 것은 사실이다.

일종의 약탈결혼

돗포의 연애는 청일전쟁(1894~1895)과 더불어 시작하고 있다.

이 전쟁이 시작됐을 때, 돗포는 도쿠토미 소호(德富蘇峰, 1863~1957)[74] 가 주재한 「국민신문(国民新聞)」종군기자로 전쟁터로 나갔는데, 그 전쟁기사(관전기)가 「애제통신(愛弟通信, 1894)」이라는 제목으로 신문에 게재되기 시작하자 순식간에 온장안의 인기를 모았다. 이 관전기는 돗포가 동생 슈지(收二)에게 보내는 편지 형식으로 쓴 것이다. 다른 신문 관전기는 그 어느 것도 평범하고 단조로운 현장보고에 지나지 않았으나, 돗포의 통신만큼은 자유롭게 자신의 주관을 가미하여 전장의 감정을 전한 것이, 최초의 대외전(對外戰)에 흥분하고 있던 일본 국민감정과 딱 들어맞았던 것이다. 그때 돗포는 만 23세, 신출내기 기자였던 그는 다음해 귀경했을 때에는 이미 스타가 되어 있었다.

---

74 저널리스트, 사상가, 역사가, 평론가.

귀국 후 바쁜 가운데 돗포는 어느날 사장 소호로부터 "자네에게 식사대접을 하고 싶어 하는 사람이 있는데 그 집에 가보지 않겠나."라는 말을 들었다. 1895년 6월 초순의 일이었다. 초대한 자는 니혼바시(日本橋)에 살고 있는 사사키병원장 부인 도요주(豊壽)여사였다.

그녀는 처녀시절에는 호시 엔(星艶)이라 불렀고 센다이 출신이었다. 메이지 초 15,6세 즈음 남자처럼 승마복을 입고 말을 타고 센다이 시내를 질주했던 세련된 아가씨였다. 18세 때는 상경하여 이미 여자고등사범 전신인 학교에서 한학을 가르치는 교사였다고 하니 꽤 머리가 비상한 여자였음에 틀림없다. 돗포를 초대했을 때에는 그녀는 이미 학식이 풍부한 의사 사사키 혼시(佐佐城本支)씨와 결혼했는데, 병원장 부인으로보다는 오히려 기독교 부인교풍회(婦人矯風会)[75] 부회장으로 유명했으며, 사교를 좋아하고 명사(名士)와 사귀는 것을 좋아하는 여권론자로 활약하고 있었다. 때문에 그녀가 돗포를 초대한 것도 돗포의 문필을 사랑했기 때문이 아니라 단지 그녀와 친분이 있는 도쿠토미 소호와의 관계에서 의리상 당시 평판이 좋았던 청년기자를 초대한 것에 지나지 않았던 것이다.

그날 저녁 미타(三田) 시코쿠초(四国町)의 사사키 자택으로 초대받은 사람들은 「국민(国民)」「매일(毎日)」두 신문사 기자들이었는데 젊고 재기가 넘치는 돗포의 언변은 완전히 분위기를 사로잡은 것처럼 보였다.

당시 노부코(信子)는 18세. 원래 재기가 넘치고 승부욕이 강한 활동

---

75 일본에서 가장 오래된 여성단체.

적인 소녀였다. 모친의 사교적 성향을 닮아 다소 조숙한 편이었고 이성에 익숙한 면도 가지고 있었다.

때문에 그날 저녁 모두가 돌아갈 무렵 그녀가 돗포에게 "또 놀러 오세요."라고 한 것은 그녀로서는 인사치레에 지나지 않았으나, 의기양양했던 돗포의 귀에는 그 말이 특별한 의미의 인사로 들렸다. 그는 바로 가지고 있던 신간 부인잡지를 그녀에게 건네주면서 재회의 약속을 했다.

이 일이 있고나서 돗포는 자주 그녀의 집을 방문하게 되었다. 그고 만날 때마다 워즈워스(William Wordsworth, 1770~1850)의 시를 읊고, 투르게네프(Ivan S.Turgenev, 1818~1883)를 논했다. 그러던 중 자연스럽게 시정(詩情)의 분위기에 젖어들어 거기서 얼마간 연애의 분위기가 싹트게 되었다.

사교적이고 손님이 많은 그녀의 집에서는 처음에는 그리 문제삼지 않았지만, 돗포의 방문이 잦고 게다가 노부코를 독점하려는 그의 태도가 너무 노골적이어서 도요주 부인은 딸의 장래를 생각하여 다소 경계하기 시작했다.

부인은 순수한 기독교 신자였지만 자유주의자는 아니었고 정신적인 면을 추구하는 사람도 아니었다. 특히 문학 같은 것에는 아무런 흥미를 가지고 있지 않았기 때문에 돗포의 문학적 기질을 존중할 리 없었다. 그녀의 눈에 비치는 돗포는 단지 신경질적인 박봉의 신문기자 나부랭이에 지나지 않았고, 그런 남자가 자신의 딸에게 접근해 오는 것은, 딸의 평판을 나쁘게만 할 뿐 아무런 득이 없는 것으로 생각되었다. 그래서 그녀는 딸에게 돗포를 경계하도록 엄하게 꾸짖었고 가족과 하인들에게도 돗포를 집안으로 들이지 않도록 조치했다.

그러나 노부코는 메이지초기의 자아의 각성기(覺醒期)에 성장한 처녀인 만큼, 외부의 압력이나 간섭에 대해서는 본능적으로 반발하는 경향이 강했다. 일례로 노부코가 16,7세 때 우에노(上野) 음악학교에 다닐 무렵, 재능이 있어서인지 1년간의 바이올린 연습으로 소화하기 힘든 곡을 습득하게 되었는데, 다른 교사들은 놀랐지만, 케벨(Raphael Koeber 1848~1923)선생만은 "너의 악기소리는 기교로 나는 거다 천재성으로 나는 게 아니야."라고 말했다. 그말을 듣자 그녀는 "그렇습니까."라 대답하면서 창밖으로 바이올린을 던져버리고 집으로 돌아와 그 이후로는 악기에 손대지 않았다는 『어느 여자』의 에피소드는 그녀의 성격을 대변하고 있다. 모친이 돗포와의 교재를 방해하려 하는 것을 알고 노부코는 오기로 돗포에 접근하는 태도를 일부러 보였다. 둘은 때때로 두 사람이 잘 알고 지내는 엔도 요키코(遠藤よき子)를 통하여 소식을 주고받기도 하고, 고가네이(小金井)에서 데이트를 하기도 했다.

당시의 심리를 노부코는 '나는 그때 데쓰오(哲夫) 씨를 좋아했지만 막상 만나 이야기해 보면 너무 자만심이 강하고, 말을 꺼냈다 하면 꼭 "당신은 나의 아내야."라고 하면서 나를 압박하는 태도를 보여 항상 나중에는 싫은 기분이 들었습니다.'라고 회상하고 있다. 당시 그녀에게는 핑크빛 연애에 대한 모험심이 작용하고 있을 뿐, 확고한 결혼 의지는 없었는데, 자신있어 하는 돗포는 그녀가 자신을 사랑하고 있다고 확신하고 있었고 또 그녀의 행복을 위해서도 그녀를 부모로부터 뺏기로 결심한 것 같았다.

그는 그해 9월 드디어 그녀를 강제로 시오바라(塩原)온천에 데리고 갔다. 이 작전에도 엔도 요키코의 역할이 컸던 것 같은데 자세한 내막은 모른다. 어쨌든 돗포는 시오바라에 도착했을 때는 노부코와 요키코 두사람은 여인숙에 먼저 와 있었다.

그날 밤 세 사람은 '밤새도록 앞날에 대해 서로 이야기하고, 인간의 도리를 논하면서 마침내 그들은 소리죽여 흐느껴 울기까지에 이르렀다'고 돗포는 자신의 일기에 쓰고 있다.

이 시오바라여행은 돗포로서는 노부코와의 사랑을 그녀의 부모에게 알려 결혼반대를 단념시키려는 작전이었는데, 그런 것으로 단념할 도요주 부인이 아니었다. 그날 새벽 노부코 부친이 시오바라 여인숙에 들이닥쳤다. 그리고 온갖 심한 욕설로 채운 도요주 부인의 편지를 내밀었다. 돗포는 격노하여 그 자리에서 편지를 찢어버렸지만 노부코를 그녀의 부친에게 인계할 수밖에 없었다.

돗포가 홋카이도로 건너가 소라치강(空知川)가에 개간지를 구한 것은 이 여행의 연장선상의 행동인지도 모른다.

노부코의 부친은 돗포에게 장래 계획을 묻자, 그는 전부터 막연히 꿈꾸어 왔던 홋카이도 개간 계획을 말했던 것 같다. 그는 바로 그 계획의 일환으로 홋카이도에 가야했던 게 아닌가 생각된다. 어쨌든 돗포가 홋카이도 가 있었던 것은 기껏 2주간이었고 게다가 1주일은 삿포로(札幌)에 있었기 때문에, 그 동안에 개간지 답사 따위는 가능할 리가 없었다. 그의 홋카이도 행이 노부코와 그의 가족들에게 얼마나 효과가 있었는지는 모르는 일이었다.

그 일이 있고 난 후 돗포와 노부코 사이는 완전히 닫히고 말았다. 그래도 돗포는 매일같이 노부코에게 편지를 보내, 달랠 길 없는 자신의 심정을 호소하기도 하고, 그녀의 집 주위를 이리저리 서성거리기도 했지만, 그녀의 반응은 전혀 없었다. 당시 그녀의 집에서는 그녀를 돗포로부터 완전히 해방시키기 위해서는 그녀를 미국으로 유학 보낼 계획을 세우고 그 준비를 하고 있었다. 노부코도 그럴 생각으로 비밀리에 작별의 편지를 보냈는데 오히려 돗포를 자극하는 결과를 낳았다.

초조함과 불안함 속에서 쓴 돗포의 편지 한통이 어느날 노부코 책상 위에 있는 것을 도요주 부인이 발견했다. 그 편지에는 늘 하던 '미래의 아내여'라고 시작하고 있었고, '그대의 모친이 그대의 남편을 몰라보고 모욕할 때 그대는 이 영원한 남편에 대해 긍지를 가지시오'라고 하면서 그녀에게 가출을 강요하는 내용이 적혀 있었다. 도요주 부인은 격노했고 노부코는 울기 시작했다.

이러한 소동 중에 우연히 엔도 요키코가 방문했다. 그녀는 전부터 돗포의 부탁으로 노부코를 집에서 빼내올 계획을 하고 있던 참에 노부코 집 안 분위기를 살피러 온 것인데, 우연히 노부코 모녀가 다투고 있는 것을 보고는 그 기회를 이용했다. 그녀는 노부코 모친을 잘 설득하여 당분간 노부코를 자신에게 맡길 것을 제안했다. 그리고 그녀를 반성하게 하고 모친의 뜻에 따르도록 설득시키겠다고 약속했다. 도요주 부인은 요키코의 제안을 받아들였다.

이리하여 그날 밤 노부코는 요키코의 언니 집으로 가게 되었는데, 다음날 아침 일찍 돗포는 그곳으로 와 그녀에게 결심할 것을 재촉했다. 결국 노부코가 돗포의 뜻을 따르기로 결심한 것은 며칠 후였는데, 그것은 요키코가 미타(三田) 집 상황을 살피고 와서는 "노부코 집에서는 가족들이 화가 나 있으니까 당분간 집에는 갈 수 없겠다"고 하면서 "이곳은 언니 집이니만큼 그리 오래 머물 수가 없으니까 돗포 집으로 갈 수밖에 없지 않겠는가"하고 노부코를 설득하기도 하고, 돗포는 돗포대로 칼을 들이대면서 그녀가 결심할 것을 재촉했다. 그녀가 뜻에 따르지 않으면 그녀를 죽이고 자신도 죽겠다고 협박했다. 물론 돗포는 본심에서 그리 할 생각이었겠지만, 노부코 쪽에서 보면 완전히 협박이었다. 당시 18세였던 노부코로서는 그의 뜻에 따를 수밖에 없었다.

이리하여 돗포는 그녀를 가질 수 있었다. 그들의 육체적 관계도 이때 처음 맺어졌다. 당시 돗포는 부모, 남동생과 함께 고지마치(麴町) 부근 초라한 집에 살고 있었는데, 노부코와 관계를 하고나서는 가나가와(神奈川)현 즈시(逗子)의 작은 농가주택 방 하나를 빌려 비밀리에 거처를 옮겼다. 물론 노부코 가족의 눈을 피하기 위해서였다. 그러던 중, 소호와 교풍회 우시오다 치세코(潮田千勢子, 1844~1903)[76] 등이 양가를 설득한 결과 노부코 집에서도 두 사람의 결혼을 승낙하게 되어 그해 11월 11일 결혼식을 올렸다. 식은 고지마치 구니키다가(家)에서, 평상시 돗포가 존경하고 있던 목사 우에무라 마사히사(植村正久, 1858~1925)[77]가 주례를 해 주었고 다케고시 요사부로(竹越与三郎, 1865~1950)[78], 도쿠토미 소호 등도 참석하여, 조촐하게 거행되었다. 노부코 집에서는 아무도 오지 않았고 기모노 한 벌도 보내지 않았다. 때문에 노부코는 가출했을 때 입었던 옷뿐이어서, 결혼식에도 돗포 모친의 작은 기모노를 입고 앉아 있었다고 전해지고 있다.

---

[76] 여성사회운동가.

[77] 사상가, 목사, 신학자.

[78] 역사학자, 사상사가, 식민학자.

그들의 결혼생활은 특히 돗포에게는 행복했고 자랑스럽기도 했던 것 같은데, 노부코에게는 꼭 그렇지도 않았던 것 같다. 그것은 당시 돗포가 민우사(民友社)79로부터 받고 있던 월급이 12엔이었다. 12엔이라는 금액은 물가가 쌌던 당시에도 최하의 봉급이었다. 그 돈으로 도쿄와 즈시에 사는 5인 가족이 먹고 살기에는 턱없이 부족했다. 돗포의 집에서는 쌀에다 고구마를 섞은 고구마밥이 주식이었다. 가끔 한 마리에 2전 혹은 1전 7리 하는 작은 전갱이(鯵) 한 마리씩 먹는 것이 최고의 반찬이었다. 친정에서 호화롭게 생활했던 노부코에게는 그것만으로도 견디기 어려운 생활이었다. 그 점에 있어서 돗포가 위로라도 해 준다면 일종의 청빈의 즐거움도 느낄 법도 했겠지만 자존심이 강했던 돗포는 "검소는 우리들의 이상(理想)이며 그 효능은 검약과 시간의 경제에 있다"고 하면서 딴전을 부리고 "소식은 머리를 맑게 한다" 등의 말도 안 되는 말을 제멋대로 해댔다. 원래 돗포는 노부코를 뜨겁게 사랑하고 있었지만, 그 뜨거운 사랑이 격렬한 질투와 성욕의 발동으로 바뀌어 밤마다 그녀를 탐했기 때문에 그녀의 몸은 얼마 안 있어 비쩍 말라 버렸다. 게다가 그녀가 도망칠 것을 경계하여 그는 그녀에게 돈 한 푼 주지도 않았으며 잠시 산책하는 것도 허락하지 않았다. 특히 이듬해, 두 사람이 즈시 생활을 청산하고 고지마치 집으로 합치고 나서는 돗포의 그녀에 대한 집착은 더욱 심해져 가족 중 누군가가 반드시 그녀를 감시했기 때문에, 즐거워야할 신혼생활도 노부코에 있어서는 마치 감

---

79 1887년 도쿠토미 소호가 창립한 출판사. 『国民之友』를 발행.

옥과 같았다. 게다가 노부코는 타인에게 간섭이나 압박받는 것을 아주 싫어했다. 거기에 시인체질인 돗포에게는 몽상이나 관념론, 신앙으로 스스로 위로하는 부분이 있었지만, 모친을 닮아 세속적 생활을 즐기는 노부코에게는, 돗포의 그러한 행동양식은 그의 무능함을 변호하는 위선으로밖에 보이지 않았다. 그녀의 눈에는 점점 돗포가 무능하고 무자비한 폭군으로만 비쳐졌다. 게다가 결혼한지 반년이 지났는데도 결혼 전 친정에서 처음 집을 나왔을 때의 옷 이외에 속옷 한 장도 사 입을 수 없을 정도의 가난도 그녀를 완전히 절망시키고 말았다. 이윽고 그녀는 이제 이 감옥에서 도망치는 것만이 살 길이라고 생각하기에 이르렀다.

그녀는 그러한 심경을 토로하면서 부모에게 용서를 비는 내용의 편지를 쓴 것은 그해 4월 초였다. 만약 부모가 용서해 준다면 이 집에서 도망쳐 나와 친정으로 돌아가고 싶으니, 4촌 여동생 호시 료코(星良子) 편에 부모님의 의중을 알려주기를 바란다는 내용의 글이었다. 호시 료코는, 후에 신주쿠 나카무라야(中村屋) 여사장이 되었고 먼저 죽은 소마 곳코의 부인이기도하다.

노부코의 모친 도요주 부인은 그 당시 고지마치에 있는 메이지여학교(明治女学校) 기숙사에 있었던 호시 료코를 몰래 돗포의 집으로 보내 노부코에게 빨리 귀가하라는 말을 전했다.

4월 12일은 일요일이었다. 그날 아침, 돗포와 노부코는 항상 그랬듯이 우에무라 목사가 운영하는 구역교회에 갔다. 예배가 끝나고 밖으로 나가자 노부코가 "저는 잠시 메이지여학교의 호시 료코 좀 만나보고 갈테니까 먼저 집에 가세요."라고 말했다. 돗포는 요시코를 항상 경계하고는 있었지만, 그녀가 만나는 사람이 돗포와도 친한(돗포는 그녀에게 시를 쓰기도 했다) 호시 료코여서 안심하고 허락했는데, 그것이 돗포에게는 치명적인 실수였다. 노부코는 호시 료코에게 1엔을 빌리고는 곧바로 뛰쳐나갔다. 그러나 그녀는 바로 미타(三田) 친정집으로 향하지 않고 부모님 친구 집인 교바시(京橋)의 우라시마(浦島)병원에 몸을 숨겼다.

돗포는 미친듯이 그녀 행방을 수소문했다. 그녀가 평상시 자주 다녔던 소메이묘지(染井靈園)까지 가 보았다. 혹시 그녀가 그곳에서 자살한 것은 아닐까 생각했던 것이다. 결국 돗포도 그녀의 가출에는 친정부모와 관련되어 있음을 알아차렸다. 여러 번 처가와 교섭한 끝에 우라시마병원에서 노부코와 대면하게 되었다. 친정부모도, 돗포의 상식을 벗어날 정도의 집착을 포기시키는 데는 당사자끼리 대면시키는 방법 외에는 없다고 판단했던 것이다.

그런데 돗포가 우라시마병원에 가 보니 노부코는 그야말로 중환자 상태였다. 그녀의 안색은 창백해졌고 너무 말라 말도 제대로 할 수 없을 정도였다. 돗포는 그녀를 만나 같이 돌아가지 않으면 죽일 생각이었으나 그녀의 상태를 보자 그가 품었던 살의는 사라져 버렸다. 그는 조용히 노부코의 의사를 물었다. 대화하는 가운데 비로소 그녀를 정신적으로 육체적으로 괴롭혔다는 죄의식에 사로잡히게 되었다. 마침내 그는 모든 것을 포기하고 그녀의 병상을 떠날 수밖에 없었다. 그리고 그 후로 두 사람은 두 번 다시 만날 수 없는 운명에 처해지고 말았다.

당시 노부코를 괴롭힌 병은 단순한 병이 아니었다. 그녀는 이미 임신상태였고 심한 입덧에 시달리고 있었다. 돗포의 집을 나설 때 그녀는 그 사실을 모르고 있었다. 병원에서 임신을 확인하고 안정될 때까지 병원에 입원해 있을 생각이었다. 임신 사실이 돗포와 세상에 알려지는 것을 꺼려했기 때문이다.

태어난 아이는 병원의 이름을 따서 우라코(浦子)라고 지었다. 아이는 태어나서 바로 양녀로 보내기도 하고 잠시 남에게 맡기기도 한 끝에, 미국행 배에서 인연을 맺은 선박 사무장과 결혼한 노부코 품으로 돌아왔지만 노부코와 사이가 좋지 않아 가출하기도 하면서 꽤 기구한 운명에 처하게 되었다. 돗포가 이 아이의 존재를 처음 알게 된 것은 노부코와 사무장과의 연애기사가 호치신문에 보도되었을 때였다. 그는 그날 아침 신문을 들고 호시 료코 집을 방문하여 "노부코가 내 아이를 난 게 사실이요?"하며 추궁했다고 한다. 요시코가 그 사실을 말하면서 그를 빼닮은 우라코 사진을 보여주자 "음, 분명 내 아이구먼"라고 말하고는 잠시 사색에 잠긴 듯 하더니 "뭐, 그 당시에는 내가 많이 잘못했으니까"라고 하고는 쓸쓸히 돌아갔다고 전해지고 있다.

분명한 것은 이 연애사건에서 잘못한 것은 돗포나 노부코나 마찬가지이다. 자료를 모아 냉정하게 검증해 보면 이것은 결혼이라 할 수 없으며 약탈 형식의 동거이다. 적어도 쌍방의 완전한 동의에 의한 결혼은 아니었다. 게다가 설령 쌍방의 동의가 있었다 하더라도 이는 동거를 계속하기보다는 헤어지는 편이 현명했다. 실제로 이 두 사람의 공통점은, 그들에게는 약삭빠르고 경솔함만이 존재했고, 다른 한편으로는 두 사람이 성격, 성장과정, 환경면에서도 극단적으로 서로 달랐다. 언제나 활동적인 노부코와, 몽상가이며 예술가 성격의 돗포와는 도저히 잘 될 리가 없었다. 게다가 당시 돗포는 아직 가족을 부양할 경제적 능력도 없었다. 그것을 무리하게 밀어붙인 것에는 돗포의 무계획성, 폭군성에 의한 것으로 판단할 수밖에 없겠으나, 그것은 메이지 초 급속도로 개방되어 자아에 눈떠온 기독교 여성에게는 도저히 견딜 수 없는 일이었다. 게다가 돗포라는 사람에게는, 그의 작품에 보이듯 꽤 고풍스러운 감상성(感傷性)과 봉건적 성향이 아직도 뿌리깊게 남아있었 다. 때문에 노부코가 돗포의 눈을 피해 친정으로 돌아간 것은, 그녀로 서는 스스로 정당한 위치로 자신을 되돌려 놓은 것에 지나지 않으며, 스스로 살기 위해 어쩔 수 없이 택한 길이었다.

그러나 이 사건으로 도요주 부인과 남편은 세상으로부터 완전히 매장되어 버렸다. 그들은 모든 공직에서 물러나 사교계에도 문을 닫고 근신을 표명했다. 그리고 2,3년 혹독한 고독과 번뇌의 시간을 보낸 후 에 끝내 노부코의 부모는 세상을 떠났다. 그 결과 친척들의 원망은 노 부코한테로 집중되어 죗값으로 노부코를 미국으로 추방하려고 했다. 그녀는 친족회의 명령에 따라 잠자코 미국행 배를 탔지만 애초부터 미 국 땅을 밟을 생각은 없었던 것 같다. 배 안에서 사무장을 만난 것도 그녀 입장에서는 그러한 친척이나 주위사람들의 쓸데없는 간섭에 대 한 그녀 독자적인 저항이었을 것이다. 이미 그녀는 어떠한 고난도 이 겨낼 수 있는 강인한 의지의 여성이 되어 있었다.

그러나 이렇게 한번 복수를 한 후 그녀는 어떠한 오해나 비난에도 묵묵히 사무장의 평범하고 행복한 아내로 지냈던 것 같다. 돗포와 친 했던 요시에 다카마쓰(吉江喬松, 1880~1940)[80] 씨가 처음 노부코 부부를

---

80 프랑스문학자 평론가. 와세다대학 교수. 『世界文芸大辞典』편찬.

만났는데, 요시에씨는 노부코의 가정주부로서의 총명함과 남편을 생각하는 아름다운 마음에 감복했다고 전하고 있다. 메이지 이래 문단에서 그녀만큼 무자비하게 욕을 먹은 여성도 없는데도 불구하고 필자가 이 불행한 여성을 위해 글을 쓴 것은 당시 요시에씨의 회고담 영향인지도 모른다.

소세키(漱石) 소헤이(草平) 라이초(雷鳥)

소세키의 첫사랑

'소세키에게는 연애경험이 있었을까'는 많은 독자들이 한번쯤은 생각하는 의문이다. 그것은 그가 자신의 연애경험을 바탕으로 쓴 작품은 없지만, 연애경험 없이 이렇게 쓸 수 있을까 할 정도로 절묘하게 묘사한 구절은 작품 여기저기에 산재해 있기 때문이다.

그 점에 대해, 어느 겨울 마쓰오카 유즈루(松岡讓, 1891~1969)[81]부부가 상경했을 때 밤새도록 술을 마시며 그 말을 꺼내보았다. 마쓰오카의 대답은 다소 부정적이었다. "뭐, 살짝 반한 여자는 있었던 것 같은데 깊게 사귄 적은 없었던 것 같은데 말이야"라고 말했다.

이 '살짝 반한' 상대가 소세키 글에 암시되어 있는 것은, 그의 친한 친구 마사오카 시키(正岡子規, 1867~1902)에게 보낸 편지에서이다.

……어제 안과에 갔었는데, 언젠가 자네한테 얘기한 적 있는 귀여운 아가씨를 봤다네—이초가에시[82]에다 다케나가[83]를 얹고—예고 없는 갑작스러운 해후여서인지 섬짓하면서도 나도 모르게 얼굴이 붉어졌다네. 마치 석양에 비치는 아라시야마(嵐山)[84] 산불처럼. 그

---

81 大正 昭和시대 소설가, 수필가.

82 銀杏返し 에도 중기부터 메이지 중기까지 유행했던 여성 머리스타일.

83 丈長머리장식의 일종.

84 교토시 서부에 있는 산. 벚꽃, 단풍의 명소.

덕분에 자네가 부러워했던 견직물가게(海気屋)에서 산 양산을 잃어 버렸다네. 그래서 오늘은 무더운 여름 날씨를 무릅쓰고 지금부터 가겠네.

그 당시 소세키는 아직 대학생으로 고이시가와(小石川) 덴즈인(伝通院) 부근 암자(尼寺)에서 하숙을 하고 있어, 트라코마(trachom) 치료 때문에 간다(神田) 이노우에(井上)안과에 통원치료를 하고 있었는데, 병원 대합실에서 가끔 마주친 한 소녀가 있었다. 날씬한 몸매에 갸름한 얼굴의 미소녀로 언뜻 봐서는 마음씨도 고와 눈이 자유스럽지 못한 노인네를 보면 손수 손을 잡고 안내해 주는 고운 마음씨. 그것이 강하게 소세키 마음을 흔들었고 마사오카 시키한테까지 자신의 심정을 전하기에 이르렀다.

마사오카가 전하는 바에 의하면, 이야기는 그때뿐이었으며 그 후로는 그다지 그녀에 대한 언급은 없었고 한때의 추억으로 기억될 뿐이었다.

그런데 소세키 부인과 형의 관찰에 의하면(이것도 마사오카 시키의 진술이지만), 소세키의 그 소녀에 대한 감정은 그리 단순한 것이 아니었고 그의 일생의 운명을 지배할 정도로 강한 것이었다. 당시 소세키는 이 아가씨와 결혼하고 싶어 어떻게 해서든 자신의 감정을 그녀의 가족에게 전했던 것 같다. 그런데 그녀의 모친은 기생 출신의 욕심이 많고 성질이 고약한 여자로 좀처럼 허락해 주지 않았다. 소세키가 하숙하고 있던 암자 여승을 부추겨 그의 행동거지를 살피게 하거나, 자신의 딸을 원하면 머리 숙여 간곡히 청하러 오라는 등 고자세를 취하는 그녀의 안하무인 태도에, 소세키도 결국 "나도 남자다"라 하면서 포기했다. 그러나 그녀에 대한 사모의 정은 사라지지 않고 끝내는 그 실연의 아픔을 치유하기 위해, 당시 도쿄고등사범학교 등 몇몇 학교로부터 교수직 제의를 받았지만, 일부러 한낱 중학교 교사직으로 멀리 마쓰야마(松山)에까지 갔던 것이다.

물론 그때 교코(鏡子)부인은 아직 소세키와 결혼하지 않았기 때문에 이러한 이야기가 그녀의 상상에 의한 것일지는 모르지만 그 회고담에 의하면 어느 날 소세키가 심상치 않은 모습으로 형 집에 와서는 "나에게 혼담이 있었죠?"라고 물었다. 형은 그런 일이 없었다고 말하자 소세키는 "그럴 리가 없어. 나에게 한마디 말도 없이 마음대로 혼담을 거절하다니 너무하네. 이제 형도 아니고 부모도 아니야!" 라고 엄청 화를 내며 벌떡 그 자리를 떴다고 한다.

하숙하고 있던 암자의 중들이 아가씨의 모친의 부탁을 받고 소세키를 탐색했다는 이야기도 소세키가 형에게 이야기한 내용에서 전해진 것으로 당시 소세키는 그 점을 매우 기에 거슬려 하며 화를 냈다고 한다.

소세키가 정말로 이 소녀를 사랑하고 있었다는 설은 모두 이러한 그의 정상을 벗어난 언행을 기초로 하여 추론된 것 같으며 그것만을 들으면 소세키가 이 연심(恋心) 때문에 광분하고 있었던 그의 모습을 상상할 수 있다. 하지만 그것이 과연 사실인지는 확신할 수 없다는 것이 마사오카 주변의 판단인 것 같다. 그것은 그 일이 있기 전부터 소세키는 심한 신경쇠약에 걸려 그 후에도 자주 우울증과 추적증(追跡症) 초기 증세를 보이고 있었기 때문에 이러한 그의 언동도 그러한 증세에서 나오는 망상에 의한 것으로 해석되기 때문이다. 만약 소세키가 정말로 연애에 빠졌던 것이 사실이라면 그의 작품에 어떠한 형태로든 그 흔적이 있어야 하는데 전혀 존재하고 있지 않다—그것이 이 설이 부정되고 있는 이유인 것 같다.

어쨌든 소세키 일생에 그가 적극적으로 연심을 가졌다고 여겨지는 것은 이 여성뿐이고 그만큼 이는 소세키 전기(傳記) 중에서는 중요한 사건이기는 하지만 그 진상이 설명한 바와 같이 확실하지 않다는 것이 다소 유감이다.

시대의 충격

이리하여 소세키는 마쓰야마중학교에 부임하게 되는데 그로부터 십수 년 후, 이 생활을 소재로 하여 그의 두 번째 작품 『도련님(坊っちゃん) 1906』을 집필한 것은 다 아는 사실이다.

아마도 『도련님』이 처음 단행본으로 세상에 나왔을 무렵일 것이다. 도쿄대학 출신 문학사와 여자대학 출신 여학사의 정사미수 사건이 화제가 되었다. 당시 제국대학은 최고학부였고, 여자대학은 여성 학자를 양성하는 기관이었기 때문에 전국 모든 신문에 대서특필로 보도되어 대단한 화젯거리였다.

이 정사사건의 주인공은 모리타 소헤이(森田草平, 1881~1949)와 히라쓰카 라이초(平塚雷鳥, 1886~1971)였다. 당시는 이 두 사람의 존재를 잘 모르는 채 사건 자체에 강한 충격을 받았다.

충격이라 한다면 그 보다 3,4년 전 후지무라 미사오(藤村操, 1886~1903)라는 일고(一高 도쿄대학 전신)의 수재가 인생을 이해할 수 없다는 짧은 문장[85]을 남기고 투신자살한 사건이 어쩌면 당시 젊은 세대에 더 큰 충격을 주었을지도 모른다. 그 당시 필자는 아직 철없는 소년이어서 몇 년 후의 소헤이사건 만큼 감명을 받지 않았지만 그 후 수년간 후지무라 미사오의 죽음이 화제가 되었고, 그의 뒤를 따라 게겐(華嚴)폭포에서 뛰어내린 젊은이들이 끊이지 않았던 것을 미루어 볼 때, 이는 당시의 역사적 사건이었음에 틀림이 없었다.

신문기사는 연일 보도되었다. 이는 사상이나 예술의 길이 막혀 자살한 자만 거론하더라도, 도코쿠(透谷), 사이토 료구우(斎藤綠雨, 1868~1904)[86], 가와카미 비잔(川上眉山, 1869~1908)[87] 등 오히려 너무 많을 정도로 작가나 시인들이 자살을 했다. 후지무라 미사오의 죽음은 결코 드문 사례는 아니었다. 지식인들의 정사에 있어서는 당시로서는 드믄 일이었지만 아주 드문 사건은 아니었던 것 같다. 그보다 2,3년 전, 어느 의학박사가 젊은 여자의사와 정사한 사건이 있었었는데, 그다지 떠들썩하지는 않았다.

---

85 '닛코(日光) 게겐(華嚴)폭포 위의 참나무에 '巖頭之感'이라는 짧은 글을 남기고 투신자살.

86 소설가, 평론가.

87 硯友社 소설가. 면도날로 목을 베고 자살.

그런데 이 소헤이사건—후에 소헤이가 『매연(煤煙)』으로 작품화하고 나서는 '매연사건'으로 불리게 된 이 사건은 후지무라 미사오 자살사건과 함께 당시의 젊은이들에게 커다란 충격을 주었던 이유는 무엇일까. 결론부터 말한다면, 이 두 사건에는 공통되는 사상적 기반이 있어, 그 시대 청년들은 많든 적든 그 시대적 사상 영향 하에 놓여 흥분하기도 하고 고뇌하기도 했기 때문이다. 결국 그것은 당시의 청년 누구나가 영향을 받은 사상적, 감정적 콤플렉스의 실천이며, 대부분의 청년들이 기회만 허용된다면 자신들도 그와 같은 행동을 했을 거라고 잘 알고 있었기 때문이다.

그렇다면 그 시대의 청년들을 지배했던 사상은 어떤 것이었을까.—필자는 그것을 설명하기 전에 먼저 이 사건—소헤이, 라이초의 연애 경위에 대해 소헤이의 『매연(煤煙)』에 의거하여 그 줄거리를 소개하겠다.

매연사건

모리타 소헤이가 대학을 졸업한 이듬해, 친구 이쿠타 초코(生田長江,

1882~1936)[88] 주재(主宰)로 긴요카이(金曜会)라는 젊은 여성들의 소연구 모임이 결성되었다. 매주 금요일 간다(神田)의 한 교회에 모여 사상과 문예에 관한 강연을 듣는 모임이었다. 중심인물은 물론 초코였지만 소헤이이도 조력자 한사람으로 자주 그 모임에 참석하여 이야기를 나누기도 했다. 라이초(『매연』에서는 마나베 도모코)[89]는 이 모임의 일원이었다. 대학을 막 졸업한 그녀는 엄격한 가정에서 성장하여 단정하고 이지적인 인상을 주었지만, 한편으로는 세로 줄무늬의 남자 하카마 같은 것을 걸치고 시내를 돌아다니는, 독특한 면도 지니고 있는 20세 처녀였다.

소헤이와 라이초가 가깝게 된 것에는 다소 이쿠타 초코의 장난도 작용했던 것 같다. 그 당시 초코도 이 모임의 운영진의 한 사람인, 긴자(銀座)의 한 사업가의 딸과 사랑에 빠져 있었고, 그녀와 라이초가 친한 사이어서 소헤이를 끌어들였다는 설도 있다.

여담이지만 초코와 이 여성(『매연』에서는 소노베 미에코)[90]과의 연애는 얼마 안 있어 여자가 다른 남자와 결혼하여 끝이 났는데, 연애 당시의 달콤했던 추억은 초코 가슴 속에 꽤 오래 남아 있었던 것 같다.

어쨌든 이러한 모임의 분위기 속에서 소헤이와 도모코(라이초)는 급속도로 친해졌다. 소헤이가 그녀에게 다눈치오(G.D' Annunzio, 1863~1938)의 『죽음의 승리』 영역본을 빌려준 것이 계기였는데 다소 상징적이라

---

88 평론가, 번역가. 니체의 〈짜라스트라는 이렇게 말했다〉, 다눈치오의 〈죽음의 승리〉 등을 번역.

89 眞鍋朋子.

90 園部三枝子.

할 수 있다. 당시 소헤이는 로맨틱하면서도 현실적인 이탈리아 작가 작품에 빠져있었다. 소헤이가 모임에서 이 작품 이야기를 한 것에서 그녀에게 그 책을 빌려주게 되는데, 그 후 이 두 사람의 말과 행동에 이 작품의 영향이 여실히 느껴졌다. 적어도 소헤이는 그녀와 접촉했을 때부터 내심 자신과 그녀의 운명을 이 작품의 주인공들과 동일시했던 것 같다. 그 후 두 사람은 이 소설이 시사하는 선에 편승하여 사랑을 키워갔다.

그들이 비로소 그 의중을 털어놓는 장면은 최초의 밀회로 볼 수 있다. 그날 두 사람은 아라이(新井) 야쿠시도(薬師堂) 쪽으로 산책을 했다. 저녁 무렵, 구단(九段) 후지미켄(富士見軒)에 들러 양식과 함께 술을 마시는 동안 그들의 감정은 점점 끓어올랐다. 그러한 분위기로 이번에는 우에노공원 한 나무그늘로 장소를 옮겨 긴 시간 이야기하고 포옹도 하며 울기도 했다. 그들의 연애감정은 이날 하루 만에 달아올랐던 것처럼 보였다.

그런데 그 다음날 두 번째 데이트 약속을 깨고 그녀는 소헤이에게 편지를 보냈다. '어제 저의 행동은 결국은 허위였'다는 내용이었다. 마음에도 없는 술을 마시고 남자 가슴에 기대어 울어도 봤지만 그녀의 마음은 조금도 불타오르지 않았다는 것이다. 그녀는 자신의 심정을 설명하고는 자신은 이중인격자이기 때문에 도저히 사랑 따위는 할 수 없다는 것이었다. 또 그 후 어느 기회를 빌려 '자신은 여자가 아니다'고도 했다. 그리고 이 편지의 결말을,

나는 중용이라는 것은 불가능하니까 불 아니면 얼음. 그런데 불은

아니다는 것을 확인했습니다. 얼음입니다. 눈입니다. 설국(雪国)으로 돌진합니다. 선생님께서는 아직 불과 함께이십니까? 그래서 분사(焚死)할 힘이 있나요? 만약 그렇다면 거기까지입니다. 그러나 얼음과 함께라면, 아아, 얼음 지옥 속에 백골을 짊어지고 박장대소하는 모습이 재미있다고 생각하지 않습니까? 저는 흥미를 가지고 있습니다. 스스로 만들어낸 얼음 지옥 저 깊은 곳에 전후좌우 온통 눈, 눈. 우박 소리 끊이지 않고 그 속에서 노는 겁니다—참을 때까지 참고 동사(凍死)하는 것도 재미있을 것 같습니다. 저처럼 천지를 바꾸려는 것은 인간 누구나 가지고 있는 욕구겠지요. 만약 선생님의 세계가 저와 맞는다면 얼음 지옥의 얼음 문을 활짝 열고 맞이하겠습니다. 기꺼이 무엇이든 하겠습니다.

이렇게 끝을 맺고 있다. 이 결말의 문장은 정말 뭐라 표현할 수 없는 소름끼치는 기운을 품고 있다. 소헤이는 이 소름끼치는 기운에 압도되어 그녀에게 배신당한 것 같기도 했으며, 도전을 받은 느낌이 들었다. 그리고 동시에 격한 욕망에 사로잡히게 된다. 그는 이러한 배신에 대한 '복수를 위해서도 열락을 위해서도' 모든 수단을 동원하여 다시 한 번 이 여자를 잡아야한다고 결심하기에 이르렀다.

그 후로 두 사람의 관계는 연애라기보다는 일종의 게임이었으며, 경기였으며, 투쟁이었다. 소헤이는 어떻게 해서든 이 시건방진 작은 새를 살아있는 채로 잡으려고 모든 연애의 수단을 총동원시켰다. 그 비술의 대부분이 『죽음의 승리』의 이미테이션이었다는 것도 재미있다. 남녀의 은밀한 관계 속에 여자는 때로는 여자다운 교태를 보이기도 하고, 눈물짓기도 하고, 흥분하기도 했지만 곧바로, 흥미를 잃은 분위기로 바뀌어 차갑고 무자비하게 남자와 대치하는 식으로 변했다.

"결국 우리들은 어디까지 가더라도 평행선이네요."라고 남자가 『죽음의 승리』의 남녀 대화를 빌려 탄식한 것은, 두 사람이 처음 사랑을 나눈 지 일주일이 채 지나지 않아서였다.

그러나 그러한 막다른 관계 속에서 어느 날 그녀는 죽음을 암시하는 편지를 소헤이에게 보냈다. 그녀는 자신의 내면이 모순투성인 것을 고백했다.

소헤이에게는 20세 염세주의 소녀가 쓴 감상적(感傷的) 편지도 아니고 이론으로만 무장한 염세관도 아니었다. 화염 속에서 생각하고 얼음의 칼날을 들이대는 느낌이었다.

그러나 소헤이는 아직도 그녀에게 평범한 의미의 연애를 기대하고 있었다. 그녀의 정신과 육체를 동시에 소유하려고 초조해하고 있었다. 그래서 다시 만났을 때 강하게 그것을 요구하자 그녀는 "저는 각오했어요."라고 말하고 가지고 있던 꾸러미에서 칼을 꺼내 남자에게 건네고는, 이걸로 자신의 육체를 찢고 그 피를 빨아 달라 하면서 둘이 하나가 되는 길은 이것밖에 없다고 했다.

"그렇다면 같이 죽자는 건가?"

여자는 대답하지 않았지만 남자는 납득했다.

당시 소헤이에게는 이미 아내가 있었고 게다가 일시적이었지만 정을 통하고 있던 연상의 무용 교사도 있어 추잡하고 복잡한 관계에 놓인 것에 괴로워하고 있었다. 오래된 관계에서 벗어나려면 새로운 관계를 만들 수밖에 없다고 생각하고 있었던 그에게는, 어떠한 굴욕이나

어려운 일을 겪더라도 이 새로운 연애의 모험을 관철시킬 수밖에 없다
는 일종의 자포자기와 같은 집착도 생겨났다. 아이가 죽자 아내를 그
유해와 함께 고향으로 보내고 2주 후 긴요카이에서 그녀를 만났다. 괴
로움에 창백해진 그녀는 소헤이에게 한통의 편지를 건넸다.

저는 지금까지 선생님을 기만하고 자신을 속이고 마음에도 없는
말과 행동에 저 자신을 회개할 생각이었습니다만 이젠 틀렸습니
다. 저는 무참히 깨졌습니다. ……이젠 자신을 억제할 힘도 없어
졌습니다.

이러한 내용의 편지였다. "저는 선생님 손에 죽겠습니다―죽여 주
세요"라 적고 있었다. 둘만의 공간에서 그녀의 의도를 재차 물었지만
그녀의 의지는 변하지 않았다.

요키치(소헤이를 가리킴)는 묵묵히 손을 내밀었다. 도모코는 순간 그
의 손에 매달리면서 남자의 무릎에 얼굴을 묻었다. 이는 광인(狂人)
의 잔인한 마음에서 상대를 유혹하여 같은 길로 끌고 가지 않으면
안 되는, 함께 미쳐 죽지 않으면 안 되는 것처럼 보였다. 어쨌든 자
신은 희생물에 지나지 않았다. 이 여자의 희생물에 지나지 않았다.
"나는 죽일 수 있어. 당신이라면 죽일 수 있어."
누구에게 재촉받고 있는 것처럼 중얼거렸다. 이 여자를 잃지 않으
려면 이 여자를 죽이는 방법 외에는 아무것도 없었다.

이리하여 두 사람은 죽기로 약속을 했다. 그리고 그로부터 이틀 후 다바타(田端)로 향하는 마지막 열차로 오미야(大宮)로 가서 1박. 다음 날 아침 오미야를 출발하여 도호쿠센(東北線)을 타고 시오바라(塩原)온천으로 향했다. 그리고 그 다음 날 밤, 아직 눈이 녹지 않은 3월 초순의 시오바라 산 속을, 두 남녀가 죽음의 문턱에서 죽을 곳을 찾아 헤매는 것을 추적자들이 발견하여 보호조치하였다.

이와나미(岩波) 문고판에는, 두 사람이 달빛 아래 눈 덮힌 산속을 헤매면서 최후의 환희에 잠겨있는—『죽음의 승리』를 부르고 있는 대목에서 『매연』은 끝나고 있는데, 이 작품이 처음 발표된 것에는 마지막에 추적자들의 발소리가 점점 가깝게 들리는 대목에서 끝나고 있다. 어쨌든 이 정사가 미수에 그친 것은 분명하다.

자살병 시대

이 사건은 당시 『매연』을 읽은 독자에게 이 사건이 매우 당돌하고 이해하기 힘든 인상을 주었을 거라고 생각한다. 분명히 이 사건은 당돌하게 보이는 부분이 있으며 동시에 상식적 심리 추측으로는 이해하기 어려운 부분을 많이 가지고 있다. 그것에는 작자 소헤이의 필력(표현력 부족)에 의한 것이라고도 할 수 있으며 또한 사건 당사자인 소헤이가 자신들의 심리나 행동의 의미를 잘 알지 못했다는 점도 들을 수 있다.

그러나 이러한 불확실성은 단순히 소헤이 뿐만 아니라 대부분의 자살이나 정사를 행한 자에게 공통적으로 존재하는 것이다. 일반적으로 이러한 자들은 자신들의 심리를 잘 파악하지 못한다. 파악하고 있다 하더라도 그것을 충분히 표현할 수 없다. 그것은 유서를 보면 알 수 있다. 작가 중에서 예를 든다면, 아쿠타가와 류노스케(芥川龍之介, 1892~1927)와 아리시마 다케오(有島武郎)를 들을 수 있다. 그들의 유서나 유고는 그들의 이러한 행동의 이유를 조금도 설명해 주지 않았다. 읽으면 오히려 더 이해가 되지 않는 것이 사인(死因)과 유서와의 관계이다.

그것은 아마도 자살자나 정사자(情死者)의 심리에는 항상 감정적 논리적 비약이 존재하고 있다는 것으로 설명이 가능할 것이다. 어느 누구도 논리만으로는 자살이나 정사를 결행할 수 없다. 그들이 아무리 이성적인 사람일지라도 어딘가에서 한 번 비약(飛躍)하여 논리 밖으로 뛰쳐나와 그것을 실천하고 있는 것이다.

소헤이와 라이초의 경우에도 이러한 '비약'이 돋보이고 있다. 비약의 발판으로 소헤이는 끊임없이 『죽음의 승리』를 사용하고 있는데 도모코(라이초)의 디딤대는 그리 단순한 것은 아니었던 것 같다. 소헤이는 한때, 그녀의 이해 못할 말과 행동의 원인에는, 그녀가 3년간 수행한 선(禪)에 있다고 이해하고는, "선과 정사는 바보 같은 짓이다"라는 말을 주인공에게 하게 하는데, 그러한 선의 영향을 포함하여 당시 유행하고 있던 특수한 사상과, 혼기가 찬 처녀의 불안한 정서, 그 밖의 여러 복합적 요소가 그녀의 내부를 자극하고 있었던 것 같다. 그러나 소헤이도 도모코 자신도 이 복합적 요소의 정체를 몰랐던 것에서 서로 공회전을 연출했던 것이다. 당사자들에게는 사느냐 죽느냐의 대단히 심각한 연애가 타인의 눈에는 이해할 수 없는 것으로도 보여, 당시 대부분의 사람들에게는 불성실한 사랑의 유희로 비쳐졌던 것 같다.

당시 저널리스트는 이 사건을 하나의 정사사건으로 취급하였으며 당사자인 소헤이 자신도 사건 1년 후 『매연』을 집필한 시점에서는 사랑을 위한 정사로 생각하고 있었던 것 같았지만 엄격히 말하면 이것은 정사가 아니었다. 정사란 두 남녀가 서로 사랑한 나머지 남자는 여자를 위해, 여자는 남자를 위해 죽는 것이 정설이지만 이 사건은 서로 사랑한다는 요건이 충족되지 않았다. 정사처럼 보이는 것은 두 남녀가 함께 시도한 점에 있지만 순조롭게 두 남녀가 눈 속에서—이른바 얼음 감옥 속에서 죽었다 하더라도 이것은 단순한 자살사건이었다. 집단자살이며 동반자살이었다. 두 사람의 자살 목적이 크게 달랐던 것이다. 또한 그 자살을 동기 면에서 본다면 이것은 여자 한 사람의 자살 사건으로 남자의 역할은 그 자살을 방조하려 했던 것에 지나지 않는다. 결국 미수에 그친 위탁살인의 일종인 것이다.

이것에 대해서는 소헤이도 나중에 깨닫고, 사건 십수년 후 어느 날 내가 이 사건에 대해 이야기를 꺼내자 그는 "요컨대 그때 그 여자는 일종의 자살집착증 환자였어. 나는 처음에는 알아차리지 못했지. 그런데 알게 됐을 때에는 어찌할 수 없을 정도로 내가 너무 깊게 빠져있었던 거지."라고 잘라 말했다. "하지만 당신도 상당한 자살병 환자가 아니었던가요? 『죽음의 승리』를 애독하기도 했고⋯⋯" 내가 이렇게 묻자, "그건 그때 젊은이들은 많든 적든 자살병 환자였어. 그도 그럴 것이 나는 후지무라 미사오(藤村操)와 동급생이니까 말이야."

오늘날 우리에게 이 사건이나 작품『매연』이 아주 당돌하게 보이는 진정한 이유가 거기에 있다. 결국 그 당시는 일종의 자살병에 걸려 있던 시대였으며, 또 이 사건은 그러한 시대의 심리를 배경으로 화려하게 연출된 드라마였던 것이다. 때문에 그러한 배경이 된 심리를 이해하지 못하는 한, 이 사건의 진실을 이해할 수 없는 것이다. 거기에 이 사건이 지대한 사회적 관심의 대상이 된 이유인 것이다.

자의식과 본능

그렇다면 왜 이러한 자살 풍조가 그때 일어났던 것일까? 그 배경으로 청일전쟁(1894~1895) 승리에 의한 국민적 자각의 문제를 우선 들을 수 있다. 간단히 말하면 일본의 승리는 당시까지 후진국 의식에 사로잡혀있던 일본인들에게 우수민족으로서의 자각을 일깨워주었으며 동시에 개인적 자아에 눈뜨게 했다. 이러한 국민적 각성을 가장 강하게 고무(鼓舞)시킨 자가 바로 다카야마 초규(高山樗牛, 1871~1902)[91]였다. 그는 우선 처음으로 〈일본주의〉를 설명하고 이어『미적 생활을 논함』을

---

91 문예 평론가, 사상가. 본명은 하야시 지로(林次郎).

집필, 자아 지상(至上), 본능의 절대적 자유를 강조했다. 그의 니체(FW Nietzche, 1844~1900)사상 소개는 그가 주장한 내용의 핵심이었고, 이에 대해 쓰보우치 쇼요(坪內逍遙)를 비롯한 보수파로부터 비난을 받으면서도 그의 천재적이고 화려한 필력은, 인간해방이라는 근대정신과 어울려 당시 젊은 세대에 대단한 영향을 주었다.

그러나 그러한 자아주의의 실천은, 그 당시 다시금 되살아난 봉건적 도덕— 교육칙어적(教育勅語的) 봉건제와 당시 급속히 체제를 갖춘 군국적 국가주의의 요청과는 도저히 양립할 수 없었다. 자아주의를 실행하려 하면 가정이나 학교로부터 쫓겨나든지 아니면 헌병이나 경찰의 채찍에 굴복해야 했다. 거기서 어떤 자는 한결같은 반역정신에 살고, 어떤 자는 심한 회의 빠지기도 하고, 어떤 자는 자신을 억제하고 방관자로 가장하기도 했다. 하지만 그들이 어디에 속한다 하더라도 자신의 본래 희망을 잃고 자포자기가 되어버리는 경향이 강했다. 이것이 당시 자살 풍조의 커다란 원인이었다.

『매연』의 마나베 도모코도 이와 같은 자아의 광신적 신봉자였다. 그녀는 어떠한 경우에도 그 격렬한 자의식을 잃지 않았다. 어떠한 희생을 치루더라도 그의 자의식만큼은 지키려 했던 강한 여자였다. 그러나 당시 사회 테두리 안에서 여성의 몸으로 굳건히 자아를 지켜나가기 위해서는 당연히 심한 저항에 직면해야 했다. 그 저항은 우선 가정에서였다. 그녀가 가정에서 매우 순종적이고 평범한 딸로 보여준 것은 이 저항을 피하기 위한 수단이며 연출이었다. 이러한 수단으로서의 가면성이 끝내는 그녀의 생활의 모든 습성이 되어버렸다. 그녀의 언동은 표리부동하였고, 변덕이 심했으며, 스스로 자신이 이중인격자라 고백해야 했던 것은 이러한 습성화된 가면성에 대한 자기비판이었고 그것이 결국에는 "나의 내면은 모순 투성"이라고 한탄하기에 이르렀던 것이다.

그러나 그녀의 생활이 만약 그 상태로 유지되었다면 그녀에게는 아직 자살 충동은 일어나지 않았을 것이다. 그녀는 타고난 총명함으로 능숙하게 그 가면성을 잘 가려서 활용하여 '자기 이외에 모든 흥미를 잃은 생활'을 계속 유지할 수 있었던 것이다. 그런데 이 시기에 소헤이와 연애를 하게 되었다. 그것은 그녀의 자의식에 있어 평생 처음 겪는 커다란 시련이었다.

대체로 연애라는 심리적 육체적 현상에는 다소 자의식의 상실이라는 현상이 동반된다. 자신을 상대방에게 몰입시키는 것이다. 적어도 자의식을 본능 속에 유입시켜버리지 않으면 온전한 연애의 만족은 얻을 수 없다. 도모코의 경우, 처음 밀회를 했던 밤에는 그녀의 정열이 그녀를 거기까지 도달시킨 것처럼 보였으나 결국 남자와 헤어지고 혼자 남으면, 그녀의 자의식은 새삼스러운 반성과 자조로 얼룩져 순식간에 원래의 자신으로 되돌아오는 것이었다. 아니, 격렬한 포옹과 함께 남자에게 입술을 맡기면서도 미미하나마 남아 있는 그녀의 자의식이 그러한 자신의 모습을 냉소를 띠며 바라보고 있었다.

"어젯밤 자신이 했던 행동은 모두가 거짓 연출이었다"고 말하는 것은 이처럼 냉철해진 자의식에 의한 진술이었다. 그렇다면 그러한 자의식을 고수하고 남자와 헤어질 수 있는가, 그것은 불가능하다. 다음 날 남자로부터 유혹의 편지가 오면 만사 재치고 만나러 가지 않으면 안 되는 그녀였다.

그 후의 두 사람의 상황을 그들 사이가 마치 전투였다는 식으로 쓰고 있다. 그러나 사실은 그녀 혼자만의 전투였다. 그녀의 자의식과 본능이 다투고 있는 것이었다. 그리고 그 싸움이 결국 본능의 승리로 끝났다고 의식했을 때, 그녀는 이른바 자의식과 의리를 공평히 존중하여 남자의 손에 죽으려고 결심했던 것이다. 그녀가 남자에게 보낸 마지막 편지에,

> 나는 한편으로 열정에 이끌려 움직이고 동시에 다른 한편으로는 여유있는 자신을 보고 있었다. 너무나 두려울 정도로 열정이 폭발할 것 같을 때에는 대개는 의지력으로 제어해 버린다. 나는 자신을 제어하면서 항상 좌선(坐禪)의 힘을 빌리고 있다……하지만, 하지만, 그것도 이제 소용없어요. 나는 마지막까지 와 버렸어. 이제 나에게는 아무것도 남아 있지 않아. 남아 있다고 한다면 그것은 단지 공포와 불안의 연속일 뿐…… 이젠 감당할 수 없어. 나는 선생님 손에 죽을 거에요—죽여주세요.

라고 적고 있는 것은 액면대로 해석해도 되는 그녀의 고백이었을 것이다. 이 경우 본능을 끝내 제어할 수 없다고 느낀 그녀가 왜 '공포와 불안'에 떨어야 하는가는 일반 상식으로는 다소 이해가 안 되는 부분도 있지만, 그것이 바로 당시 자아광(自我狂)시대의 특수한 심리로, 죽음을 무릅쓰고라도 자신의 자의식을 지키려는 격렬함도 이러한 특수한 심리 속에서 나오는 것이다.

어느날 나는 소헤이에게 "시오바라온천에 갔을 때 3일 동안 줄곧

둘이서만 지냈을 텐데 육체적 관계는 있었습니까, 없었습니까?"라고 노골적으로 물어 본 적이 있다.

"어이, 자네. 그건 말이야, 있었다고도 할 수 있고 없었다고도 할 수 있는 종잇장 한 장의 경지가 있을 수 있겠지? 바로 그거야."라고 대답했다. 나는 이러한 경우의 남자의 묘한 자존심(허영심)을 계산해 보고 결국 그들 사이에는 아무 일도 없었다고 판단했다. 오늘날의 상식에서 생각해보면 지극히 이상한 정사여행이지만 거기에 이 연애의 진면목이 있다고 할 수 있다. 결국 그녀는 자의식과 더불어 처녀성을 끝까지 지켰던 것이다.

이 불굴의 처녀가 그로부터 몇 년 후 세이토하(靑鞜派)[92]를 결성하여, 메이지 말기에서 다이쇼 초기의 일본에, 여성개안(開眼)의 큰 파장을 불러일으킨 것도 우연은 아니었다. 메이지 초기 이래 여러 여성운동이 일어났지만 청탑파 만큼 진정으로 진보'에 도움이 되는 운동은 없었고, 거짓도 기만도 없는 여성에게 주도된 운동도 없었다. 20세의 그녀가 디딘 길이 위험한 것이었을 지언정, 그와 같은 연애 중에 그렇게 성실하게 자신의 길을 걸으려고 한 여성은 그리 흔하지 않을 것이다. 따라서 이 연애사건도 문단 연애사 중에서도 아주 드믄 케이스라 할 수 있겠다.

---

92 1911년 平塚雷鳥를 중심으로 모인 여류문학자 일파. 기관지 『靑鞜』.

호메이(泡鳴) 슈코(秋江)의 사랑의 상(相)

수컷의 연애

메이지 40년(1907)은 문단 연애사적으로 볼 때 그야말로 획기적인 해였던 것 같다. 다야마 가타이가 『이불』을 발표하여 자연주의의 방향을 잡은 해였으며 모리타 소헤이가 『매연』사건을 일으켜 로맨틱했던 시대에 종지부를 찍은 해이기도 했다. 또한 같은 해 여름에는 이와노 호메이(岩野泡鳴, 1873~1920)가 닛코(日光)로 놀러가 『탐닉』사건을 일으켜 그의 긴 여성편력의 제1보를 내딛었기 때문이다.

이른바 그 해는 일본 문학이 낡은 희작문학이나 로맨티시즘과 결별하여, 단순히 문학의 기술적인 면뿐만 아니라 실천적으로도 근대주의로 돌입한 해였으며, 그 실천에 있어 가장 대담하고 용감했던 존재가 바로 이와노 호메이였다는 것에는 이의가 없을 것이다. 그러한 의미에서 이와노 호메이의 연애담을 문단 연애사에서 빠뜨릴 수 없는데, 그러나 그와 동시에 과연 호메이에게 연애 경험이 있었는가 하는 의문도 든다.

대체로 연애를 말할 때, 사람들은 반드시 거기에 어떤 정서의 흐름을 연상한다. 그것이 성공한 연애든 실패한 연애든 비극적인 연애든, 연애라는 그 자체에 정서가 동반하고 있는 것이 보통이다.

그런데 이와노 호메이의 연애에는 그와 같은 정서가 없다. 연애가 호메이에 의해 묘사되면 그 연애에는 더욱 그러한 정서는 소멸되어 버린다. 때문에 그의 연애소설을 읽으면 소설이라기보다는 오히려 한 마리의 수컷'의 생태를 묘사한 생물학 책을 읽고 있는 듯한 느낌이 든다. 한 마리의 왕성한, 지칠 줄 모르는 '수컷'이 한 마리 혹은 여러 마리의 '암컷'을 쫓아다니거나 쫓기면서 자신도 상처입고 상대방에게도 상처를 입힌다.— 그러한 동물원 광경을 그리고 있는 것이 그의 연애소설이라 말할 수 있다.

그러나 그러한 '수컷'과 '암컷'은 결코 그렇게 드문 존재는 아니다. 이와노 호메이가 특별한 '수컷'이었던 게 아니며, 유사한 '수컷'과 '암컷'이 여기저기 산재해 있는 것이 일반 세상인 것이다. 보통사람들도 호메이에 비해 나을 것도 없으며, 그 내실을 솔직히 꺼내 보이면 역시 그저 '수컷'과 '암컷'에 지나지 않는다.

그리고 대부분의 사람들은 이러한 자기자신—'수컷'이거나 '암컷'인 자신을 인정함과 동시에 그러한 자신을 반성을 하고 비판한다. 또 '수컷'과 '암컷'이 지나칠 때에는 억제하기도 하고 뉘우치기도 하면서 생활의 균형을 잃지 않도록 노력한다. 적어도 그들은 이와 같은 자신 — '수컷'이거나 '암컷'인 자신을 노골적으로 보이는 것에 대해서는 어느 정도 수치를 느끼거나 망설이게 된다.

그런데 작품에 나타나는 호메이에게는 그와 같은 망설임이 없고 수치심도 없다. 또한 자신에 대한 반성이나 비판도 느껴지지 않는다. 이러한 도덕적 둔감이 호메이의 특징인 것이다.

그렇다면 호메이라는 사람은 원래 낯 두껍고 수치도 모르고 자기 반성도 전혀 하지 않는 자인가 하면, 내가 아는 그는 그렇지는 않았던 것 같다. 하기야 내가 그를 알았을 때는 그의 나이 40세가 훨씬 넘어있었고, 경제적으로도 어느 정도 넉넉했으며, 가정적으로도 간바라 하나에(蒲原英枝)와 결혼하여 안정된 생활을 하고 있었다. 다소 허영기가 있어 보였고 복장도 꽤 깔끔한 편이었다. 언행 면에서도 의외로 친절하고 외설적인 면은 전혀 느낄 수 없었다. 어느 날 도쿠다 슈세이(德田秋声, 1871~1943)씨가 무언가로 놀린 적이 있었는데 호메이는 그저 얼굴을 붉히면서 매우 수줍어하는 하는 모습을 보고 꽤 놀란 기억이 있다.

그 당시 호메이는 두 번째 아내 엔도 기요코(遠藤清子)와 이혼소송 중이었고 이로 인하여 세상의 비난을 받고 있을 때였다. 우키타 가즈타미(浮田和民, 1859~1945)[93]박사가 호메이를 가리켜 색정광이라고 어느 잡지에 실어, 호메이가 우키타박사를 명예훼손으로 고발한 것도 이 무렵이었다.우키타 가즈타미도 호메이를 두세 번 만났더라면 호메이를 색정광이라고는 생각하지 않았을텐데, 호메이가 쓴 것만 보면 너무나 반성의식이 없고 추잡하고 노출증적이고 '수컷'을 그대로 내보이고 있기 때문에 그리 생각한 것도 무리는 아니었다.

문제는, 원래 색정광이 아니고 외설한(猥褻漢)도 아닌 호메이가, 그의 행동과 작품 때문에 외설적인 남자로 보여지고 세상의 비난을 받아야 하는가에 있었다. 그런데 거기에는 우선 그의 행동 특히 여자의 출입에 대해 언급할 필요가 있다.

---

93 정치학자.

호메이의 연애편력

　　이와노 호메이가 다케고시 고코(竹腰幸子)와 처음 결혼한 것은 23세 때였다. 그는 그 무렵 한 선교사에 고용되어 찬송가 가사 번역을 하고 있었다. 현재 부르고 있는 찬송가 중에도 그가 번역한 것도 있다. 고코도 기독교 신자인 관계로 호메이를 알고 있었던 것 같다. 그녀는 호메이보다 3년 연상으로 원래 요코하마(横浜) 초등학교 교사였는데 도쿄로 부임하여 고이시카와(小石川)의 에도가와(江戸川) 근처에서 2층 방을 빌려 자취생활을 하고 있었다. 낮에는 학교에 근무를 하고 밤에는 음악 강습소에 다니고 있던 중, 호메이는 매일 밤 가젠보초(我善坊町)[94]에 있는 부모 집에서 마루노우치(丸の内)를 걸어서 그녀 집을 들렀다. 그리고 얼마 안 있어 부모의 거센 반대를 물리치고 그녀와 결혼을 했다.

　　결혼 후 10년 동안은 별 큰 일 없이 그럭저럭 보냈던 것 같다. 그러나 그 후부터 호메이의 사상에 근 변화가 생겼다. 그 당시까지 그에게는 아직 기독교 영향이 남아 있어 로맨틱한 시 등을 쓰고 있었는데, 그 후로는 완전히 탈바꿈하여 무신론을 외치고 자아지상, 본능의 자유를 주장하게 되었다. 나아가 그는 약자의 도태, 강자의 독존에까지 주장하기에 이르렀고 그와 같은 사상을 개인의 행동으로 실천하는 것이 진정한 생활임을 깨닫게 되었다. 그의 '신비적 반수주의(半獸主義)'가 바로

---

[94] 도쿄 미나토구(港区) 아자부(麻布).

이것이며 그 후 그는 자신의 '비통(悲痛)의 철리(哲理)'를 행동과 작품에 실현하는 것이 자신의 최고의 사명으로 믿었다.

이렇게 그가 최초의 영웅적 행동(이라고 그가 자신하고 있었던 것)은, 메이지 40년(1907) 그의 나이 35세 되는 해 여름 닛코(日光)에서 피서하고 있을 때 시작되었다. 그 당시 그는 오쿠라상업학교(大倉商業学校) 영어교사를 하면서 틈틈이 희곡을 쓰거나 번역을 하기도 했는데 마침 여름방학을 이용하여 닛코에서 하숙을 하고 있는 사이에, 옆집 술집에서 일하고 있는 기생(芸者)과 친숙하게 되었다.

이 기생은 당년 27세. 예능도 썩 잘하지도 않고 피부도 검었다. 동네사람들은 그녀를 '까마귀기생'이라 불렀다. 그런데 호메이는 그녀의 그러한 외적 개성을 살려 여배우로 키우려고 결심하고 그녀와 약속을 했다. 당시 호메이는 여자를 손에 넣으면 바로 여배우로 키우는 것을 꿈꿔왔던 것 같아서, 그 다음 해 알게 된 오토리(お鳥)와도 같은 약속을 하여 여자에게 꿈을 갖게 했다. 그때는 아직 가와카미 사다얏코(川上貞奴, 1872~1946)가 여배우로 활약하고 있던 시대여서, 그녀가 관리하고 있는 여배우학교를 항상 염두에 두고, 자신의 여자를 여배우로 데뷔시켜 경제적으로도 독립하게 하고 동시에 자신의 희곡도 상연시키려는 꿈을 꾸고 있었던 것 같다. 호메이이는 이 여배우학교와 관계있는 자신의 친구를 일부러 닛코로 불러들여 이 여자를 보여 주기도 했다.

그런데 그러던 중 그 여자를 기적에서 빼내려는 남자가 등장했다.

그 지방 골동품가게 주인이었다. 그는 낙적(落籍)[95]에 필요한 금액의 절반을 포주에게 건네 예약했던 것인데 잔금을 치루기 전에 그녀와 호메이와의 관계를 알게 되어 계약을 파기시켜버렸다. 거기서 어쩔 수 없이 호메이가 잔금을 부담하고 여자를 거두게 되었는데 돈을 구할 수 없었다. 그래서 그는 도쿄에 있는 아내에게 편지를 보내, 집의 물건을 잡혀서라도 돈을 마련하여 보내도록 했다. 닛코에서의 남편의 행동을 어렴풋이 감지하고 있던 그의 아내는 편지를 보고 깜짝 놀라 닛코로 달려왔으나 부탁받은 돈은 가지고 있지 않았다. 그래서 호메이는 혼자 도쿄로 돌아가 아내의 의류 등을 돈으로 바꿔 즉시 닛코로 보내 겨우 여자를 그곳에서 빠져나오게 하였고 아내도 도쿄로 돌아왔다.

그러나 도쿄 아사쿠사(浅草) 친정으로 가게 된 그 기생에게는 이미 약혼자가 있어 호메이는 손을 쓸 수 없었다. 완전히 몸값의 반액을 사기당한 기분이었다. 그리고 여자가 매독성 눈병으로 조만간 실명하게 되었다는 이야기를 듣고 "거 봐"라고 증오심에 불타 외칠 뿐, 그의 영웅적 행위는 그것으로 끝났다.

이상이 그의 출세작 『탐닉(耽溺 1909)』을 구성화시킨 그의 행동이다. 이 사건은 오늘날의 감각에서는 어이없고 무모한 사건이며 단순히 시골의 보잘것없는 기생 낙적 이야기에 지나지 않는다. 주인공의 고뇌라 한들 기껏해야 100엔이나 200엔으로 간단히 해결되는 고민이지만, 호메이는 그것을 나름대로는 현대적 고민이라고 외쳐 마치 자신이 그 시

---

95 기적에서 이름을 빼내는 것.

대의 모든 고민을 한 몸에 짊어지고 있는 것처럼 생각하고 있었기 때문에 그야말로 어릿광대를 보는 느낌이었다.

단지 이 사건 과정에서 알 수 있는 호메이의 특징은 그가 마치 세상 물정을 모르고 사람을 좋아한다는 점과 너무 정직하다는 것이었다. 실제로 자기가 바람둥이인 것처럼 생각하고 행동하는 것은 그 후로도 그의 행동이나 작품에 항상 붙어 다녔고, 이 작품이 2,3년 전에 발표된 소세키(漱石)의 『도련님』과 견주어 호평을 받아, '탐닉'이라는 단어가 그 당시 유행어가 될 정도로 인기가 있었던 것은 바로 이러한 그의 정직성에 있었다고 생각할 수 있다.

정직한 호메이가 거짓말을 하지 않았던 것은, 이 사건에서 아내에게 기생의 몸값을 마련해 오게 한 행동에서도 엿볼 수 있다. 그는 그 후 우리들과의 만남 속에서도 전혀 거짓말은 하지 않았고 모든 일에 투명했다. 이는 그가 젊었을 때 받은 기독교 영향일지도 모른다. 만약 그가 교묘히 거짓말을 했다면 그의 아내나 애인은 고통을 덜 받았을지도 모르며 호메이 자신도 고민이나 고통을 겪지 않았을 것이다. 그러나 그에게는 그것이 불가능했던 것 같다. 그러한 그의 정직성은 신중하지 못한 치한으로 특히 여자들에게는 잔인한 폭군으로도 비쳐졌던 것이다.

닛코사건 다음 해 그는 또 한 여인을 만난다.

당시 그의 부친은 가젠보초(我善坊町)에서 하숙업을 하고 있었으며 호메이와 그의 아내는 거기서 같이 살고 있었다. 같은 해 봄에 부친이 죽자 호메이는 유산으로 그 하숙집을 물려받았고 아내가 경영하게 되었다.

그때 마스다 시모에(增田しも江)라는 21세의 여자가 기슈(紀州) 고향에서 호메이의 계모(호메이 부친의 후처)를 찾아 상경하여 호메이 하숙집에 머물게 되었다. 이 여성이 그의 소설에 등장하는 오토리(お鳥)로, 기슈에서 한 번 결혼한 적이 있고 초등학교 교사 경력도 가지고 있었다. 호메이는 계모의 부탁으로 이 여성의 일자리를 알아보고 있는 중 어느 날 그녀를 꼬득여 가마쿠라(鎌倉)에서 관계를 갖게 된다. 그리고 그녀에게 집을 사주기도 하고 재봉학교(裁縫学校)에 보내기도 하면서 여배우로 키워주겠다고 약속했다. 그리고 얼마 안 있어 그는 여자를 데리고 고슈(甲州) 시오야마(塩山)온천으로 가 그곳에서 한 동안 머물렀다. 이윽고 호메이 아내는 두 사람의 관계를 눈치 채기에 이르렀다.

시오야마온천에서 호메이는 지난 해 닛코에 경험했던 사건을 소설 『탐닉』의 모티브로 쓰고 있었는데, 그는 그녀에게 한자에 음을 다는 작업을 시키고 있었다. 호메이답게 원고지 1장당 5전의 수고료를 주기로 했다. 여자가 이 소설을 읽으면서,

"바보 같은 사람. 바람둥이. 그런 매독 걸린 기생이 그렇게 좋았어요?"

라고 독설을 퍼붓는 구절은 그의 연애의 난폭하고 조야한, 한편으로는 외설적이고 이단적 분위기를 단적으로 대변하고 있는 듯하다.

이리하여 탈고를 하고 호메이는 원고를 곧바로 도쿄 잡지사로 보내는데 발매금지를 의식하여 원고를 사 주는 출판사가 없었다. 애초 이 원고를 믿고 온 여행이라서 돈이 없어 결국 그녀를 먼저 도쿄로 돌려보내고 호메이 혼자 여인숙에 남았다. 이윽고 원고가 『신소설(新小說)』에 팔려 그는 도쿄로 돌아와 그녀를 셋방에 두고 동거생활을 하게

되었는데, 호메이한테서 임질을 옮은 그녀는 히스테리를 일으켰다.

물론 호메이보다 연상인 아내도 그 무렵에는 점점 신경이 날카로워져 두 사람이 살고 있는 곳을 급습하여 소란을 피우기도 했지만, 그러한 난리 통에서도 호메이는 어떻게 해서든 원고로 근근이 살아가는 비참한 생활로부터 탈피하기 위해 일확천금의 꿈을 꾸게 된다. 랭군미(米)[96] 수입을 비롯하여 규슈(九州) 무연탄 매입 등 여러 가지 계획을 세워보지만 무엇보다 먼저 필요한 것은 자본금으로 그리 간단히 마련할 수 있는 게 아니었다. 가끔 그의 4촌 동생 주키치(重吉)가 그때 대미 수출품이었던 게 통조림 기술자로 사할린(樺太 가라후토)에 출장 간 사실이 기억이 나, 그도 사할린으로 건너가 그 일을 해 보려고 결심하기에 이르렀다.

　　그렇다. 그렇다. 다년간 우리나라를 어린애 취급해 온 거만하고 무례한 미국을 상대로 무역을 하여 이익을 취해 울분을 푸는 거라며 그는 그 자리에서 결정해 버렸다. 그리고 두꺼운 얼음이 언 북극의 빙야(氷野)를 탐험하러 가는 것보다 훨씬 장렬하고 유쾌한 것처럼 느껴졌다.

이것은 그때의 상황을 기록한 「발전(発展)」의 일절인데, 이러한 사업계획을 보더라도 호메이가 얼마나 단순하고 유치한 로맨티스트인가

---

[96] 미얀마 수도. 당시 쌀 생산지로 유명했음.

를 알 수 있다.

그러나 그는 어쨌든 이사업에 착수했다. 그의 하숙집 가옥을 담보로 대출받은 돈으로 터무니없이 큰 솥을 주문 제작하고는 그것을 들려서 동생과 4촌 동생을 사할린으로 보냈다. 그리고 그는 더 필요한 자금을 마련하기 위해 한동안 도쿄에 남아 있었는데 그동안, 성병을 앓고 있던 오토리의 불만과 호소는 매일같이 반복되었으며, 아내는 아내대로 매일 그가 묶고 있던 집 앞에서,

"집으로 빨리 돌아오세요. 애가 말을 듣지 않아요. 제발 빕니다 빨리 돌아와 주세요. 제발."

이렇게 애원하고 있었다. 호메이는 이러한 스트레스 때문에 긴자 뒤쪽 변장술사(百面相屋)집 2층을 빌려 오토리에게 거처를 옮겨주고 사업자금 변통으로 여기저기 분주하게 돌아다녔는데 그러는 사이에 오토리는 호메이의 돈 심부름을 하던 젊은 남자와 정을 통하고 말았다. 그 사실을 알게 된 호메이는 그래도 오토리와 헤어지지 못하고 있었는데, 그 남자가 돈을 가지고 와서 그 돈을 가지고 사할린으로 떠났다.

그러나 정작 사할린에 가보니 사업은 완전히 실패였다. 한 푼도 돈을 건지지 못했다. 실패의 경위는 전혀 쓰고 있지 않지만 그가 동생들과 함께 사업을 포기하고 삿포로 도망치듯 돌아왔을 때에는 이미 늦가을에 접어들었는데 그는 여름옷 한 벌만 걸치고 있었다.

여기서 그의 이른바 '방랑'이 시작되었다. 그는 우선 옛 도호쿠학원(東北学院) 시절 친구의 집에 찾아가 그곳에서 머물게 된다. 친구는 그에게 도쿄로 돌아갈 것을 권유하지만 호메이는 아직 홋카이도에서 뭔가 할 만한 사업거리를 찾고 있었고 또 도쿄로 가면 채권자들에게 시

달리는 것도 그렇고 해서 도저히 돌아갈 수 없었다. 그는 알고 지내던 신문기자 집에 머물기도 하고 도쿄로부터 원고료를 보내오도록 하여 그곳 유곽을 드나들면서 싸구려 매춘부와 친해져 어느 정도 위안을 삼고 있었다. 그러던 중 문득 겨울에 사할린에서 벌목사업을 할 생각이 떠올라 그녀를 데리고 사할린에 건너가려고 했으나 아무도 자금을 대주는 자가 없었다. 현실과 꿈 사이에서 방황하고 있는 중에 어느덧 홋카이도에 겨울이 왔다. 그런데 갑자기 도쿄에 있는 오토리가 지금 '출발'이라는 전보를 보내왔다. 이윽고 오토리는 헤어졌을 때와 변함없이 지친 모습으로 삿포로에 도착했다. 그녀는 호메이를 보자마자,

"빨리 병 좀 낫게 해 줘요!"

였다. 마침 도쿄에서 보내온 원고료로 오토리를 병원에 입원시키지만 병세는 좀처럼 호전되지 않았다.

그 무렵, 이토 히로부미(伊藤博文, 1841~1909)가 할빈역 앞에서 살해당했다는 보도가 홋카이도 전역을 뒤흔들었다. 히로부미는 그해 여름 대한제국 왕태자를 모시고 홋카이도를 순방했었다. 평소에 히로부미를 숭배했던 호메이는 어느 중학교 부탁으로 도요토미 히데요시와 이토 히로부미에 관한 연설을 한 적이 있는데 2시간의 대열변이었다. 목소리가 너무 커 사회자가 "너무 큰 목소리를 내면 몸에 좋지 않다"고 주의를 줄 정도였는데, 호메이는 개의치 않고 큰 목소리로 강연을 계속했으며 끝으로 그의 인생철학을 언급하며 "나는 우주의 제왕이다. 아니 우주 그 자체다"라고 외쳐 청중들이 "와!"하고 웃었다. 그러자 호메이는 "무례하다"는 듯이 무척 화를 내서 주체자가 사과를 했지만 그는 얼굴을 붉힌 채 자리를 떠났다.

호메이가 미쳤다는 소문이 바로 그 강연장에서 나기 시작했다. 호메이는 자신이 미치지 않았다는 이유를 거듭 역설을 했지만 아무도 그 말을 믿지 않고 가까이하려 하지 않았다. 이제는 홋카이도에서 사업을 하려해도 아무도 상대해 주지 않았다. 게다가 갑자기 밀려온 겨울의 한기(寒氣) 앞에서는 아무리 고집이 세고 강건한 호메이도 절망과 곤궁의 밑바닥으로 떨어져버렸다. 마침내 그는 오토리와 함께 죽을 결심을 하고 어느날 밤 둘이서 철교로 가 강으로 몸을 던졌다. 그러나 두 사람이 떨어진 강에는 물이 없고 눈이 쌓여 있어 다친 곳 하나 없이 구조되었다.

이윽고 호메이도 도쿄로 돌아갈 마음이 생겨, 알고 지내던 신문기자들이 1엔 2엔씩 추렴하여 그 돈으로 오토리와 함께 삿포로를 떠났다. 그러나 그들로부터 받은 돈은 둘이서 센다이(仙台)까지 갈 3등 기차 요금밖에 되지 않았다. 게다가 기차 안에서 오토리가 고통을 참지 못해 재차 히스테리를 일으켰다. 그들은 모리오카(盛岡)에서 도중하차했다. 그리고 전에 호메이의 학생이었던 한 청년에게 의지하여 오토리를 그곳 병원에 입원시켰다. 호메이는 곧바로 혼자서 도쿄로 돌아가 그녀의 입원비를 마련하던 중, 모리오카 제자로부터, 입원하고 있는 오토리에게 도쿄에서 한 젊은 남자(호메이가 사할린에 있는 사이에 생긴 오토리의 애인)가 찾아왔다는 연락을 받고 호메이는 겨우 오토리로부터 그리고 입원비로부터 해방되어 다사다난했던 연애행각에 일단 종지부를 찍었다. 호메이가 37세 되던 해 11월 말이었다.

홋카이도에서 막 돌아온 호메이가 얼마나 야위어 형편없는 몰골이 되어 있었는지는 마사무네 하쿠초(正宗白鳥, 1879~1962)를 비롯하여 많은

그의 지인들의 문헌에 남아있다. 야윈 모습으로 아내에게 돌아가 지
낸 것은 한 달도 지속되지 않았던 것 같다. 지칠 줄 모르는 호메이는
그 해 말 청탑사(靑鞜社) 동인 엔도 기요코(遠藤清子, 1882~1920)[97]와 사랑에
빠져 이미 동거하고 있었다. 그 경위는『정복 피정복(征服被征服 1919)』에
쓰여져 있지만 그리 흥미롭지는 않다. 기요코와 동거한지 3년 후, 호
메이는『풀타크영웅전』번역 때문에 고용한 대필기자(代筆記者) 간바라
하나에(蒲原英枝)와 관계를 갖게 되어 기요코와 헤어진다. 그가 세상으
로부터 가장 신랄한 비판을 받은 것은 바로 이 때였다. 호메이로서는
이 여성에 의해 비로소 심신의 풍족감을 얻은 것 같았으며 내가 묶고
있는 하숙집에도 둘이서 놀러 와 금슬 좋은 모습을 보이곤 했다. 그리
고 두 사람의 관계는 호메이가 장티브스로 급사할 때(48세)까지 지속되
었다.

철학의 실험

이러한 호메이의 행동은 제3자 입장에서 보면 정말 어리석은 짓으
로 보일지 모른다. 그는 결혼이든 연애든 무작위였던 것 같다. 그의 연

애상대는 언제나 가장 가까이 있었고 그리고 아무런 저항없이 손에 넣을 수 있는 여성뿐이었다. 닛코의 기생 역시 요정과 이웃해 있는 관계로 아침저녁으로 얼굴을 마주하면서 친숙해진 것뿐이었다. 오토리의 경우에는 그의 호주머니로 날아 들어온 궁지에 몰린 새에 지니지 않았다. 엔도 기요코는 다소 깐깐한 상대처럼 보였지만 그녀 역시 문학적 명성을 동경했던 문학소녀에 불과했다. 간바라 하나에 경우 또한 혼기를 놓쳐 초조해 하고 있던 여비서였다. 모두가 바겐세일이었다. 싸든 안 좋든 싸구려가 좋을 리 없었고 언제나 호메이 쪽에서 애를 먹고 도망가는 식이었다.

모리타 소헤이의 『매연(煤煙)』에 남녀 주인공이 교회의 피아노 옆에서 대화를 나누는 구절이 있다. 남주인공이 피아노 건반을 두드리며,

"사랑이라는 것은, 이렇게 몇 개의 건반을 두드리며 갖가지 음을 즐기는 것이 좋을까 아니면 한 개의 건반만 두드리며 거기에 깊은 음을 내게 하는 것이 좋을까"

라고 여주인공에게 묻는다.

호메이 연애의 경우, 그가 여러 명의 아내와 애인을 바꿨다는 결과로 보면 그는 갖가지 건반(음)을 두드린 셈인데 그 두드리는 태도를 보면, 그는 오히려 후자에 가까운 편이었다. 그는 언제나 하나의 건반을 두드리고 있었다. 단지 그 두드림이 무작위였으며 조야하고 집요하여 그 건반을 두드리다 부셔버렸다. 부셔지면 그는 어린아이처럼 미련없이 그것을 버리고 바로 다른 건반을 두드리기 시작했다. 그리고 또 그 건반을 부셔버리면 다른 건반을 찾았다.

애인 없이는 한시도 살아갈 수 없는 그로서는 어쩔 수 없는 결과였

지만 당시의 세상은 그 결과만을 보고 그를 유례없는 바람둥이로 여기고 나아가 냉혹한 엽색(獵色)꾼으로 치부하기도 했다. 실제로는 호메이만큼 정열적으로 한 여자의 가슴을 두드린 연인은 없지만, 그것이 냉혹하게도 보이고 불성실하게 보였던 것은 결국 그의 '철학' 때문이라 생각된다.

대체적으로 메이지시대 청년들은 철학이라는 단어를 아주 좋아했으며 호메이도 그중 한 사람으로 스스로 자신이 대단한 철학자인양 행동하고 있었다. 그가 주장한 철학이론에는 신비적 반수주의(半獸主義)라든가 신일본주의, 찰나주의(刹那主義), 우강자독존설(優強者獨存説) 등이 있는데, 요컨대 그가 청년시절에 신봉했던 기독교에 대한 반발에서 무신무영혼의 유물주의를 주축으로 한 것이어서 자아의 정열적, 찰나적 실현, 본능의 절대자유 등을 주장한 것이었다.

그러나 이러한 주장은 그 어느 것도 호메이에게 별 특별한 것도 아니었다.

이미 10여년 전에 다카야마 초규(高山樗牛, 1871~1902) 등이 유사한 주장을 했었다. 단지 초규가 「미적 생활론(美的生活論)」을 통하여 미화시켜 말하고 있는 것에 반하여 호메이는 「반수주의」등으로 가식없이 속을 드러내 보이는 것뿐이었다. 그의 우강자독존설 만하더라도 니체의 「초인론(超人論)」과 다윈의 「적자생존설」을 절충시켜 포장한 것으로 역시 이 두 학설도 당시 일부 학자들에 의해 소개된 신 학설이었다.

호메이는 매우 독단적인 사람이면서 한 편으로는 뭐든지 쉽게 잘 믿는 성격의 소유자였다. 그리고 사상적으로도 그러한 맹신적인 경향은 아주 강했다. 여러 학자들의 학설이나 말 등을 끌어들여 자신에게 유리하도록 조합하는 것을 좋아했고 그 조합이 아무리 조잡해도 전혀 신경을 쓰지 않았다. 당시 작가로서는 유달리 그의 서재에는 영문서적이 꽤 많이 있었지만 얼마나 열심히 읽었는지는 의문이다.

그러나 어쨌든 그는 자신만의 자아주의를 세워 아주 성실하게 실행시키려 했다. 하지만 그러한 '철리(哲理)'는 그의 자신을 위해서는 매우 유리한 이론이지만, 그것을 타인 특히 아내나 정부(情婦)에게는 매우 좋지 않은 이론이었다. 예를 들면 그는 성의 자유를 주장했지만 그러한 자유가 아내나 정부에게 남용되어서는 절대로 안 되는 것이었다. 그가 자유인인 것처럼 그녀에게도 자유를 인정하고 충분히 행복하기 위해서는 소유욕도 질투심도 전혀 없는 자유인이어야 하는데 그와는 반대로 호메이는 남보다 더한층 독점욕이 강하고 질투심도 대단했다. 심지어 매춘을 할 때도 매춘부 고객에게도 질투할 정도인 만큼, 하물며 아내와 정부에게 자유를 인정할 아량은 기대할 수 없었다. 이러한 점에서 그는 그야말로 봉건시대의 가정 폭군에 지니지 않았다.

그의 가정이 항상 남녀의 반목의 장이고 그의 연애가 언제나 노골적인 성욕과 이해관계가 끊이지 않는 투쟁이었던 것은 이러한 철저하지 못한 어설픈 '철학'의 실천의 당연한 결과였다. 그의 불행은 스스로 뿌린 것을 거두어들인 것에 지나지 않는다. 그리고 자신은 그 불행을 가리켜 '철인(哲人)'이 향유할 당연한 운명이라 해석하고 그와 같은 '비통'이야말로 고귀한 인생의 실체라 단정하고, 그러한 것들을 묘사하는 행위를 문예의 목적이라 믿기에 이르렀다.

그러나, 이러한 그의 '철학'이 아무리 잘못되었고, 그의 사색력이 빈약하다 하더라도 그가 아주 진지하게 그것을 신봉하고, 선교사처럼 소리 높여 그것을 외치고, 수도자처럼 타협없이 그것을 실천에 옮기고, 순교자처럼 전투적으로 대중에게 대항한 것은 사실이었고, 그러한 의미에서 호메이는 훌륭한 이상주의자였다 할 수 있다. 그의 천박하고 추잡한 연애의 서술도 그의 '철학'의 거짓없는 실험 보고였으며 그것은 자신이 개발한 신약(新藥)을 자신의 몸으로 실험해 보이는 용기있는 과학자이었음에 틀림없다. 우리는 호메이의 어리석음을 비웃을 수는 있어도 그의 성실함을 경멸할 수 없는 이유가 거기에 있다.

슈코(秋江)의 사랑

자기자신의 생활을 연애의 실험대에 올려놓고 그 보고(報告)를 소설로 쓰는 행위는 초기 자연주의 작가에 공통된 경향이었다. 호메이가 제1인자였고 그 다음은 아마도 치카마쓰 슈코(近松秋江, 1876~1944)이었을 것이다. 슈코는 호메이처럼 엄숙한 '철학' 같은 것은 가지고 있지 않았지만 그의 독특한 일종의 페미니즘을 가지고 있었고 다소 고풍이면서 퇴폐적인 치정주의(痴情主義) 같은 것을 신봉하고, 그것을 추구하는 것을 일생의 사업으로 생각했던 것 같다. 그러한 점에서 호메이와 좋은 대조를 보여주는 작가라 할 수 있다.

슈코의 모습을 가장 잘 보여주고 있는 것은 작품 『검은 머리(黑髮,

1922)』에 등장하는 여자와의 연애이고 거기에는 정말 슈코다운 아름다운 면이 잘 나타나있다 .

상대 여자는 교토(京都) 기온(祇園)[98]의 창기(娼妓)이다. 그가 40 가까웠을 때, 교토에 놀러가 두세 번 놀러가면서 그는 그녀에게 반해버린다. 그는 그녀를 빼내 아내로 삼고 싶은 나머지 일단 그녀와 약속을 하고 도쿄로 돌아온다. 그리고 그 후로 궁색한 원고생활 속에서도 매월 그녀에게 돈을 부쳐주었다. 그는 그 돈을 포주에게 전달하게 하여 몸값 전액 지불이 끝났을 때 결혼할 요량으로 여자에게도 그 의도를 알렸지만 여자는 그 돈을 멋대로 써버렸다. 3,4년 후, 여자 몸값도 거의 다 갚았을 것으로 생각하여 교토에 가 보니 몸값은 예전 그대로였다. 모처럼의 그의 노력도 물거품이 되고 말았다. 그도 그럴 것이 그 전부터 그 여자에게는 결혼약속을 한 화가가 있었는데 그녀는 슈코보다 그 화가를 좋아했다. 그러나 화가가 죽고 나서는 다른 남자에게 이끌려 첩살이를 하려고 했다. 그러나 슈코는 그 내막을 잘 몰라 여자의 부주의를 꾸짖었다. 안타까운 나머지 여자를 사기꾼이라 욕하기도 하고 법적으로 죄인이라고 꾸짖기도 했다. 그 후, 가끔 여자가 가벼운 정신 이상을 보여 그녀는 결국 전 남자를 따라 은신처로 숨어버렸는데 슈코는 그 사실을 알지 못했다. 여자가 야마시나(山科)에 있다는 소식을 접하면 야마시나 온 동네를 뒤지며 다녔고, 여자가 미나미야마시로(南山城) 시골에 있다는 말을 들으면 미나미야마시로 산중의 눈을 헤치고 찾

---

98 교토 야사카진쟈(八坂神社) 부근. 교토의 중심 유흥가.

■ 근대 일본의 문단연애사

아 다녔다. 그러던 중 여자가 기온 부근에 살고 있다는 사실을 알고 찾
아가 보았는데 여자 어머니에게 문전박대를 당하고 만다. 슈코는 매일
밤 여자 집 밖에 서서 잠시나마 여자 모습을 보려고 창문을 기어오르
기도 했다. 결국 어느 날 밤 기회를 틈타 여자 집으로 뛰어 들어가 여
자 어머니와 심한 말다툼을 하여 이웃들이 말려 겨우 진정되었다. 중
재인의 노력으로 슈코는 여자를 만날 수 있었는데 그때서야 비로소 여
자의 어머니가 무자비한 계모인 것을 알고 그도 잠시 5년에 걸친 짝사
랑을 포기할 마음이 생겼다.

슈코의 이 세계는 그야말로 구시대 그대로였다. 거기에는 가장 악
질적인 봉건성과, 그러한 세계의 거짓과 악덕이 옛 모습 그대로 남아
있었다.

슈코는 그러한 세계로 뛰어들어 실컷 우롱을 당하는데, 이러한 세
계의 불합리와 악(惡)에 대해서는 아무런 비판의식도 가지지 않았다.
그는 단지 구시대풍의 감상(感傷)으로 그것을 바라보고 슬퍼하고 동정
하면서 자기자신도 그 세계 속의 한 인물로 바라보고 은근한 아름다움
을 느끼고 있었다.

이러한 그의 연애행동은, 호메이의 그것과 마찬가지로, 타인의 눈
으로는 아주 어리석은 행동으로 보이지만, 그들 자신이 하나의 소중
한 실험을 하고 있다는 의식에 사로잡혀있었다. 여기에 자연주의 시대
에 특수한 일면을 보여주고 있는 것이다. 게다가 연애라는 것이 적지
아니 육체적인 면에 치우치게 되었다는 것도 이 시대의 특색이었고 그
것은 이전의 로맨티시즘 시대의 그것과는 매우 다른 면을 보여주고 있
었다.

구메 마사오(久米正雄)의 비극

중년의 사랑

'늘그막의 사랑'이라는 말이 2차대전 후 유행했듯이 '중년의 사랑'이라는 말이 문인들에게 널리 회자(膾炙)된 것은 자연주의 전성기였던 것 같다. 사실 자연주의 작가들의 연애는 대체로 중년기 40대 전 후에 행해졌던 것 같다.

시마자키 도손(島崎藤村, 1872~1943)『신생(新生, 1918)』에서 고백한 것처럼, 젊은 조카와 사랑에 빠진 것은 아마도 그의 나이 42세 때였고, 다야마 카타이(田山花袋, 1871~1930)가 『이불(布団, 1907)』의 여제자 오카다 미치요(岡田美知代, 1885~1968)[99]를 사랑한 것은 35,6세 때였던 것 같다. 이와노 호메이(岩野泡鳴, 1873~1920)가 오토리를 데리고 홋카이도를 방랑(放浪)'한 것은 33세의 비교적 젊었을 때였다. 그때 그는 이미 결혼을 해서 두세 명의 아이가 있었다. 치키마쓰 슈코(近松秋江)나 도쿠다 슈세이(德田秋声)의 연애는 다소 늦어, 슈코가 『검은머리』의 여자에게 반하여 교토에 드나든 것은 그의 나이 46세, 슈세이와 야마다 준코(山田順子, 1901~1961)[100] 사이에 스캔들이 있었던 것은 슈세이 나이 56세의 일이었다.

단순히 자연주의 작가뿐만 아니라 다른 작가나 시인들 중에도 연

---

99 일명 오카다 나가요(岡田永代). 문학자. 잡지기자. 田山花袋의 소설『이불』여주인공.

100 아키타현 출신 작가. 다이쇼기 낭만주의 화가 다케히사 유메지와 도쿠타 슈세의 애인으로도 유명함.

애 사건을 휘말려 화제가 된 자들도 있었다. 그중에서도 스즈키 미에키치(鈴木三重吉, 1882~1936)[101], 모리타 소헤이(森田草平), 기타하라 하쿠슈(北原白秋, 1885~1942)[102], 다케히사 유메지(竹久夢二, 1884~1934) 등이 그 대표적인 사례라 할 수 있다.

'중년의 사랑'은 당시 사회의 큰 이슈였고 단순히 작가, 시인뿐만 아니라 일반 가정에서도 유사한 사건이 많았고 적지 않게 문제를 야기시켰다.

이러한 경향에 대해서는 사건 하나하나 살펴보면 여러 원인을 들을 수 있겠지만, 주된 원인은 낡은 결혼 관념이나 가정이라는 개념이 붕괴되어 그것을 대신할 새로운 것에 대한 동경, 희구였다. 낡은 결혼 관념이라 함은 종래의 집(가정)의 관념을 중심으로 하는 편의주의에 의한 무선택적인 결혼을 가리키는데, '중년의 사랑'은 그러한 결혼에 대한 비판, 반역, 자기청산으로서 새로운 사랑을 구하는 경우가 많았던 것 같다. 모리타 소헤이가 『매연』에서, '낡은 구속(係累)을 버리기 위해서는 새로운 구속을 만들 수밖에 없다'라고 한 것도 그러한 의식의 표현이며, 다야마 가타이나 이와노 호메이가 자신들의 낡은 결혼과 가정을 맹렬히 저주하고 비난한 것도 같은 맥락이라 할 수 있다. 거기에는 '낡은 아내'를 매도하는 것 이상으로 그러한 구속(係累)을 스스로 만들어낸 자신에 대한 회한(悔恨)과 분노가 저류(底流)하고 있다고 할 수 있다. 도손이나 슈세이가 만년기(晩年期)에 접어들어 광기에 가까운 연애

---

101 히로시마 출신 소설가, 아동문학자. 『빨간 새(赤い鳥)』창간.

102 시인, 동요작가.

를 한 것도, 그 근원은 그들이 젊었을 때 무자각하고 편의적인 결혼에 있었으며, 결국 공허하게 지낸 청춘기의 채워지지 않은 부분이, 이미 늙어가고 있던 그들을 자극하고 초조하게 하여 최후의 모험을 감행하게 했던 것이다.

어쨌든 대체로 메이지 중기까지 행해진 이러한 반봉건적(半封建的)인 결혼이 10년, 20년의 실험기를 거친 작가들의 체험으로서 '가정'에 대한 회의(懷疑)와 초조를 낳게 했으며, '중년의 사랑'과 이혼을 모티브로 한 소설이 자연주의 말기에 많이 등장한 것도 그 때문이었다. 하기야 이러한 봉건적 결혼이나 편의주의적 결혼이 실제가 아닌 '사상'으로서 부정되었던 것은 메이지 10년대(1877년 이후)의 일이었다. 당시 젊은 세대가 연애신성론을 부르짖은 것도 그러한 인습적인 결혼관이나 가정관에 대한 비평과 저항으로서 커다란 의미를 가지고 있었다. 그러나 '사상'이 널리 실천되기까지는 그것이 사회화되어 하나의 풍속이 되어야 하는데 그렇기까지는 아직 길이 멀었다. 특히 메이지 20년대부터 강화되어 온 교육칙어적(教育勅語的) 봉건제는 '사상'의 실천을 더욱 곤란하게 했다. 때문에 그 당시 연애지상주의를 신봉했던 청년들도 연애를 결혼에까지 성공시킨 케이스는 거의 없었고 대부분은 '신성한 연애'인 채로 끝났고, 인습과 타협하여 평범하고 구시대적인 결혼생활을 영위했기 때문에 나중에 그들이 일종의 자기비판을 하게 된 것은 어쩔 수 없는 일이었다.

삼각관계

이리하여 시대는 바야흐로 다이쇼(大正 1912~1926)기에 접어들었다.

다이쇼기에 들어 과거의 '중년의 사랑' 대신에 자주 귀에 접한 말은 '삼각관계'였다. 이는 물론 남녀 3인이 관여된 연애의 갈등이라는 의미로 사용된 것인데, 앞서 '중년의 사랑'이, 아내와 새로운 연인 사이에서 형성된 사랑이, 남자의 입장에서 일컬어진 용어이며, 그것은 한 남자와 두 여자 사이에서 구성되는 트러블에 의한 것이다. 이에 대해 '삼각관계'라는 말은 한 여자에 대한 두 남자의 관계를 의미하며, 특히 대부분의 경우 간통문제를 포함한다는 점에서 새롭게 문단의 주목을 받게 되었다.

여기에는 물론 서양문학의 영향을 무시할 수 없다. 메이지 말기에서 다이쇼 초기에 걸쳐 번역되거나 읽혀진 서양작가, 예를들면 프로베르(Gustave Flaubert, 1821~1880), 모파상(Guy de Maupassant, 1850~1893), 톨스토이(Aleksei K. Tolstoi, 1817~1875), 입센(Henrik Ibsen, 1828~1906), 스트린드베르그(August Strindberg, 1849~1912), 슈니틀러(Arthur Schnitzler, 1862~1931) 등의 걸작이 거의 간통문제와 삼각관계를 다루고 있어 당시 사람들은 싫던 좋던 그 문제에 관심을 가질 수밖에 없었다. 그리고 동시에 일반사회에도 그러한 문제를 일으키는 사건이 빈번하게 일어났다.

예를 들면 요시카와 가네코(芳川鎌子) 사건이다. 이는 당시 궁내대신(宮內大臣)인지 추밀고문관(枢密顧問官)인지는 확실하지 않으나 어쨌든 국가 요직에 몸을 담고 있던 요시카와(芳川) 아무개 백작의 딸이 데릴사위 남편이 있었음에도 불구하고 자신의 집 운전기사와 눈이 맞아 함께 가출을 한 사건이다. 한 번은 잡혀서 남편에게 돌아갔으나 또 다른 운전기사와 가출을 하여 끝내는 지바(千葉) 부근에서 철도자살을 한 사건이었다.

물론 간통사건은 메이지시대에도 많이 있었지만 그것이 그다지 사회문제가 되지 않았던 것은, 당사자들이 특히 여자 쪽이 당시의 봉건적 도덕이 명하는 대로 쉽게 굴복했기 때문이다. 그러나 다이쇼기 무렵이 되어서는 여성들도 그리 간단하게 굴복하지 않았다. 특히 여성이 자신의 애정의 권리를 주장하게 된 것이다. 가네코사건이 그 대표적인 예로, 그녀의 두 번째 가출의 의중에는 분명하게 봉건적 제재에 대한 저항이 존재해 있었다.

당시 보수적인 사람들은 이것이 미풍양속을 해치는 것이라고 개탄을 했지만, 당시 여성의 '마음(의식)의 역사'라는 의미에서는 현저하게 비약적인 성장을 보여준 것이었다. 그것은 당시에 남녀평등이라든가 여성해방 등의 주장은 있었다. 그러나 그것들은 주로 서양의 풍속이나 습관을 수박 겉핥기식으로 보고 온 하이칼라 남자들이나 서양문학에 친숙한 페미니스트, 종교단체 등이 주장한 것으로, 그것에는 선진국 모방의 계몽적 요소가 포함되어 있었다. 때문에 아무리 열심히 계몽을 해도 결국 그것은 다른 세상 이야기로밖에 들리지 않았고 자신과는 관계없는 그저 이상적인 것으로 받아들여졌다.

그런데 다이쇼기에 접어들어서는 이러한 목소리가 일본여성 자신이 스스로 지적이고 본능적인 요구를 하기에 이르렀다. 전에도 잠깐 소개했던 히라쓰카 라이초(平塚雷鳥)의 『청탑(青鞜)』은 그러한 외침의 전위(前衛)로 등장하여, 이른바 '신여성'의 한 무리로 세상의 차가운 눈총을 받기도 하고 매도당하기도 했지만, 당시의 젊은 여성들은 많은 지지를 보내기도 했다. 그 지지가 얼마나 강했는가는, 딱히 경제적 원조도 없고 그렇다 해서 아주 재미있는 기사를 싣지도 않은 이 동인지가 거의 10년간이나 존속한 것을 보더라도 알 수 있다.

'삼각관계'라는 말은 이러한 여성의 자각을 의미하는 것으로 당시의 특수한 의의를 가지고 있었다. 즉 동일한 남녀 3인의 사랑의 갈등이라 하더라도 종래의 '삼각관계'는 주로 한 여성에 대한 두 남성의 다툼으로 이해되어 그 사이에 있는 여성의 입장이나 선택은 무시되어 버리는 것에 반하여 새로운 시대의 '삼각관계'에는 여성의 발언권이나 선택권이 주어졌던 것이다―그러한 사태를 인정한 용어로서 '삼각관계'라는 말이 바야흐로 새로운 의의를 가지고, 사람들의 입에 회자되어 갔다.

구메 마사오(久米正雄)의 실연

이러한 세상의 변화는 당시 작가들의 작품에도 투영되었다. 다니자키 준이치로(谷崎潤一郎)[103] 를 비롯한 많은 작가들이 한 여성을 둘러싼 두 남성의 갈등을 모티브로 설정하기 시작했는데, 외국문학에서 많이 볼 수 있었던 유부녀의 연애 ―노골적인 간통을 모티브로 한 작품은 아직은 거의 찾아 볼 수 없었다. 그것은 당시는 아직 출판물 검열제도가 엄격하여 노골적인 간통을 취급한 작품은 이유 불문하고 발매금지 처분을 받았기 때문이다. 나쓰메 후데코(夏目筆子)를 둘러싼 구메 마사오와 마쓰오카 유즈루(松岡讓)의 연애 갈등은 때마침 이 시기의 사건이어서 관심의 대상이 되었다. 물론 이 사건은 단지 한 여성에게 두 남자가 구혼을 한 것으로, 간통사건과는 달리 극히 단순한 청년다운 삼각관계에 지나지 않았으나, 무엇보다 상대는 작가이자 영문학자로 명성을 떨친 나쓰메 소세키(夏目漱石, 1867~1916)의 딸이고, 당사자인 두 남성은 모두 소세키 제자로 서로 친하게 지냈던 친구 사이였던 점이 세간의 관심의 표적이 되었던 것 같다.

어느 날 아침이었다. 고이시카와(小石川)에 살고 있던 필자의 집에 요시이 이사무(吉井勇, 1886~1960)[104]군이 갑자기 찾아와,

"구메 마사오가 홧술만 마시고 있다는데 위로 좀 해야겠는데……"라고 말을 꺼냈다. 그 보다 한 두달 전에 모리타 소헤이씨를 만났을 때에는,

"구메는 지금 연애에 빠졌어."라는 열애 소식을 듣고 있었던 참이라서 요시이군의 보고는 의외였다.

---

103 일본 대표적 탐미주의 작가.

104 歌人, 소설가, 극작가.

"잘 안 됐나 보지?"

"그런 거 같아. 연적으로 마쓰오카 유즈루가 등장했다는 이야기도 있어."

요시이군도 필자도 구메를 몇 번 만난 적은 있지만, 그리 친근감을 가지고 있지는 않았기 때문에 그때의 위문은 그저 호기심과 불구경하는 것 같은 기분에서였다.

우리는 우선 혼고에 있는 식당 엔라쿠켄(燕楽軒)으로 가서 거기서 바로 구메 집으로 사람을 보냈다. 곧바로 구메가 달려왔는데 그때 구메는 지금도 기억할 정도로 희색이 만면했다.

거기에는 이유가 있었다. 그 내막을 안 것은 만나서 3일 내내 셋이서 아사쿠사(浅草), 긴자(銀座) 술집을 돌면서인데, 당시 구메의 마음을 아프게 한 것은 단순히 실연 때문 만인 것은 아니었다. 당시 구메는, 그의 『난파선(破船, 1922)』의 진짜 이유는 후데코와 소세키 미망인의 의지에 의한 것이 아니라, 오히려 소세키 문하 선배들의 반대 때문이라고 믿고 있었던 것 같다. 그는 소세키 문하의 호의적 관심을 받은 것이 파탄의 주된 원인이라 생각하고 있었다. 게다가 이 소세키 문하의 보이코트는 그에게는 일본 문단으로부터 보이코트 당하는 것처럼 느껴져, 고향으로 은둔할 생각을 하게 되었다. 실제로 몇몇 친구와 그를 동정하는 사람들이 그에게 은퇴 송별회까지 열어 주었고 바로 고향 고리야마(郡山)로 돌아갔다. 그런데 2,3일 있자 가만히 있을 수 없어 다시금 도쿄로 되돌아 왔다.

어쨌든 당시 구메가 이 사건 때문에 단순히 실연을 한 것뿐만 아니라 문단의 기대까지 저버리게 됐다고 생각하고 있었다. 그가 절망에 빠져있을 때, 기노시타 모쿠타로(木下杢太郎, 1885~1945)[105]와, 함께 문학의 꿈을 키워온 요시이 이사무(吉井勇, 1886~1960)[106]의 위문을 받았을 때는 구메에게는 큰 사건이었던 것 같다. 실제로 이때부터 구메는 완전히 재충전하여, 얼마 안 있어 1918년『닭의장풀(蛍草)』을『시사신보(時事新報)』[107]에 집필하기 시작했다. 그리고 우리와의 교우관계도 급속도로 깊어졌다.

그런데 문제는 후데코를 둘러싼 구메와 마쓰오카의 갈등인데, 그 사건에 대해서는 이미 구메는『난파선(1922~1923)』을, 마쓰오카는『우울한 애인(憂鬱な愛人, 1928~31)』을 집필하여 각자의 입장에서 사건의 전말을 이야기하고 있었다. 하나의 사건에 대해 두 작가가 입장을 달리 하여 쓴 것은 꽤 흥미로운 일이어서 나는는 처음 이 두 작품을 비교 검토해 볼 요량으로 있었다. 그런데 구메의『난파선』은 손에 넣었지만 마쓰오카의 작품은 찾아 볼 수가 없었다. 마지막으로 마쓰오카의 아들을 설득하여 몰래 마쓰오카 서재를 뒤져보게 하였으나 역시 거기에도 없었다. 결국 나는 최초의 계획을 포기하고 오로지 나의 희미한 기억에만 의지하여 제3자 입장에서 보고 들은 것을 기록할 수밖에 없다.

---

105 明治~昭和시대의 시인, 의사.

106 明治~昭和시대의 가인, 극작가, 소설가.

107 1882년 3월 1일 후쿠자와 유키치(福沢諭吉)가 창간. 일간지.

비극의 진상

　1916(大正5)년 12월, 나쓰메 소세키가 지병인 위궤양으로 세상을 떠났다. 당시 소세키는 당시 문단 최고의 명성을 걸머지고 있었으며 일본인들은 그의 죽음을 애도했다. 그중에서도 가장 절망한 자는 구메, 아쿠타가와 등의 젊은 제자들이었다. 구메가 소세키 문하로 드나들기 시작한 것은 그리 길지 않았다. 『신사조(新思潮)』에 실은 작품에 대해 어떤 유익한 비평이나 격려를 해준 것은 바로 소세키였다. 소세키의 죽음은, 이러한 그들이 소세키의 격려에 보답하기 위해 진일배 노려하던 중이었던 만큼 그 실망과 슬픔은 대단한 것이었다.

　소세키의 장례는 그의 친구와 제자들에 의해 성대히 치러졌다. 구메도 세상을 떠난 스승에 대한 슬픔과 감격 속에서 장례를 도왔다. 그러던 중에 그는 미망인과 장녀 후데코와 자연스럽게 친해졌다. 소세키 생전에 그는 소세키 서재에는 드나들었지만 그의 가족과의 접촉은 거의 없었다.

　마쓰오카는 그 당시 아직 도쿄대학 재학 중이었는데 구메와는 둘도 없는 절친한 친구 사이었다. 생전의 소세키와는 아쿠타가와나 구메만큼 잦은 접촉은 없었던 것 같은데 때때로 소세키 자택에서 모이는 목요회(木曜会)[108]에는 얼굴을 보이고 있어서 장례 때에도 구메와 함께

---

[108] 소세키 제자를 비롯 젊은 추종자들의 회합. 매주 목요일 소세키 자택에서 열림.

열심히 거들었다.

후데코를 향한 구메의 감정은 장례를 전후로 하여 이미 충분히 싹 트고 있었던 것 같은데 급속히 발전한 것은, 장례 후 갑자기 삭막해진 나쓰메 가(家)를 위해 제자들이 교대로 숙직하게 되고나서부터였다. 소세키 제자에는 스즈키 미에키치(鈴木三重吉, 1882~1936)[109], 고미야 호류(小宮豊隆, 1884~1966)[110], 모리타 소헤이를 비롯하여 아카기 고헤이(赤木桁平, 1891~1949)[111]와 같은 젊은 층도 있었지만, 그중에서도 행동이 비교적 자유스러웠던 자는 막 대학을 졸업하여 아직 직업이 없었던 구메와, 대학생인 마쓰오카였기 때문에 다른 선배들의 숙직을 떠맡을 때가 많아 거의 매일같이 소세키 집에서 먹고 자고 하는 사이에 중요한 집 안 일을 미망인 대신 하는 일도 있어, 특히 구메와 나쓰메 가(家)의 접촉은 날이 갈수록 깊어져갔다.

당시 후데코는 여자대학부속여학교 졸업반이었다. 졸업과 동시에 음악학교에 입학 예정이었던 그녀는, 급하게 입시준비를 해야 했는데 그녀의 가정교사 역할을 구메가 하게 된 것은 그의 마음을 그녀에게 한층 다가가게 한 결과를 낳았다.

그런데 중요한 것은 당시 후데코의 심경인데, 것 잡을 수 없이 미묘했다. 그 미묘함은 당시 집 안에서만 자란 여성들 모두가 해당되는 것으로, 그것은 그녀 자신의 의지는 가지고 있으면서도 그것을 솔직히

---

109 소설가.

110 일명 고미야 도요타카, 독문학자.

111 평론가, 정치가.

표현하지 않는 습성과 관계가 깊다. 현대 여성이라면 처음부터 분명히 자신의 의지를 보이지만, 당시의 여성은 여간해서는 자신의 의사를 표명하지 않았다. 의지를 가지면서 좀처럼 표현하지 않기 때문에 그것에 애매함이 나타나는 것이다.

실은 어느 겨울 마쓰오카·후데코부부가 에치고(越後)에서 상경했을 때, 마침 그들이 나의 집에서 하룻밤 묵게 되었는데, 당시의 이야기가 화제가 되었다. 전부터, 한번은 그 당시 사건에 대해 짚고 넘어가야 한다는 후데코의 말도 있고 해서 그날 밤은 터놓고 이야기할 요량으로 있었다. 그때 내가 확인할 수 있었던 가장 중요한 사실은 이 삼각관계에서 후데코가 좋아했던 상대는 애초부터 마쓰오카였다는 것이었다.

구메의 『난파선』에 의하면, 나쓰메 부인과 후데코의 감정은 처음에는 구메 쪽으로 기울어 있었고 거의 결혼의 암묵적 승낙에까지 다다라 있었는데, 그러던 중에 구메가 선배의 제자들의 질시(嫉視)와 반감을 사게 되었고, 거기에 구메 자신의 실수와 외부로부터 중상(中傷)도 가세하여 끝내는 미망인한테도 눈 밖에 나게 된다. 그리고 결국 마쓰오카가 후데코의 사랑을 차지하게 된다. 『난파선』을 집필할 당시의 구메는 정말로 그렇게 생각하고 썼겠지만 그것은 사실과 많이 달랐던 것 같다.

다른 점은 우선 구메의 실연의 최대 원인이 선배 제자들의 반대에 있었다고 구메가 생각하고 있는 것이다. 물론 그 당시 구메의 언동이 선배들의 반감을 샀다는 것은 틀림없는 사실이며, 그의 연애소동에 불쾌함을 느낀 자가 있었던 것도 사실이지만, 그렇다 해서 모처럼 그의 사랑을 깨뜨리려고 획책한 자도 없었던 것 같다. 이 일은 당시 내가 소헤이와 미에키치한테서 들었던 것과 일치한다. 물론 그들은 구메와 후데코가 결혼하는 것을 좋아하지는 않았지만 그것이 나쓰메 집안의 사적인 일이기 때문에 일단 일이 성사되면 그것으로 끝나는 것이었다. 그런데 구메는 오해를 하고 있었으며 매우 심각하게 생각하고 있었다. 그는 선배 한 사람에 대해 오해를 하고는, 죽어 줄까라고도 생각했다고 나중에 나에게 이야기해 준 적이 있다.

그렇다면 왜 구메가 이런 중대한 오해를 하게 된 것일까. 그것은 주로 나쓰메 부인이 구메의 구혼을 거절할 즈음, 진짜 이유를 말하기가 미안해서 선배들이 반대한다는 것에 역점을 두고 구메에게 포기하도록 한 결과라 생각된다. 그리고 그 진짜 이유는 후데코의 애정이 구메보다 오히려 마쓰오카에 향해 있다는 것이었다.

이 일에 대해서는 구메도 처음부터 걱정하기도 하고 경계하기도 했다. 그는 연애하는 자의 예민함과 소심함으로 후데코의 언동이나 미망인의 태도, 마쓰오카의 감정의 추이 등에 끊임없이 신경을 곤두세우고 관찰하고 있었는데, 특히 후데코의 호의가 자신과 마쓰오카 중에 어느 쪽으로 많이 가고 있는지에 대해서는 처음부터 안타까울 정도로 노심(勞心)하고 있었다. 그리고 어떤 때는 후데코에게 직접 마쓰오카와 자신 중에 어느 쪽을 좋아하는가 물을 정도로 신경이 예민해 있었다.

만약 그 시기에 구메가 좀 더 냉정했더라면, 그러한 어리석고 못난 질문을 할 것도 없이 좀 더 빨리 자신의 입장을 바라볼 수 있었을 것이다. 이것은 구메의 『난파선』만 보더라도 바로 알 수 있다. 그런데 구메의 예민한 성격을 보더라도 그것을 몰랐다는 것은 사랑에 빠진 자의, 자신의 유리할 대로 해석하는 습관의 결과라 할 수 있다.

실제로 사랑에 빠진 자의 이러한 습관은, 당시 구메는 나쓰메 부인의 신뢰를 한 몸에 받고 있다고 느끼고 있었고, 설령 마쓰오카와 후데코와의 사이에 다소 감정의 교류가 있었다 하더라도, 그런 것은 그다지 문제가 되지 않는다고 믿고 있었다. 그러나 그것보다도 그 일에 있어 구메에게 가장 비극적이었던 것은, 그가 후데코에게 너무 성급하게 많은 것을 요구한 결과로서, 그녀의 거의 의미도 없는 시시콜콜한 언동 중에서 여러 중대한 의미를 부여하고는 구메 혼자서만 그녀에게 사랑받고 있다—적어도 마쓰오카보다 자신이 더 사랑받고 있다고 느끼고 있었다.

그 점에 대해서 나는 일찍이—구메가 『난파선』을 집필하기 수년 전에, 둘이서 놀러 간 하코네(箱根) 여관에서 구메에게 물어 본 적이 있다.

"자네가 그때, 후데코에게 구혼하기까지에는 후데코에게 사랑받고 있다는 확신이 있었다고 생각되는데, 그렇다 할 수 있는 구체적인 그 무언가가 후데코에게 있었나?"

구메는 다소 씁쓸한 표정으로,

"아니, 구체적인 것을 말하라 하면 좀 그런데, 딱 한 번 이런 일이 있었어."라고 말하고는, 소세키 유골을 매장하기 전날 밤, 둘이서 고타쓰(炬燵)를 쬐고 있을 때 그녀의 손이 고타쓰 안에서 한참 동안 구메의 손에 닿아 있었던 것을 이야기했다. 그때 구메의 이야기로는, 그녀의 손이 우연히 닿았다고 하기에는 꽤 긴 시간 동안 그 상태로 가만히 있었다는 것이었다. 때문에 그녀는 자신에게 마음이 있다고 어느 정도 확신했다고 했다.

『난파선』에도 당시의 일을 쓰고 있지만, 거기에는 그녀가 구메의 손을 잡았다는 것으로 묘사되어 있는 듯하다. 손을 잡는 것과 닿는 것과는 이 경우에는 느낌이 다르다 할 수 있다. 그런데 후에 내가 후데코에게 이 문제에 대해 물었을 때, 후데코는,

　"그런 일은 절대로 없었어요."
라고 전면 부인했다.

　고타쓰 속에서 우연히 손이 닿았는지, 아니면 의식적으로 서로 닿았는지의 문제는 지금에 와서 뭐라 말할 수는 없지만, 그녀 입장에서는 별 의미가 없는 것이었고, 구메에게는 적지 않은 의미로 작용된 듯하다. 게다가 그러한 일방적인 해석을 유일한 계기로 행복한 사랑의 꿈을 키운 점이 구메의 비극의 원인이었다.

　그것에 대해 말할 수 있는 또 하나의 중대한 것은, 후데코와 구메는 성장과정을 보더라도 젊은 이성에 대한 감각이 서로 달랐다. 후데코는 나쓰메소세키의 장녀로, 문인들이 자주 드나드는 관계로 어릴 때부터 남성과의 접촉에 익숙해 있었다. 구메의 『난파선』에도 그녀가 몇 번인가 고미야 호류의 학생시절에 그의 하숙에서 묶었다는 이야기가 나온다. 물론 당시 후데코는 이미 나이가 찬 처녀였음에도 어딘가 보통 젊은 여성과는 색다른 여유로움을 보였다. 젊은 남성에 대한 경계심이라든가 새침떼는 행동 따위는 전혀 없었던 것처럼 보였다(이는 내가 그 당시 한 두 번 나쓰메 댁 현관이나 별채에서 그녀를 봤을 때의 인상이다).

　그런데 구메는 그녀와는 정 반대의 환경에서 자랐다. 그는 어린 시절부터 홀어머니와 단둘이서 시골에 살고 있었고, 거의 이성과의 접촉의 기회를 갖지 못했다. 일고(一高), 도쿄대에 진학하여 비로소 도시 여

자를 접하게 되지만, 그것도 하숙집이나 음식점 여종업원 정도로, 이른바 양가 규수 같은 여성과의 교류는 전혀 없었다. 적어도 그가 후데코를 만날 때까지는 그랬다. 때문에 당시 그의 젊은 여성에 대한 관심이나 갈망은 다소 도가 지나칠 정도여서 그 후에도 곧잘 우리들의 화젯거리가 되기도 했다.

후데코는 이러한 구메 앞에 젊은 여성(令孃)의 최상의 심볼로 등장했다. 구메는 그러한 갈망에 사로잡혀 그녀의 모든 언동에서 그가 동경하는 징후를 느끼려 노력한 것은 무리가 아닐 것이다. 때문에 후데코로서는 구메를 일반 소세키 문하생으로 대했을 뿐 별다른 의미를 가지고 있지 않았다. 그러나 구메는, 후데코가 평상시 그들(문하생)을 대하는 호의나 친숙감, 장난이나 농담을 자신을 향한 특별한 호의 또는 구애로 받아들였다. 어쨌든 이 시기의 구메는 후데코의 마음을 잘못 읽고 다소 안이한 예상을 하고 있었으며 나아가 작심하고 자신의 의중을 나쓰메 부인에게 털어놓기에 이르렀다.

구메가 나쓰메 부인에게 후데코와의 결혼을 신청한 것은 소세키가 죽은 다음 해 3월 3일이었다. 이에 대해 부인은 자신은 반대는 안 하지만 후데코의 의중이나 그 밖의 여러 가지 사정도 있고 하니까 잠시 기다려보라고 답했다. 부인의 답변은 구메에 대해 매우 동정적이었지만 이때 그녀의 마음 속에 있었던 것은 후데코의 애정이 과연 구메에게 향해있는지, 오히려 마쓰오카한테로 기울어 있는 것은 아닌가하는 의문이었던 것 같다. 역시 부인은 자신의 딸의 의중의 비밀을 꿰뚫고 있었다. 이 비밀은 다음 날 구메가 직접 자신의 감정을 후데코에게 털어놓게 되어 결과는 확실해졌다. 『난파선』의 묘사에는 이러한 구메의 고백과 프러포즈에 대해 후데코는 시종 침묵으로 일관한다. "예스"도 "노"도 아니다. 그리고는 마지막에 "미안해요."라 답하고 도망치듯 자리를 떠나 버린다. 구메는 이 장면을 묘사하면서 "아직 일말의 희망은 있다."고 주인공에 의탁하여 말하지만 일반적 해석으로는 전혀 희망이 없음을 시사하고 있다. 이 완고한 후데코의 침묵에서 "예스"라는 대답이 나올 리가 없었다.

사실 후데코의 회고에 의하면 그때 그녀의 어머니로부터 구메의 구혼 이야기를 들었는데 그녀는 바로 "이게 다른 한분(마쓰오카를 가리킴)이었으면 좋았을 텐데"라고 대답했을 뿐이었다. 그리고 그 대답이 그 후 다소 우여곡절은 있었지만 모든 사건의 진행을 결정해 버렸다.

구메의 소설에는 당시 반반의 가능성으로 나쓰메 부인도 구메와 후데코의 결혼을 반대하지는 않았는데, 얼마 안 있어 구메를 중상하는 여자 이름의 편지가(이것은 구메의 한 친구가 자신의 부인에게 대필하게 한 것) 소세키 집으로 날라 오고, 선배의 반대가 거세기도 하여 나쓰메 가에서는 구메의 점수가 폭락하여 어쩔 수 없이 구메 쪽에서 구혼을 취소하는 것으로 묘사되고 있다. 구메 입장에서는 이 삼각관계에 있어 나름대로의 유리한 부분이 있었겠지만, 진정한 결론은 이미 그 전에 나 있어서 그 후는 귀찮은 방정식 계산일뿐이었다.

하기야 후데코와 마쓰오카의 애정관계도, 그녀가 자각한 것은 그리 이르지 않았다. 그 시기는 구메가 구혼했을 때와 같은 무렵이었던 것 같다. 구메로부터 구혼 받고나서 그녀는 두 사람 중 누군가를 선택해야 했고, 그러던 중 그녀의 감정이 마쓰오카에 향해 있음을 확실히 자각하게 되었던 것이다. 그리고 이와 유사한 심리적 과정은 마쓰오카에게도 있었던 것 같다. 그가 구메의 구혼 소식을 접하고는 갑자기 여행을 떠나는 등의 행동에는 그의 심적 동요를 느낄 수 있다.

실연과 성장

이리하여 이 사건은 완전히 구메의 『난파선』으로 끝나 버렸다. 구메에게 동정하는 자도 있었지만 세상은 대체로 그에게 비판적이었고 그 점에 있어서 그는 매우 괴로웠던 것 같다. 그러나 이러한 사면초가 속에서 구메라는 인간이 강하게 단련되어진 것은 놀라운 일이다. 후에 그의 성격의 아름다움, 너그러움, 강인함은 그 사건 이후 10년 동안에 형성된 것이다.

사실은, 그때까지는 그는 얄팍하고 피해의식이 강했으며 반면에 승부욕이 강하여 소세키 문하 선배들로부터 자주 비난을 받을 정도로 성격상의 약점이 있었다. 그것이 사건 후 10년 동안의 고난의 과정을 통하여 대범하고 속 깊은 강한 존재로 탈바꿈했다. 그의 만년이 탁월한 작가라기보다는 훌륭한 인격자로 사람들로부터 존경받고 사랑을 받았다. 그가 젊은 시절의 실연으로 많은 것을 잃었지만 동시에 많은 것을 얻었다.

나는 구메와 40년 동안 사귀었고 마쓰오카와도 30년 이상 친분을 유지하고 있다. 이렇게 삼각관계로 헤어진 옛 친구를 화해시키는 것이 나의 소원 중 하나였다. 나는 가능한 두 사람의 소식을 서로에게 알려 주었고 어떤 때는 우연을 가장하여 두 사람을 나의 집에서 만나게 했다. 그러나 여러 사정으로 화해는 이루어지지 않았다. 그러나 고맙게도 일본의 패전은 쌍방의 처지를 완전히 바꿔 놓았고 과거의 원한에 집착하는 어리석음을 반성하게 했던 것 같다. 니이가타(新潟) 나가오카(長岡)로 마쓰오카를 찾았을 때, 그들이 화해했을 때의 상황을 자세히 들었다. 나는 30년의 무거운 짐을 내려놓은 것처럼 기뻤다. 내가 지금 이런 문장을 거침없이 쓸 수 있는 것도 그들이 서로 과거를 용서하고 있다고 확신했기 때문이다.

호게쓰(抱月)와 스마코(須磨子)

왜곡된 전설

1918(大正7)년 11월 5일 시마무라 호게쓰(島村抱月, 1871~1918)가 유행성 독감으로 홀연히 세상을 떠났다. 그러자 그로부터 3개월 후 1919년 1월 5일 마쓰이 스마코(松井須磨子, 1886~1919)가 우시고메 요코테라마치(牛込横寺町) 예술좌(芸術座) 연습장 무대 뒤에서 빨간 장식 띠로 스스로 목을 매 자살했다. 호게쓰 뒤를 따른 자살이었다. 메이지 말에서 다이쇼 초기에 걸쳐 문단과 연극계에 많은 화제를 낳은 연애가 10년만에 막을 내린 것이다.

극적인 종말 때문인지, 이 연애에 대해서는 그 후 여러 가지 말이 많았다. 기자나 통속소설 작가들이 다투어 이 두 사람의 이야기를 썼다. 나니와부시(浪花節)[112]에까지 모티브로 쓰여, 최근에도 고풍스러운 정사물로 각색되어 공연하기도 했다. 개중에는 두 사람의 업적을 정당하게 평가하여 사실 그대로 전하려 하는 자도 있겠지만 내가 접한 것들 중에는 날조된 것들이 대부분이다. 어쨌든 이 연애사건은 선정적이고 통속적으로 그리고 로맨틱하게 전해진 것은 사실이다.

내가 와세다(早稲田)에 입학했을 때, 학교 분위기는 이 연애사건 때문에 들썩였다. 당시 우리들은 자세한 사정은 잘 몰랐지만, 이 연애사건으로 인하여 호게쓰와 스마코를 문회협회 회원 자격을 박탈시키고

---

[112] 샤미센 반주에 맞춰 연극·문예작품을 모티브로 하여 절조(節調)를 가미한 일종의 모노드라마.

자 하는 쓰보우치 쇼요(坪内逍遥)를 지지하는 자와, 이에 반대하여 오히려 호게쓰를 옹호하는 자로 두 파로 나뉘어 학교 내에서 격렬하게 대립하고 있었다. 호게쓰를 지지한 자는 소마 교후(相馬御風), 가타가미 노부루(片上伸, 1884~1928)[113] 등 주로 와세다문학(早稲田文学)에 참여하고 있던 젊은 문학교수들이었고, 쇼요를 지지한 자는 가네코 우마지(金子馬治, 1870~1937)[114]를 중심으로 하는 비교적 장년층의 보수파 교수들이었다. 문제의 중심은, 두 사람의 연애를 인정할 것인가 아닌가라는 도덕적 문제에 있지만, 그 이면에는 이 기회에 와세다문학의 주도권을 호게쓰에게 잡게 하려는 교후 일파와, 원래대로 쓰보우치 쇼요, 가네코 우마지 체제를 유지하려 하는 일파와의 심각한 갈등이 잠재해 있었다.

이 분쟁의 결과는 쇼요의 문예협회 해산, 호게쓰의 예술좌(芸術座) 창립으로 일단은 호게쓰가 승리한 모양새로 수습은 되었지만 동시에 호게쓰와 교후는 와세다에서 추방당했다. 쇼요는 그렇다 치더라도 가네코 우마지 입장에서는 학생 시절부터 라이벌이었던 호게쓰에게 스마코와 예술좌를 안겨줌으로써 그를 와세다로에서 멀어지게 하여, 이후 자기 마음대로 와세다 문과를 이끌어 가려는 속셈이었다.(소마 교후가 와세다학원과 문단에 희망을 버리고 니이가타〈新潟〉 이토이가와〈糸魚川〉에 은신한 것은 그로부터 만 2년 후의 일이었다.)

호게쓰는 거의 학교에 모습을 보이지 않았다. 시간표에는 정식으로 '근대연극사'를 강의하는 것으로 되어 있었지만, 학교에 오는 것은

---

113 시인, 러시아문학자.

114 철학자, 문예평론가.

한 달에 한 번 정도—아마도 월급 수령 차 왔을 것이다—이며, 가끔 출석한 학생 2,3명과 잡담하다 돌아가는 식이었다. 교수로서의 호게쓰를 만나 본 적은 없지만, 단 한 번, 졸업 무렵 우연히 호게쓰와 스마코를 만나 볼 기회가 있었다.

그것은 교후가 니이가타로 은퇴하기 전이었으며, 아직 나의 집에서 같이 지내고 있었을 때였는데, 호게쓰와 스마코가 찾아왔다. 아마도 교후가 고향으로 돌아가게 되어 작별인사 겸해서 온 것 같았다. 그때 나도 교후 방에서 함께 2,3시간 편안하게 담소를 나누었다. 그 당시 스마코는 "노라", "마그다", "몬나 반나" 등으로 일약 톱스타가 되어 있었는데도 기모노도 오비(帯)도 꼬깃꼬깃 때묻은 것을 입고도 아주 태연했다. 호게쓰도 거뭇거뭇한 상의에 싸구려 하의를 입고 거기에 해군 장교용 같은 검고 긴 망토를 걸치고 있었다. 아무리 봐도 이게 유명 여배우와 무대감독의 모습으로는 보이지 않았다. 어머니는 마침 집에 있던 전병을 대접했는데 스마코는 허겁지겁 다 먹어치웠다. 그들이 돌아간 후, 그들이 호게쓰와 스마코였다는 것을 알고는 무척 놀란 눈치였다. 어머니는 원래 기독교 신자여서 신문에 보도된 호게쓰와 스마코의 관계를 내심 안 좋게 생각하고 있었는데, 그때 스마코의 털털하고 서민적인 태도에 반하여 그 이후로는 그녀에게 호감을 갖게 되었다.

그 후 내가 학교를 졸업하고 『신소설』기자가 되고 나서도 나는 그저 연극 평론가의 한 사람으로 그들과 접했을 뿐이다. 도쿄 공연을 앞두고 다른 신문사나 잡지사 기자들과 함께 요릿집에 초대받기도 하고, 공연 첫날 막간을 이용하여 분장실을 방문한 적은 있지만, 그렇게 친밀감을 가지고 접한 것은 아니었다. 그러나 그 당시, 아까 언급한 사정 때문에 와세다와는 아주 소원해지고, 처음에 호게쓰를 지지했던 사람들 예를 들면 가타카미 노부루 같은 사람들까지도 쇼요를 의식해서인지 호게쓰에게 가까이하려 하지 않았다. 호게쓰는 완전히 고립무원(孤立無援)으로 예술좌를 운영해 나가야 했다. 당시 그는 사람들과 거의 교류를 하지 않아 외로움을 느끼고 있었던 것 같았다. 그들이 여행에서 돌아온 후, 나는 그들의 공연 연습 과정을 들여다보기도 했는데, 그 과정에서 그들의 연애 실체를 접하게 되었다.

내가 쓰려고 하는 것은 단지 관찰을 기초로 한 것에 지나지 않는다. 따라서 그들 연애의 전모라고는 말할 수는 없겠지만, 사건 진상의 한 부분은 되리라 생각한다. 당시 이 연애사건과 직접 관계가 있는 사람들 대부분이 침묵으로 일관하며 좀처럼 진상을 털어놓으려 하지 않아, 이 사건이 마치 시시한 로맨스 전설로 치부되는 것은 정말 유감이다. 나의 이 짧은 진술은 한동안 묻혀 버려진 진실에 일격을 가하려는 작은 시도에 불과하다.

연애의 성립

　호게쓰와 스마코와의 연애가 시작된 것은 1912년 쓰보우치 쇼요가 주관하는 문예협회가 슈데르만(Su dermann 1857~1928)[115]의 『고향』(1893) 공연을 앞두고 맹연습을 하고 있을 무렵이었다. 그때 호게쓰는 협회의 총무 격이고 이 공연의 무대감독으로 친히 배우 지도를 맡고 있었다.

　이 연극 배역에 대해서는 확실한 기억은 없지만 도기 뎃테키(東儀鉄笛, 1869~1925)[116], 도히 슌쇼(土肥春曙, 1869~1915)[117] 등을 주역으로 하여, 스마코가 마그다 역을 맡은 것은 확실하다. 도기나 도히는 이미 베테랑이라서 호게쓰의 지도를 받을 필요는 없었지만, 스마코는 아직 미숙하여 지도는 거의 그녀에게 집중되었다. 게다가 스마코는 신슈(信州) 태생이라 무슨 일에도 지기 싫어하는 노력가였다. 때문에 연습에 있어서는 정말 열정적이었다. 그녀는 도기와 도히가 돌아간 뒤에도 항상 호게쓰를 붙잡고 매일 밤 11시, 12까지 연습을 계속했다고 전해진다. 그때는 아직 두 사람에게는 아무런 감정적 변화는 없었던 것 같다. 그러던 중 호게쓰 아내가 두 사람의 관계를 의심하고는 질투를 하게 되어 두 사람의 관계를 쇼요에게 일러바쳤다. 거기서 쇼요는 두 사람이 심야까지 연습하는 것을 못하게 한 것이 오히려 그들의 연애감정을 의식

---

115 독일 작가. 19세기 말 자연주의 사회극으로 일시 호평을 받음.

116 음악가·배우.

117 연극평론가·배우.

하게 한 계기가 되었다고 전해지고 있다.

어느 날 연습 때, 도히 슌쇼가 무슨 일로 스마코를 구박하는 것에 호게쓰가 그녀의 편을 들어주었다. 스마코는 호게쓰의 이러한 행동을 자신에 대한 호의로 해석하여 기쁨과 고마움에서 그녀에게 호게쓰를 향한 사랑의 감정이 싹텄다는 설도 있다.

그 당시 호게쓰가 도야마가하라(戸山ケ原) 샤테기바(射的場)[118] 모래사장에서 묘령의 여자와 데이트하고 있는 광경을 목격한 와세다 학생이 있어, 그 소문이 학생들 사이에 퍼진 일이 있었다. 당시 도야마가하라는 잡초가 무성한 연병장이었다. 와세다 학생들은 이 모래사장에서 하숙집 딸이나 하녀와 밀회를 나누기도 했다. 호게쓰 같은 훌륭한 사람이 설마 그런 짓을 할 리가 없다고 생각했다. 그러나 나중에서야 나는 호게쓰와 스마코라면 그런 행동도 가능할 것이라 생각했다. 두 사람에게는 소년소녀다운 때묻지 않은 소박한 면이 있었기 때문이다.

얽매인 호게쓰

그러나 이 두 사람의 사랑을 단지 공연 연습 중의 접촉의 결과로 보

---

[118] 화살이나 공기총 오락장. 에도 말기부터 유행. 사교나 매춘을 하는 장소로도 이용.

는 것은 경솔한 해석이다. 물론 그것이 그들의 사랑의 계기가 된 것은 틀림없는 사실이지만, 그들이 열정에 사로잡힐 때까지는 그 나름대로의 필연적인 속사정—가정적, 사상적 배경—이 있었다. 그리고 그것이 이 연애에 있어서 가장 중요한 문제점이었다.

호게쓰는 1871년 시마네(島根)현 하마다시(浜田市) 근교 이마후쿠무라(今福村)에서 태어났다. 친아버지는 가난하고 술을 많이 마셨다. 그 때문에 소학교에도 제대로 갈 수 없었다. 12,3세 때 하마다 시내로 나갔다. 처음에는 의사가 될 생각으로 친척이 경영하는 의원 약국 견습생이 되었지만 얼마 안 있어 시내에 있는 재판소 급사로 일했다. 그의 영특함에 관심을 보인 것은 검사 시마무라 분코(島村文耕)로, 호게쓰를 자신의 집에서 기숙시키다가 결국 양자로 삼았다. 이 집에는 외동딸이 있었다. 양부는 딸의 남편감으로 호게쓰를 생각하고 있었으나 그녀는 호게쓰를 싫어해 다른 남자에게 가 버렸다. 거기서 양부는 자신의 조카딸을 데리고 와 호게쓰와 결혼시켰다—그녀가 바로 호게쓰 부인이라는 설이 전해지고 있다.

어쨌든 가난했던 호게쓰가 자신의 희망대로 중학교에서 대학으로 순조롭게 수학 코스를 밟을 수 있었던 것은 양부 덕분이었고, 때문에 그 결혼이 이러한 은혜와 경제적 배경에서 자신의 의지와는 상관없이 이루어졌던 것이다. 게다가 이 결혼은 꽤 이른 편이어서 그가 20세 때 이미 장남이 태어났다(일찍 사망).

호게쓰 부인은 개인적으로 어떠한 사람이었는가, 매우 쌀쌀하고 예민한(히스테릭한) 사람이라 전해지고 있지만 확실하지는 않다. 그러나 이러한 배경에서 타의에 의해 맺어진 두 사람의 애정 관계는 그리 기대할 만한 것은 아니었을 것이다. 특히 자의식과 의지가 강한 남편의 경우 일종의 굴욕감도 있었을 것이라 상상할 수 있다. 호게쓰처럼 센서티브하고 내성적인 성격일 경우, 여러 가지 일상적 불쾌감이 싸여 평상시 어떤 분출구를 찾게 되는데, 호게쓰의 문학활동도 그러한 울분, 번민의 분출작용의 하나였다 할 수 있다.

여기서 호게쓰의 문학상의 업적을 한마디로 말하면, 그는 자연주의 문학에 이론적 근거를 제시한 제1인자였다. 그 당시 자연주의 문학 이론을 추진한 자로는 다야마 가타이(田山花袋), 하세가와 덴케이(長谷川天渓) 등이 있었지만, 그들이 논한 것은 대개 문학을 위한 문학이었던 것에 비해 호게쓰는 항상 문학을 사회현상의 일환으로 바라보고 인간해방의 역사적 추이와 관련하여 자연주의를 논했다. 그가 과거의 문학을 '얽매인 문예'라 단정하고 신문학의 목표를 개인해방에 두어야 한다고 주장한 것은 당시로서는 대단한 견식이었다. 이러한 그의 시사(示唆)나 영향은 얼마 안 있어 가타이의 『이불(布団)』, 『생(生)』, 『아내(妻)』, 도손(藤村)의 『집(家)』, 슈세이(秋声)의 『발자취(足跡)』 등, 주로 가족관계에서의 개인의 자유의 문제를 모티브로 한 작품으로 나타났다.

실제로 그 당시(1907년 전후) 개인의 해방이라 한다면 종래의 반봉건적(半封建的) 가족제도로부터 어떻게 하면 벗어날 수 있을까라는 문제밖에 없어 자연주의문학의 걸작은 한결같이 가정과 개인의 문제를 취급했던 것인데, 이 작가들에게 이러한 문제를 자각하게 하고 작품화시킨 계기를 제공해준 자는, 그러한 문제로 몸소 괴로워했던 시마무라 호게쓰였다.

이른바 호게쓰는 자신이 양부모의 과거의 은혜 때문에 손 쓸 수 없을 정도로 얽매어 있었다―그 쓰고 괴로운 체험에서 멈출 수 없는 내면의 외침으로 개인의 해방을 추구했다. 그 표면은 문예평론의 형식으로 되어 있지만, 내용은 호게쓰 자신의 내면의 울분을 여기에 토해내고 있는 것에 지나지 않았다. 때문에 호게쓰가 '얽매인 문예'를 외쳤을 때, 그의 진정한 탄식은 양부모에 대한 의리에 '얽매'이지 않으면 안 되는 자기 자신에 있었기 때문에, 새로운 문학을 추구한 그의 희망은 바로 자신의 실생활상의 희망이기도 했으며 꿈이기도 했다.

이러한 호게쓰에 있어 그의 '가정'으로부터의 도피는 필연적이었다. 그는 조만간 양가(養家)로부터 도망가야 했다. 결국 마쓰이 스마코와의 연애, 동거를 계기로 자신의 해방을 실현했다 할 수 있는데, 그때까지 그가 얼마나 괴로웠는가는 당시 그가 두 번 세 번 자살을 기도했다는 소마 교후(相馬御風)의 진술에서도 알 수 있다.

정열의 여인 스마코

마쓰이 스마코도 과거에 두 번이나 결혼을 했다. 17세 때 지바(千葉)현 기사라즈(木更津) 요리집 아들과 결혼을 했으나 얼마 안 있어 가풍이 맞지 않다는 이유로 이혼했다. 도쿄로 돌아와 아자부(麻布)의 친척이 하고 있는 제과점 점원으로 일하던 중 마에사와(前沢) 아무개라는 청년과 사귀다가 바로 결혼을 했는데 그때 그녀의 나이 22,3세였다. 결혼 당시 남편 마에사와는 아직 고등사범학교 학생이었는데, 아동극에 흥미를 가지고 있어 후지사와 아사지로(藤沢二郎, 1866~1917)[119]의 연극학교에서 역사 등을 가르치고 있었다. 스마코도 자연히 연극에 흥미를 갖게 되어 바로 아라카와 시게히데(荒川重秀)가 운영하고 있던 우시고메(牛込) 연예관(演芸館) 아동극단에 입단한 것이 그녀의 여배우로서의 제1보였던 것 같다. 그러나 당시의 스마코에게는 여배우로서 출세할 야심이 있었던 것은 아니었다. 그저 용돈벌이로 무대에 서는 정도의 가벼운 마음에서였기 때문에 아무도 그녀의 존재를 인정하지 않았다. 그러한 그녀가 여배우로서 세상 나가기로 마음먹은 것은 문예협회에 들어가 쓰보우치의 지도를 받기 시작하고 나서였으며, 그때는 이미 남편 마에사와(前沢)와의 관계도 정리되었다.

그녀는 철저한 현실주의자로 가끔 주위사람들에게 인색하다는 말을 들을 정도로 얼마나 견실한 여자였는가에 대해서는 갖가지 소문이 전해지고 있었다. 예를 들면 그녀가 분장실에서 우동을 시켜먹을 경우, 그 우동의 양이 많은 것 같으면 반드시 그 절반을 누군가에게 파는 그러한 분위기였다. 그 당시 우동 한 그릇은 2전 5리에서 3전 정도였으니까 그저 검약 때문에 하는 행동이라고만 할 수 없지만 어떠한 경우에도 자타(自他)에게 엄격한 성격의 소유자였던 것은 확실하다.

그녀는 어떤 일을 하게 되면 옆을 보지 않고 집중하는 대단한 노력

---

119 무대(신파)배우, 극작가.

가였다. 그녀가 대스타가 된 것도, 호게쓰와 열애에 빠진 것도 그러한 그녀의 대쪽 같은 격정적 체질에서였다고 생각할 수 있다.

그녀의 이러한 거침없는 열정적 성격은 무엇보다 연습 태도에서 나타났다. 그녀가 아직 문예협회 연습생이었을 때, 학과목 중『햄릿』대사를 암송하는 과목이 있었다. 이 암송은『햄릿』의 원문과 번역문을 함께 외우는 것이었다. 그녀의 동급생 가미야마 소진(上山草人, 1884~1954)[120], 하야시 치토세(林千歲, 1892~1962) 등은 모두 전문학교 이상을 나왔기 때문에 원문을 읽을 수가 있었지만 시골 여학교 학력뿐인 스마코는 원문을 읽기는커녕 발음할 수도 없었다. 그래서 그녀는 매일 마스모토 기요시(升本淸, 1883~1932)[121]한테 가서 발음을 배워 영어를 가나로 표기해서 암송하여 그 과정을 통과했다 한다. 그녀는 배우로서의 교양을 지니고 있지 않았고, 지방출신이라는 핸디캡을 가지고 있으면서 당시의 선후배를 제치고 문예협회 대표배우로 선발된 것도 이러한 피나는 노력을 인정받은 결과라고 전해지고 있다.

그녀가 여배우로서 대성할 수 있었던 것은 그녀의 이러한 강렬한 집중력과 몰입적 감정이입이 용이하게 극중인물과 일체화시킬 수 있었다는 점에 있다. 무대 위의 그녀의 연기는 천재적이었다. 그녀가 여주인공이었던『부활』등은 수백 회 공연기록을 세웠는데, 극중에서 감옥에 갇힌 카투샤가 네홀류도프를 그리워하는 장면에서 그녀는 실감나게 눈물을 흘려 관객을 감동시켰다. 또『안나 카레니나』를 공연했을

---

120 신극배우. 영화가 등장하고 나서도 배우로 활동.

121 연출가, 극작가, 영화감독.

때, 안나가 철도자살을 하는 장면을 연출하고 분장실로 돌아오면 꼭 기분이 상하여 아무한테나 신경질을 부려 호게쓰를 당혹케 했다. 실제로 그녀의 설명에 의하면, 그녀는 무대 위에서 안나가 되어 그녀 자신이 자살로 몰리는 심정으로 분장실에 돌아오면, 그곳에 여유롭게 히히덕거리며 이야기하고 있는 자가 있다.—그 광경을 보면 그녀는 무의식중에 화가 치밀어 마구 대들었다고 한다.

그렇게 한결같은 정열과 동물적 공감성(共感性)은 그녀를 연극배우로서 성공시켰을 뿐만 아니라 '사랑'하는 자로서도 성공할 수 있는 비결이기도 했다. 그 당시 이혼했을 때의 냉정한 그녀의 태도를 보고 마치 얼음 같이 냉혹한 여자라 평한 사람도 많았다. 분명히 그녀는 마치 낡은 스립퍼를 버리듯이 미련 없이 남편과 헤어졌다. 이는 그녀가 냉정하다기보다 새로운 연애, 사랑을 갈망한 결과라고 해석하는 편이 적절할 것이다. 그러한 열정으로 호게쓰를 사랑하기 시작한 스마코는 전 남편에 대한 미안한 감정이나 의리 따위는 조금도 고려하지 않았고 고민하지도 않았던 것 같다.

이에 반하여 시마무라 호게쓰라는 사람은 아주 성격이 유약하고 실행력도 둔한 회의주의자였다. 이론가인 그는 이미 10년 전부터 인습으로부터 탈피, 개인의 해방 등을 부르짖으면서 실제로는 아내에 대한 의리, 세명의 딸에 대한 애착 때문에 어찌할 수 없는 번민의 생활을 하고 있었다. 때문에 이때 사귀게 된 애인이 만약 스마코가 아니라 보통 여자였더라면 호게쓰는 아마도 본처와 애인 중에 어느 한 쪽을 포기하지 못하고 당시 흔하디흔했던 처첩의 방법을 택하여 갈등을 피했을 것이다. 그러나 스마코라는 여성은 그러한 어중간한 관계로 만족하거나 포기할 여자가 아니었다. 그녀는 타고난 정열과 의지로 망설이고 있는 호게쓰를 끌다시피 하여 그들의 새로운 애정세계로 돌진했다.

당시 스마코가 얼마나 맹목적으로 호게쓰를 그의 아내로부터 지키려 했는가에 대해서는 많은 이야기가 있다. 그때 호게쓰의 처는 매일 밤 두 사람이 살고 있는 근처에 와서 집 주위를 빙빙 돌았다고 하는데, 스마코는 부인의 발이 한발자국이라도 현관으로 들어오면 즉시 그녀를 밀어낼 태세로 밤새도록 지키고 있었다고 한다.

또 어떤 때는 호게쓰의 딸이 요코테라마치(橫寺町)의 예술좌 사무소 (그곳에서 호게쓰와 스마코가 살고 있었다)에 용무가 있어 찾아온 적이 있었다. 스마코는 끝까지 딸에게 호게쓰를 만나게 하지 않고 그녀가 대신 현관으로 가서 딸에게 욕을 퍼붓고 침을 뱉으며 쫓아냈다는 이야기도 전해지고 있다. 이것은 실제로 목격한 사람의 이야기이므로 과장된 소문은 아닐 것이다.

어쨌든 스마코가 자신의 목숨을 걸고 호게쓰와의 사랑을 지키려고 한 태도는 철저했으며 그것을 시사하는 그녀의 질투 이야기 등도 많이 전해지고 있다.

스마코의 전성시대, 그녀의 팬은 전국적으로 아주 많아 그들의 지원으로 오사카 흥행은 항상 도쿄 이상의 성공을 거두었다. 오사카 공연 때 어느 날, 한 유력한 저명인사 부처가 예술좌 단원 모두를 어느 요정으로 초대하여 대접한 적이 있었다. 그 자리에 한 기생이 시종 호게쓰 앞에 앉아 시중을 들고 있었다. 그 기생에게 호게쓰가 농담을 건넨 것에 스마코는 울컥하여 호게쓰와 기생에게 덤벼들어 끝내는 요리상을 발로 차 엎어버렸다. 그때 호게쓰가 상대 기생 옷 안감에 뭔가 적어 준 문장이 스마코의 질투심을 유발시켰다고 전하는 사람도 있다.

스마코가 질투심이 강하다는 소문은 잘 알려져 있었다. 단순히 호게쓰 때문에 질투를 하는 것뿐만 아니라 다른 남자 배우와 여배우와의 교제에 대해서도 질투를 했다. 오사카 질투 사건도 그녀의 강렬한 질투심에서 비롯된 것이었지만 그 연회의 주체자는 그들의 열성 팬이기도 했다. 그러한 지원자의 심기를 불편하게 하면 앞으로의 흥행에 막대한 영향이 있을 것이라고는 충분히 인식하고 있으면서도 그것을 묵시하지 않은 것은 역시 스마코다운 행동이었다. 호게쓰와의 사랑을 지키기 위해서는 오사카 흥행 같은 것은 문제 삼지 않을 정도로 그녀는 주위를 의식하지 않고 자신의 논리대로 밀고 나갔다.

이처럼 스마코는 무서울 정도로 자아가 강하고 수치심 따위는 지니고 있지 않은 야성적인 여자였던 것 같다. 수치심이라 하면 당시 일본 여자들이 일반적으로 그랬듯이 그녀도 거의 속바지를 입지 않았다. 때문에 격한 동작을 동반한 연극이나 무용 연습 때에는 그녀의 치마 속이 적나라하게 드러나곤 했는데 그녀는 전혀 개의치 않았다. 그녀의 상대역 사와다 쇼지로(沢田正二郎, 1892~1929)가 연습 전에 "또 스마코씨 거기를 배알하고 올까나."라고 웃으며 말한 것을 들은 적이 있다.

그녀가 완전 시골때기인 것에 대해서도, 여러 가지 설이 있었다. 그녀에게 유일한 식도락은 호게쓰와 함께 쇠고기 스키야키를 먹는 것이었고, 그녀가 가장 애용하는 복장은, 몇 년이나 입어서 낡은 줄무늬 옷을 입을 때라고 스스로 말한 적이 있다. 그녀에게는 꽤 많은 여성 팬이 있었다. 그중에는 여류명사도 많아 아주 고가의 옷이나 장신구를 선물하는 사람도 많았다. 오사카의 어떤 부인은 스마코가 갈 때마다 최고급 의상 한 벌씩 보냈는데 스마코는 전혀 그것에 손대지 않고 그대로 팔아치웠다. 그녀는 이러한 고급 옷의 화사함이나 장점 등을 전혀 모를 정도로 시골때기였지만, 자신이 시골출신이라는 사실에 대해 전혀 창피해하지 않았고 감추려 하지도 않았다. 명사부인들은 스마코의 바로 이점을 높이 샀으며 친근감을 느꼈다.

이러한 자연아(自然兒)와 같은 야성과 소박함 그리고 정직함은 시마무라 호게쓰에게는 전혀 없는 것이었으므로 오히려 그러한 점이 그에게는 존경할 만큼 매력적으로 보였던 것 같다. 나는 언젠가 호게쓰 집에서 스마코가 방바닥에 아무렇게나 누워 과자를 마구 먹고 있는 광경을 본 적이 있다. 그 모습을 바라보고 있는 호게쓰에게 조금도 당혹스러운 표정은 찾아볼 수 없었다. 오히려 귀여워 어쩔 줄 모르는 그의 태도를 보고 두 사람의 애정을 확인할 수 있었다.

호게쓰는 우울하고 회의적인 세기말적 작가였는데 그만큼 야성적이고 건강·소박한 것을 무척 동경하고 있었다. 그들의 사랑의 비결은 아마도 거기에 있었던 것 같다.

그들의 죽음

호게쓰의 사인은 유행성독감이었다. 그가 죽기 며칠 전 스마코도 유행성독감을 앓고 있었다. 평소에 건강했던 스마코는 감기에 걸렸을 때는 항상 겨자가루를 탄 뜨거운 물에 몸을 담구고 땀을 내 치유했다. 그때에도 그 탕치법(湯治法)으로 나았기 때문에 호게쓰에게도 똑같이 하게 했다. 그러나 자연아였던 스마코와 세기말적이었던 호게쓰의 심장의 강약은 근본적으로 달랐다. 호게쓰의 죽음은 단순한 착오에 의한 결과였다.

스마코는 전부터 호게쓰와 함께 살고 함께 죽을 것을 결심하고 있었던 것 같다. 호게쓰가 죽으면 자신도 따라 죽겠다는 말을 주위 사람들에게 자주 했었고 자살 방법에 있어서도 목매 죽을 것을 시사했다. 그녀의 죽음은 평상시의 예정을 실행한 것이고 따라서 그녀로서는 죽음에 앞서 비장한 결의 같은 것은 필요하지 않았던 것 같다. 생(生)에 있어 실행력이 강했던 그녀가 죽음에 있어서도 그 실행력을 보여준 것에 지나지 않았던 것이다. 물론 그것은 아름다운 죽음임에는 틀림없지만 그것보다 더욱 아름답고 강했던 것은 두 사람의 삶과 사랑이었다고 할 수 있다. 이는 일본 연애사(戀愛史)에 있어 한 송이의 꽃이었다.

아리시마 다케오의
사랑과 죽음

맑은 하늘에 날벼락

아리시마 다케오(有島武郞, 1878~1923)와 하타노 아키코(波多野秋子, 1894~1923)가 가루이자와(輕井沢) 산장에서 정사(情死)한 것은 1923년 6월 —관동대지진이 일어나기 3개월 전의 일이었다.

그러나 그 당시 이 일은 세상에 알려지지 않았다. 두 사람이 아무 것도 소지하지 않은 채 현금 500엔 정도만 가지고 어딘가로 사라진 사실은, 그 다음날 양가 가족들은 알고 있었지만 그들은 이 사실을 극비에 부치고 비밀리에 두 사람의 행방을 찾고 있었다.

그런데 두 사람이 가출한지 거의 한 달 정도 되었을 때 어느 날 가루이자와에 있는 아리시마 집안 소유의 별장 관리인이 오랜만에 별장을 살피러 갔었는데 뜻밖에 이 남녀의 부패한 사체를 발견했다. 산장 대들보에 목을 매 자살한 두 사람의 사체가 6월 더위에 완전히 썩어 무너져 내려 얼굴도 식별할 수 없을 정도였다. 즉시 경찰이 달려와 일단은 신원미상의 정사자로 잠정 결론지었으나 바로 다른 방에서 두 사람의 유서가 발견되어 비로소 사망자가 그 산장의 주인임이 밝혀졌다.

다음 날 신문에는 그들의 정사사건이 대서특필되었다. 그러나 당시는 아리시마 다케오가 어느 유부녀와 정사했다는 사실만 보도 되었고, 상대가 하타노 아키코라는 사실은 밝히지 않았던 것 같다. 하타노의 신원이 밝혀진 것은 사체 발견 후 3,4일 뒤였으며 그때까지는 민감한 기자 조차도 그녀가 누구였는가는 알지 못했다—그만큼 두 사람의 연애는 비밀리에 이루어져 그야말로 의외의 사건이었으며 사람들은 그저 놀랄 수밖에 없었다. 세상 사람들은 아리시마 다케오라는 사람에 대해 종교적으로나 인격적으로 존경과 도덕적 신뢰를 하고 있었던 만큼 그 충격은 대단했다. 실제로 그가 작가로서 문단에 등장했을 때부터 이해할 수 없는 세속적 신뢰를 얻고 있었다. 그것은 그의 작품이 가진 도덕적 분위기와 창작태도의 성실함 때문이었다. 그는 막대한 자산을 소유하고 있는 상류층이었으며 학식있는 대학교수였고, 그리고 부모를 공경하는 효자였다. 또한 죽은 아내를 사모하고 있었으며 자식에 대한 애정도 극진했다. 게다가 진보적 사상의 소유자였다는 점과—요컨대 진보적이고 우아하고 온화한 자산가의 미덕을 갖추고 있는 작가로 추앙받고 있었다는 점이 크게 작용하고 있었음에 틀림없었다.

한편 하타노 아키코는 아름다운 용모의 재원으로 문단을 드나드는 부인기자였다. 직업을 가진 부인이었지만 그녀가 가정형편 때문에 일을 한다고 생각하는 사람은 아무도 없었다. 그녀의 야마노테(山の手) 취향 복장이나 화려한 장신구는 부인기자 월급으로는 감당하기 어려울 정도로 비싼 것들이어서 그녀를 잘 모르는 사람들은 어느 부잣집 귀부인으로 생각할 정도였다. 사실 그녀의 남편은 미국에서 교육을 받은 상당한 지위의 실업가로, 나카노(中野) 부근에 있는 그의 주택도 아주 훌륭한 서양풍 주택이라는 소문이었다. 때문에 직업부인이라고는 하지만 실제로는 돈과 시간이 남아도는 여자가 심심풀이까지는 아니더라도 재미삼아 부인기자를 하고 있는 것—당시 일부 유한부인이 제국호텔에서 외국인을 유혹하기도 하고 남자배우나 여자배우 후원회에 광분하기도 하는 행동에 반발하여 스스로 택한 일종의 지적(知的) 유희

─처럼 보여지는 그녀의 생활상이었다.

때문에 문인과 그녀와의 사이에 핑크빛 유희 같은 일이 생겼다 하더라도 그다지 이상한 일은 아니었으며 실제로 그녀에게 연극 등을 같이 보러 가자고 유혹하는 작가도 있었지만 스캔들이 될 만한 일은 없었다. 오히려 정조관념이 강한 기품있는 여자로 통하고 있었다. 다케오의 죽음이 정사였음을 알게 된 신문기자 중에 그녀의 이름을 떠올리지 못한 것도 이 때문이었다.

어쨌든 덕망높은 아리시마가 유부녀와 정사한 것이기 때문에 그것이 일반 사람들에게 준 충격은 청천병력(靑天霹靂)과도 같았다. 또 그 사실을 안 믿는 자도 꽤 많았다. 특히 아리시마 애독자나 숭배자들이 받은 충격이 너무 커, 개중에는 아리시마 저택에서 절규하는 여성들도 있었다고 전해진다.

극비의 사랑

아리시마에게 하타노 아키코가 접근한 것은 1921년(정사 1년 전) 초겨울 무렵이었던 것 같다. 물론 그 전부터 작가와 잡지기자라는 입장에서 알고 지냈지만 그것이 어느 정도 애정관계로 발전한 것은 그 무렵이었다.

이러한 두 사람의 관계는 해가 바뀌어 봄이 올 무렵부터 점점 친숙해졌고 그녀는 자주 아리시마 집을 방문하기도 했다. 아리시마가 누군가에게,

"요즈음, 부인기자가 혼자서 나를 유혹하러 오는데, 거참 재미있는데……"

라고 말하곤 했다 하는데 아마도 그 무렵이었던 것 같다.

그런데 그 당시 아리시마를 '유혹'하려 한 여성은 아키코 혼자만은 아니었다. 문인들 사이에 도마 위에 오른 여자만 하더라도 어느 무역상사 사장 부인도 있었고, 어느 큰 여관 여주인도 있었으며, 중의원 부인도 있었다. 이 중의원 부인 등은 10년 동안이나 아리시마를 쫓아다니다가 겨우 밀회할 기회를 얻었는데 세 번 성관계를 시도했지만 세 번 모두 만족하지 못했다고 그녀 스스로 고백하고 있다. 상대가 죽은 후에 그런 고백을 하는 여자의 심리에, 어느 정도 건전성 또는 신빙성이 있을지 의문이지만 어쨌든 극성 여성 팬들이 항상 그 주변에 있었음을 뒷받침해 주고 있다. 많은 여성 가운데 어떻게 아키코가 다케오의 마음을 사로잡았는지 그 과정은 아무도 모른다. 두 사람의 연인으로서의 만남은 조심스럽게 그리고 비밀리에 이루어졌다. 때문에 주변사람들이 두 사람 사이가 심상치 않음을 알아차렸을 때는 이미 정사 사흘 전으로 그들의 사랑은 비극적 종말을 앞두고 있었다.

사건의 발생

두 사람의 관계를 타인이 처음 눈치챈 것은 6월 4일 오후, 두 사람이 후나바시(船橋)에서 1박한 사실에서였다. 두 사람은 그때가 최초의 밀월여행으로 육체적 관계도 가졌던 것 같다. 이때 아키코는 다케오에게 정사를 강요했던 것 같은데, 다케오는,

"인간에게 미련은 전혀 없지만 대자연에는 미련이 남는다. 마지막으로 가을 산들을 보고 죽고 싶다"고 대답했다. 거기서 두 사람은 그해 10월이 되면 함께 죽기로 약속했다고 전해진다.

그 하룻밤의 비밀은 다음날이 되자 바로 아키코의 남편에게 알려졌다. 전날 아키코는 가마쿠라(鎌倉) 친구 집에 다녀오겠다고 하고 집을 나섰는데 용의주도한 남편이 가마쿠라에 전화를 걸어 그녀가 그곳에 가지 않았음을 확인하게 되었다. 거기서 아키코가 최근의 언동에서 어느 정도 의심이 갔던 아리시마 집에 전화를 걸어 보았다. 역시 아리시마도 오늘밤 돌아오지 않는다고 하고 외출했다는 것을 알게 되었다. 다음날 후나바시에서 돌아온 아키코를 다그치자 그녀는 끝내 모든 것을 자백하고 말았다.

아키코의 자백을 확보한 남편은 다음날 바로 다케오를 자신의 사무실로 불렀다. 그들이 만났을 때의 상황은 단편적으로 여러 가지 내용이 전해지고 있는지만 그것들을 종합하여 정리해 보면, 아리시마 다케오의 유약하고 선량한 인간 됨됨이, 그리고 아키코 남편의 비인간적

인 냉혹함, 교활함, 그리고 계산적인 성격이 여실히 드러났다.

소문에 의하면 남편은 아리시마에게,

"자네는 인색하기로 유명하다는데, 기생이 아닌 유부녀를 노린 것도 그 때문이겠지? 또 아키코는 교육도 받았고 재능도 있어, 충분히 자활 능력이 있는 여자다. 자린고비인 자네는 그 점을 노려 아키코를 유혹한 게 아닌가."

라는 식으로 억지를 썼다고 전해진다. 그리고 이어서,

"자네가 아키코를 그리도 원한다면 보내줄 수도 있어. 하지만, 나도 아키코 때문에 많은 돈이 들었지. 결혼 이래 11년간 그녀를 양육한 데다가 그 전에 3,4년간은 교육비로 많은 돈이 들어갔어. 나도 장사꾼인 이상 자신의 애용품을 공짜로 내놓을 수는 없네. 자네가 그녀를 갖고 싶다면 그 정도 돈은 지불하고 가게."

라 말하고 덧붙여,

"그러나 이 정도 돈으로 거래가 끝났다고 생각하면 오산이야. 나는 앞으로 살아있는 동안 자네한테 계속 돈을 요구할걸세. 구두쇠인 자네를 괴롭히기에는 돈으로 괴롭히는 게 제일이니까 말이야."

라고 말했다. 다케오는 처음에는 모든 것을 사죄할 요량으로 조건없이 상대의 요구를 들어줄 생각이었으나, 상대방의 태도가 상술한 바와 같이 불손하고, 특히 자기의 아내를 마치 창녀, 장난감 취급하면서 거래하려는 작태를 보고 분노를 참을 수 없었던 것 같다. 그는 일언지하에 상대방의 요구를 거절했다.

"내가 사랑하는 여자를 돈으로 해결하려는 상담에는 응할 수 없소."

라고 답변했다.

"좋아, 그렇다면 지금 경시청에 가서 자네를 간통죄로 고발하겠어."

아키코 남편이 이렇게 나오자, 아리시마는,

"좋소, 갑시다. 감옥은 내가 원하는 바요."

이때 아리시마에게는 정말로 감옥에 가서 죗값을 치를 각오였던 것 같았다. 유부녀와 육체적 관계를 가졌다는 자신의 행위에 대해 심한 죄책감을 느끼고 있던 그는 2,3년 정도의 감옥생활이 그 고뇌를 해소시켜 줌과 동시에 아키코와의 결혼도 가능하게 된다면 그 이상의 구원은 없을 것으로 생각했다.

이렇게 과감하게 맞서는 아리시마를 본 아키코의 남편은 당황했다. 원래 돈이 목적이었던 그로서는 아리시마를 감옥에 넣는 것은 스스로 돈줄을 끊는 것과 마찬가지였다. 게다가 소설가를 감옥에 넣는 것은 작가의 인생경험을 풍부하게 할뿐, 큰 타격을 주는 방법은 아니라는 것도 계산에 넣었을지도 모른다. 그리고 그로서는 고소 등을 하면 자칫 역으로 미인계 혐의가 적용될지도 모른다는 위험성도 있었다.

그는 갑자기 태도를 바꾸고는,

"자네는 여기서 큰소리를 치고 있지만 막상 감옥에 가면 엄청 고생하게 된다는 걸 모르나?"

라는 식으로 아리시마의 노모와 자식의 충격과 슬픔 그리고 불명예스러움 등을 들먹이며 협상 쪽으로 몰고 가려했다.

"나 역시 10여 년간 딸처럼 귀여워했던 아키코를 감옥에 보내는 것은 원치 않네. 그러니까 자네도 그렇게 막말은 하지 말고 여기서 깔끔

하게 해결하는 게 좋지 않겠나."

아키코 남편은 부드러운 말투로 설득하려했지만 아리시마는 끝내 응하지 않았다.

"우리의 사랑을 이루기 위해 나는 어떤 희생도 감수하겠지만 내가 사랑하는 여자를 돈으로 거래하는 짓은 절대로 할 수 없소. 그런 굴욕을 당하느니 차라리 감옥에 가는 것을 택하겠소." 그는 거듭 강하게 말하고는 끝내 울음을 터뜨렸다고 전해지고 있다.

두 사람의 면담 도중에 아키코도 동석하게 되었는데, 아키코 남편이 할 말을 다 하고 자리를 뜨자, 아키코도 아리시마에게,

"지금은 꾹 참고 남편의 요구를 들어주는 게 좋을 거 같아요."

하며 애원했지만, 그럼에도 아리시마는 수락하지 않았다. 결국 아리시마는 이 일에 대해 좀 더 깊이 생각해 보기로 약속하고, 다음 날 오후 3시까지 답해 주기로 하고 그녀 집을 나섰다.

아스케 소이치(足助素一)와의 대면

다음날 오후 아리시마는 그의 절친한 친구 아스케 소이치(1878~1930)[122]

---

122 叢文閣 창업. 新潮社가 1917년부터 출판하고 있던 『有島武郎著作集』 출판권을 사토 기료(佐藤義亮)로부터 물려받아 「어느 여자(或る女)」 「아낌없이 사랑은 빼앗는다(惜しみな

병실에 나타났다. 아스케는 아리시마 저작 출판권을 물려받은 총문각
(叢文閣) 경영자로 당시 병 치료로 도쿄제국대 부속병원에 입원해 있었
다. 병실로 들어오자 아리시마는 갑자기

　　"난, 감옥에 갈거야!"

라고 했다. 아스케는 놀라 연유를 거듭 묻자, 아리시마는 처음으로 하
타노 아키코와의 관계를 털어놓았다. 후나바시에서 결국 "갈 데까지
가버렸다네."까지 말하고는 전날 아키코 남편과 만났을 때 상황까지
모두 들려주었다. 이 사실을 들은 아스케는,

　　"그래서 자네는 어떻게 결심한 거야? 위자료를 주기로 한거야?"라
고 묻자,

　　"아니, 그건 절대로 안돼. 그런 놈에게 돈을 주는 굴욕을 받느니 차
라리 감옥 아니면 죽음을 택하겠네."라 답했다.

　　"죽어?" 아스케가 반문하자,

　　"어, 죽음."

　　아리시마는 미소를 지으며 "실은 우리는 죽기 위해 사랑한 거야.
그 약속은 이미 후나바시에서 아키코와 약속했어. 그런데 어제처럼
그런 심한 모욕을 받고 그냥 미련없이 죽는 것도 아까운 생각이 들기
도 해."

　　"그렇구 말구, 어떤 일이 있어도, 설령 감옥에 가더라도 자네들이
스스로 죽을 수는 없지."

〈愛は奪ふ〉」 등 16권 출판. 아리시마 다케오 개인잡지 『이즈미(泉)』 간행.

아스케가 격려를 하자 아리시마는 잠시 그럴 생각이었던 것 같았으나, 이윽고 갑자기 힘없는 목소리로,

"아니, 그렇지만, 우리에게는 조만간 그때가 올거야."라고 말했다.

"쓸데없는 소리, 자네는 지금 정상이 아니야. 절망은 죽기 30초 전으로 충분하다고 전부터 자네가 늘 주장하지 않았나?"

"그렇지만 나는 지금 사상적으로도 실생활에도 벽에 부딪혔어. 내가 구원받을 길은 없어졌어. 내 아이들까지도 어떻게 교육시켜야 할지 몰라. 그 아이들을 나 같은 인간으로 길러서는 큰일이고 그렇다고 해서 노동자로 길러 신흥계급의 일원으로 키우는 것도 나는 도저히 할 수 없어. 결국 나라는 인간은 다시 태어나지 않는 한 인류에게 필요없는 존재야. 이런 나에게 신흥계급에 얼마간 도움이 되는 일이 남아있다면, 머지않아 멸망할 부르죠아계급의 붕괴를 내부에서 조장하여 그들을 한시라도 빨리 망하도록 하는 것뿐인데 자신의 붕괴를 위해 자신이 가담한다는 것은 아무런 의미도 없으니까 말이야."

이렇게 말하며 흥분해있는 아리시마를 아스케가 장시간 위로하고 설득한 끝에 일단은 그쪽에서 요구한 돈을 아키코에게 건네주기로 하면서,

"그렇다면, 동생들을 불러모아 그 쪽으로 상의를 해 보겠네."하며 아리시마는 병원을 떠났다.

그날 밤 아리시마와 동생들이 어떤 행동을 취했는지에 대해서는 아무도 모른다. 그런데 다음 날 아스케가, 그 당시 아리시마가 은거지로 이용했던 우시고메(牛込) 작은 월세 집에 가 보았으나 문이 잠겨 있었다. 차부에게 부탁해서 담을 넘게 해서 문을 열도록 하여 들어가 보

니 남편 감시 하에 있어야할 아키코가 아리시마와 함께 집 안에 풀이 죽은 모습으로 있었다.

아리시마와 아스케는 다시금 전날과 같은 문답을 반복했다. 그러나 이때 그에게는 자살할 결심이 서 있었고 아스케의 권고나 격려는 전혀 영향력이 없었던 것 같다. 아스케가, 아리시마가 죽은 후 그의 노모와 세명의 자녀들이 얼마나 비탄해 할 것인가에 대해 말하자 아리시마는 통곡을 했지만 그의 결심을 뒤집을 수는 없었다. 결국 아스케는,

"그 결심의 실행은 잠시 미루자."라고 말하자, 아리시마는,

"우리를 방해하지 마."

이렇게 서로 입씨름하는 사이에 감정이 복받쳐 껴안고 울고는 헤어졌다는 것이 당시의 진상이었다.

정사행

이렇게 친우(親友) 아스케와 헤어지자 두 사람은 곧바로 정사의 실행에 옮겼다. 그날 오후 아리시마는 잠시 고지마치(麴町) 본가에 들러 옷을 갈아입고 작은 보따리를 가지고 집을 나섰다. 그리고 1시간 조금 지난 오후 5시경, 아키코와 둘이서 신바시(新橋)역 도요켄식당(東洋軒食堂)에 나타나 즐겁게 저녁식사를 마쳤다. 아리시마는 거기서 모친과 전

에 언급했던 중의원 부인에게 엽서를 속달로 보냈다. 엽서에는 2,3일 동안 여행하고 오겠다는 간단한 내용을 적었는데, 중의원 부인에게는 마지막으로 '안녕히(사요나라)'라고 쓰고 옆에다 선을 그었다. 두 번 다시 만나지 않겠다는 마음을 새긴 '사요나라'였다.

그 후 그들은 드디어 가루이자와로 향했다. 미카사산(三笠山) 기슭에는 아리시마 집안 소유의 별장이 있었다. 그 산장은 자연 그대로의 통나무 보가 몇 그루나 천정을 가로질러 받치고 있는 서양식 건축으로 그다지 밝은 느낌을 주는 집은 아니었다. 죽음을 결심한 두 사람의 발걸음은 애초부터 주저없이 이 집으로 향했던 것이다.

밤기차 안에서 아리시마는 몇 통의 유서를 썼다. 미리 준비해 온 편지지에 되는대로 갈겨썼다. 연로한 어머니, 그리고 세 명의 아이들 앞으로. 또 동생들에게도. 아스케를 비롯한 친구들에게. 이 세통 외에 '재산에 관한 유서'도 남겼다. 그리고 내용에는,

'자신들의 죽음은 결코 누구에게 강요받은 게 아니다.' '우리는 이 죽음에 직면해도 어린아이처럼 즐겁게 뛰놀고 있다'고 쓰고 있다.

가루이자와 역에서 내리자 고원에는 비가 내리고 있었다. 역에는 자동차도 있었지만 둘은 일부러 걸었다. 어두운 밤의 긴 길이었다. 얼마 안 걸어 그들은 비에 흠뻑 젖었다. 이윽고 빗물이 그들의 몸에 닿을 정도로 젖었지만 두 사람의 기쁘고 벅찬 심정에는 한 점의 구름도 끼지 않았다. 그들은 때때로 멈춰 서서 서로 꺼안고 조용히 그리고 천천히 입술을 맞댔다. 그리고 아직 영업을 하고 있는 부엌용품점에 들러 양초 몇 자루와 성냥을 사기도 했다. 산장은 낙엽송 숲 속 깊은 곳에 둘러싸여 있었다. 두 사람은 손을 더듬어 좁은 소로를 따라 뒷문 쪽으

로 갔다. 뒷문의 자물쇠는 두세 번 흔들자 간단히 부서졌다. 두 사람은 말없이 집 안으로 들어갔다.

그 후로 이 음울한 산장에서 얼마나 시간이 흘렀는지, 촛불이 얼마 동안 켜져 있었는지 아는 사람은 없었다. 그러나 다음날 아침 먹구름 사이로 희미하게 햇빛이 창문을 통해 비쳤을 때 그들은 이미 이 세상 사람이 아니었다. 그들이 처음 후나바시에서 정을 통하고 나서 채 100시간도 경과하지 않은 짧고 깔끔한 최후였다.

그들은 왜 죽었는가

이리하여 이 사건은 돌연히 발생하였고 돌연히 사라졌다. 그 당돌함은, 사건이 사람들 눈 앞에 등장했을 때는 이미 당사자들은 이 세상에 없었기 때문에 비상식적이고 한편으로는 허무한 그리고 다소 신비한 감동과 여운을 남겼다. 따라서 이 사건은 연일 신문에 대대적으로 보도되었고 많은 사람들의 비평과 감상 등으로 떠들썩했지만 그 모두가 사후약방문 격이었다. 왠지 애매하고 적당히 얼버무리는 억측으로 끝났다.

그러나 아리시마 다케오라는 작가 신상에 뭔가 심상치 않은 일이 일어난 것은 아닌가하는 예상이나 예감은 그의 작품과 행동에 어느 정도 주의깊게 관찰하고 있던 자에게는 전혀 없었던 것은 아니다. 실제로 우리들도 아리시마가 유부녀와 함께 가출했다는 소식을 들은 순간 너무 뜻하지 않은 일이다라기 보다는 '역시 일을 냈구면'이라는 느낌이었다. 그러면서도 강하게 절실히 가슴에 와닿는 느낌이었다.

이렇게 우리들의 예감이 저류하고 있었던 것은 그의 사상과 생활이 심한 모순을 보이고 있었기 때문이었다. 요컨대 그는 처음에는 열렬한 기독교 신자였다. 그것이 중년기가 되어 점차 사회주의로 바뀌어 끝내는 스스로 아나키스트임을 선언하기에 이르렀다. 그러나 그의 실생활은 아나키스트가 아니었다. 그는 의연하게 유복한 가정의 가장으로 거대한 저택에 살고 있었고 홋카이도(北海道)에는 막대한 농장을 소유하고 있었다. 물론 그는 가능한 검소하게 생활하고 있었고 몸가짐도 근엄했지만 그러한 것으로 그의 사상과 생활과의 모순(괴리)을 스스로 속일 수는 없었다. 그는 점점 괴로워졌다. 거기서 마지막에는 홋카이도 농장을 포기하고 소작인들에게 토지를 나누어 주기도 하고 고지마치 저택을 처분하고 우시고메에 작은 집을 빌려 보기도 했지만(아스케 소이치가 마지막으로 아리시마를 방문한 곳이 바로 이 집이다), 그것으로 태어나면서 각인된 부르주아 근성이 소멸되지는 않았다. 그가 마지막으로 아스케를 향해,

"내가 구원받을 길은 없어졌어. 아이들 교육조차도 어찌해야 좋을지 몰라……"하며 외친 것은, 이러한 노력에도 불구하고 허무하게 벽에 부딪친 그의 절망의 절규였다.

또 하나 아리시마 생활에, 우리들이 어렴풋이 느끼고 있었던 불안은 그의 성생활에 관한 것이었다.

그는 사랑하는 아내를 잃고 줄곧 독신생활을 해 왔다. 그것도 평범한 40대 남자라면 독신생활이라 하더라도 정식으로 아내를 얻지 않을 뿐 뭔가 적당히 그 방면에 융통을 부리는 게 보통인데, 아리시마는 그러한 행적은 전혀 없었고 그야말로 진정한 독신을 지켜 온 것처럼 보였다. 게다가 그것이 죽은 아내에 대한 정절의 결과라는 평가여서 수많은 여성 팬과 바람기 많은 여자들이 끊임없이 그의 주위를 맴돈 것은 무리는 아니었다.

그들에 대해 아리시마는 매우 근엄했던 것 같다. 또 근엄하지 않으면 그만한 여성은 모여들지 않았겠지만, 그러나 그 근엄함은 많은 그의 팬들이 멋대로 생각한 것이지, 그의 윤리관에서 오는 것은 아니었다. 그 당시 그의 윤리관은 이미 과거의 기독교 윤리관이 아니라 개인의 절대자유를 주장하는 아나키스트 윤리관으로 옮겨갔고 국가권력과 가정의 권위조차도 부정하는 본능지상주의에 근접하고 있었다. 때문에 단순히 이론상으로 도달한 윤리관만 가지고 말하면 그가 그렇게도 쫓아다니는 여자들을 닥치는 대로 손을 댔다 한들 그리 이상한 일도 아니지만, 실제 그는 결코 그러한 과감한 실행가는 될 수 없었다.

하기야 요 근래에 있었던 일 같기도 한데, 전에 언급한 중의원 부인의 대담한 고백도 그렇고, 은밀히 전해지는 소문에 의하면 어느 날 밤 한 친구의 권유로 가구라자카(神樂坂) 기생집에 갔었는데 그때도 끝내 완전한 성행위가 불가능했다고 한다.

이 모든 것은 은폐된 이른바 비공식적인 이야기이고 또한 타인의 소문을 통한 이야기라서 진위를 밝힐 수 없는 부분이지만 그 당시 아키코와의 연애가 시작되기 얼마 전까지 아리시마가 자신의 윤리관으

로부터 이미 자유로워져 스스로 금욕생활을 깨려고 '실행'을 시도했다
는 것은 있을 법한 일이기도 하고, 설령 있었어도 그리 이상한 일은 아
니었다.

생각건대 이 시기의 아리시마는 어떻게 해서든 자신의 행동을 자
신의 논리에 접목시키려 했던 것 같다. 그리고 자기 자신을 완전한 '자
유인'으로 함과 동시에 근거없는 오해나 과대평가로 그를 성인(聖人)시
하고 있는 미숙한 청년과 지린내 나는 여성들을 걷어차고 싶었을 것이
다. 게다가 그러한 시도가 항상, 세 번째도 네 번째도 실패로 끝난 것
은 어찌된 일일까.

사토미 돈(里見弴, 1888~1983)[123]의 『야시로 집안의 형제(安城家の兄弟)』
에 의하면 전에 언급한 세 번 시도하여 세 번 다 만족을 얻을 수 없었
다고 고백하는 여자의 해석으로는 성생활을 너무 오랫동안 하지 못한
결과라 하여 "정말 가엾은 사람이었어요."라고 아리시마에 대해 이야
기하고 있다. 물론 이도 생각할 수 있는 일이지만, 그것보다 오히려 섹
스에 임할 때에 아리시마의 격한 정신적 동요— 자연인(自然人)이 되는
것을 방해하는 의식과잉(意識過剩)—너무 결백하고 소심한 성격에서 오
는 정신적·육체적 허탈현상의 결과라고 해석하는 편이 자연스러울 것
이다.

이러한 여러 징후로 추측해 보면, 당시 아리시마는 머리(head)에
서는 멀리 기독교에서 멀어졌고 유물사관을 수용하기도 하고 무정부

---

123 소설가 백화파(白樺派) 동인.

주의를 선언하기도— 요컨대 과학적 휴머니즘과 같은 노선을 더듬어 가다 상당히 과격하고 파괴적인 윤리관을 갖게 되었지만, 그의 심정 (heart)과 행동의 습관은 거기에 전혀 따라갈 수가 없었고, 여전히 젊은 시절의 기독교교육을 받은 센티멘탈 휴머니스트 경계에서 방황하고 있었던 것 같다.

그것을 시사하는 예로는 아키코 남편으로부터 위자료를 요구받았을 때의 그의 태도이다. 그때 그가 만약 진정한 유물론자이고, 인간관계의 대부분은 돈으로 해결할 수 있다는 정도의 인식을 하고 있었다면, 그는 아마도 불쾌하면서도 그 돈을 그녀의 남편에게 내던졌을 것이겠지만 그는 그리하지 않았다. 아키코도 아스케도 중의원 부인도, 당시의 관계자 모두가 그에게 돈으로 해결할 것을 간절히 권했음에도 그는,

"사랑하는 사람을 돈으로 살 수는 없어."
라면서 한마디로 거절했다. 이러한 그의 금전관이 얼마나 유물주의자답지 않으며, 낡은 유교나 기독교의 그것과 가까운가는 굳이 설명할 필요도 없을 것이다. 또하나 실례(實例)를 들면 아키코 남편과 만나 불륜사실을 문책 받았을 때 아리시마는 한결같이 사죄하고, 애인의 남편 앞에서 울었다고 전해지고 있다. 그는 왜 울면서 사과해야만 했는가. 그는 왜 평소의 주장대로 사랑하는 자의 권리를 선언하지 않았을까. 그보다 훨씬 보수적이고 세속인인 아스케 소이치까지도,

"자네들이 도대체 무슨 나쁜 짓을 했다는 거야."라고, 감옥에 가겠다고 하며 말을 듣지 않는 두 사람을 위로해 주지 않았는가.

이러한 일련의 과정을 살펴보면, 당시 아리시마의 속 마음은, 평소

의 진보적 사상 따위는 어디론가 날라 가버리고, 완전 낡은 도의관념 (道義観念)과, 부르주아다운 결벽과, 창백한 교회청년의 센티맨탈리즘 만이 그를 지배하고 있는 것에 지나지 않았다. 결국 아리시마라는 자신은 머릿속에서는 끊임없이 변신하고 진보해온 사람이지만, 가슴 속에서는 마치 청년시절 그대로 살아온 사람으로, 그 점이 그의 훌륭한 매력이었지만 결국은 그 모순 때문에 자멸의 길을 걸어야 했다.

마지막으로 그의 생애에 있어 주목해야 할 것은 그가 스무살의 삿포로(札幌)농업학교[124] 학생시절에 동창인 친구 모리모토 아쓰키치(森元厚吉)와 동반자살을 기도했다는 사실이다. 이 사건은 그 당시 두 사람의 기독교에 대한 광신적 신앙심에서 일어났다. 모리모토가 신앙 상의 고민 때문에 자살을 결심한 사실을 알게 된 아리시마가 모리모토 혼자서 죽게 할 수는 없다는 생각에 함께 조잔케이(定山渓)온천에서 자살을 시도했으나 죽기 직전에 누군가의 도움으로 살아난 사건이다. 나는 아리시마의 오래된 일기를 읽고 그 사실을 알았는데, 그것에는 애정의 극치의 경지에서 죽음을 택한 그 감격의 내용이 청년의 필치로 쓴 것을 기억하고 있다.

이러한 감격은, 그가 하타노 아키코와의 정사를 결심했을 때에도 경험했을 것이다. 그의 유서에,

'우리는 지금 어린아이처럼 즐겁게 뛰놀고 있다.'고 쓰고 있으며, 그가 마지막으로 아스케에게,

---

124 홋카이도대학 전신.

"정사하는 심리는 외부의 압박으로 어쩔 수 없이 죽음을 택하는 것이 보통인데, 때로는 처음부터 계획하고 사랑의 포만감만을 얻기 위해 죽는, 다시 말해서 죽음을 향유한다는 의미도 있다. 우리들은 지금 그것에 조금씩 접근하고 있지."라는 말을 한 것도 그러한 의미일 것이다.

'사랑의 포만(飽滿)을 위해 죽는다.'

이 말은 25년 전 그가 모리모토와 함께 죽으려 했을 때의 말과 똑같다.

20세의 광신적 청년과 45세의 무정부주의자가 같은 말을 남기고 죽으려 한다.—이것은 우리에게는 믿을 수 없는 일이지만, 아리시마의 경우는 그러했다. 우리는 그것에 의해 그의 심정(心情)의 영원한 젊음을 찬양할 수는 있으나 동시에 그의 유아적인 면을 아쉬워할 수도 있다. 어쨌든 생각하는 자의 자유이겠지만 그가 평생 성실했다는 것만은 의심할 수 없다. 이 세상의 허위에 견딜 수 없을 정도로 성실했던 것만은……

아쿠타가와 류노스케
(芥川龍之介) 와 여자들

그의 죽음과 여자

아리시마 다케오가 세상을 떠나고 4년 후 1927년 아쿠타가와 류노스케(1892~1927)가 자살했다.

아쿠타가와의 자살 동기에 대해서는 어느 정도는 정설화 되어 있다. 그의 생모가 정신병자(狂人)였기 때문에, 그 자신도 발광하지는 않을까라는 불안에 끊임없이 괴로워했던 점, 그의 건강이 쇠약하여 불면증과 환각증세가 나날이 심해져 갔고 생활에 자신을 잃었다는 점, 육친과 친척들 중 차례차례 불행이 겹쳐져 그 신경이 병적으로 발전해간 점, 그의 예술관이 커다란 전환을 맞이하여 작가로서의 일종의 한계를 통감하고 있었다는 점 등을 들을 수 있다.

과연 이러한 동기는 당시의 아쿠타가와에 분명히 존재하고 있었고 이러한 것들의 복합적 자극이 그를 자살로 몰고 간 것은 거의 틀림없는 듯하다.

그러나 아쿠타가와를 자살로 몰고 간 것은 오로지 이것뿐이었을까. 물론 지금까지 언급한 것들이 자살의 배경으로 존재한 것은 사실이지만 그 외에도 좀 더 구체적인 유인요소가— 어떤 사건과 인물이 어쩔 수 없이 그를 그러한 결말로 몰아갔던 것은 아닐까.

이러한 의문은 그의 자살 직후에도 있었으며, 지금도 여전히 남아 있다. 실제로 그당시 아쿠타가와의 죽음은 정사(情死)였다는 주장이 문단 내부에 조심스럽게 거론되기도 했다. 물론 아쿠타가와는 틀림없이

다바타(田端) 자택에서 자살했는데, 그와 같은 시간에 그의 애인이 어딘가에서 자살한 것은 아닐까. 아니 틀림없다는 소문이 나돌았다. 그는 유작『어느 바보의 일생(或阿保の一生)』중에 그와 정사를 약속한 여자에 대한 것을 쓰고 있는 것 같다.

그녀는 눈부실 정도로 광채가 나는 얼굴의 소유자였다. 그 모습은 마치 아침 햇빛에 엷은 얼음을 비추고 있는 것과 같이 밝았다. 그는 그녀에게 호감을 가지고 있었다. 그러나 연애감정은 없었다. 뿐만 아니라 그녀의 몸에도 털끝 하나 대지 않았다.
"죽고 싶어 하신다구요?"
"네, 아니 죽고 싶다기보다도 사는 데 질려 있습니다."
그들은 이런 대화를 하면서 함께 죽기로 약속했다.
"프라토닉 슈어사이드(Platonic suicide)이군요."
"더블 프라토닉 슈어사이드."
그는 자신의 마음이 차분한 것이 이상할 정도였다.

이는 그가 죽음에 임박했을 때의 일이지만, 그는 그 이전에 이미 자살을 결심하고 목을 매다는 예행연습까지 하고 있었다. 때문에 이 여성 때문에 아쿠타가와가 죽었다고 단언할 수는 없겠으나 그녀의 존재가 어느 정도는 그의 자살을 용이하게 하여, 죽음으로 유인을 강하게 했다고 할 수 있다.
이 여성에 대해서는 당시 아쿠타가와 부인도 알고 있었고, 그녀의 남편을 그녀로부터 멀어지게 하기 위해서인지 아쿠타가와의 절친한

친구 오아나 류이치(小穴隆一, 1894~1966)[125]에게 도움을 청하기도 했다고
전해진다. 아쿠타가와 부인의 이러한 노력 때문이었는지 아니면 그 여
인이 변심했기 때문인지 아쿠타가와는 결국 정사는 하지 않았다.

> 그는 그녀와 함께 죽지 않았다. 단지 아직 그녀 몸에 털끝 하나 건
> 드리지 않은 것은 그에게 만족감을 주었다. 그녀는 아무렇지도 않
> 다는 듯이 때때로 그와 얘기할 뿐만 아니라 그에게 그녀가 가지고
> 있던 청산가리를 건네며 "이것만 있으면 마음이 든든해지죠."라고
> 도 했다.
> 그것은 실제로 그의 마음을 든든하게 했다. 그는 혼자 등의자에 앉
> 아 낙엽을 바라보면서 가끔 죽음이 그에게 안겨주는 평화를 생각
> 했다.

아쿠타가와가 스스로 말한 대로 이 정사는 이루어지지 않았다. 그
증거로 이 여성으로 추정되는 자는 아쿠타가와 자살 후에도 생존해 있
었고 아쿠타가와 미망인과도 왕래하고 있었기 때문이다.

---

[125] 서양화가, 수필가.

『어느 바보의 일생』의 여자

　　『어느 바보의 일생』에는, 그와 관계가 있었던 것으로 추정되는 적어도 세 명의 여자의 모습이 인상깊게 그리고 애매하게 묘사되고 있다.

　　이 세 명의 여자 중에 그가 가장 끌렸던 쪽은, 그가 항상 '달빛 속에 있는 듯한' 얼굴의 소유자로 묘사했던 여자였다.

　　그는 그 여성과 어느 호텔 계단에서 우연히 스쳐지나갔고, 그녀의 뒷모습을 바라보면서 지금까지 느껴 본 적이 없는 쓸쓸함을 느꼈다고 쓰고 있다.

　　이어서 그는 처음 그녀와 데이트를 했을 때의 감정을, '그는 그녀와 함께 있기 위해서라면 그 무엇을 포기해도 좋다는 그런 기분이었다'라고 쓰면서,

　　그들이 자동차를 탄 후, 그녀는 가만히 그의 얼굴을 응시하고는 "당신은 후회하지 않으세요?"라고 물었다. 그는 단호한 어조로 "후회하지 않아."라고 대답했다. 그녀는 그의 손을 꼭 쥐고 저는 후회하지 않지만요"라고 말했다. 이때도 그녀의 모습은 달빛 속에 있는 듯했다.

　　라고 덧붙이고 있다.

■ 근대 일본의 문단연애사

그의 문장에는, 그와 그녀와의 관계는 7년간이나 지속되었지만 그는 점점 사랑에 빠져갔다.

또 한 여성은 그가 평상시 '광인의 여자(狂人の娘)'라 불렀던 여자이다. 이 여성과의 관계는 아무런 애정도 없었고 단지 육체적 타성(惰性)과 다소 악마적인 흥미에 끌려 밀회를 계속한다—그런 관계의 여자로 묘사되고 있다. 그는 그녀와 둘이서 모리가사키(森が崎) 고센(鉱泉)여관에 갈 때의 상황을 이렇게 묘사하고 있다.

> 앞에 가는 인력거를 타고 있는 사람은 어느 광인의 여자였다. 뿐만 아니라 그녀의 여동생은 질투로 인해 자살했다.
>
> "이제 어찌할 수가 없어"
>
> 그는 이 광인의 여자에게—동물적 본능만 강한 여자에게 증오를 느끼고 있었다⋯⋯그리고, 갑자기 그녀의 남편을—그녀의 마음을 사로잡지 못한 그녀의 남편을 경멸하기 시작했다.

또 다른 한 사람은 그가 재능 면에서도 '대결할만한 여자'라고 쓰고 있는 여성인데, 그녀에 대해서는 두 세줄 가볍게 거론한 정도이며 그리 각별한 사이는 아닌 듯 보인다.

이 여성들에 대해서는 유고(遺稿)가 발표되었을 당시 여러 설이 난무했다. 당시 우리들도 매우 흥미로운 일이어서 이것저것 그럴듯한 여성들의 이름을 화제 삼기도 했다. 예측 가능하나 다소 애매한 부분이 있어 결정적으로 지명할 수 없었다. 아쿠타가와와 아주 절친했던 구메(久米正雄)조차도 누구라고 지명하는 것을 망설였을 정도였다. 묘사된 여성 자신이 증거를 제시하며 스스로 이름을 밝히지 않는 한, 제3자가 공공연하게 그녀의 신분을 운운하는 것은 무리였다.

아쿠타가와는 꽤 잡담을 좋아하여, 혼자서 일방적으로 이야기를 주도하는 경우가 많았다. 하지만 자신의 사적인 이야기는 좀처럼 하지 않았다. 그는 자신을 타인에게 자랑하는 식의 무신경한 사람은 아니었고 동시에 우는 소리를 남에게 할 정도로 자존심이 없는 사람도 아니었다. 그는 좀처럼 진짜 자신의 모습을 보여주지 않았다. 알몸을 보여주는가 할 때에도 기껏 배꼽만 보여주는 정도였고 그 이상은 보여주지 않았다.

이것은 그의 일상생활에서도 일관된 태도인데, 이러한 현상은 그의 생활을 작품화할 경우에는 더욱 심했다. 그의 작품경향은 그가 죽음에 가까워짐에 따라 점점 사실적으로 바뀌어 갔고, 직접 자신을 이야기하는 듯한 작품이 많아진 것은 사실이지만 그러한 경우에조차도 그는 결코 자연주의 작가처럼 적나라하게 자신을 사람들 앞에 공개하는 일은 없었다. 그는 그것에 항상 어느 정도는 억제를 하고 있었고, 의식적인 디포메이션(deformation)을 꾀했다. 이는 그에 있어서는 이 모두가 성격적인 것이어서 그러한 디포메이션이 없는 부분에 대해서는 자신의 예술을 느낄 수 없었던 것이다.

그런데 『어느 바보의 일생』이 그가 죽음에 임박했을 때 그가 자신의 일생을 기록한 일종의 자서전임에는 틀림없다. 그러나 자서전이기는 하지만 내용은 자신의 일생을 사실 그대로 담담하게 묘사한 것이 아니라, 초점을 오로지 자신의 내부생활로 집중시켜 내면적(정신적)인 면만을 이야기하고 있다. 거기에 이 유고가 다른 일반 자서전과는 다른 성격을 가지고 있는 이유이다. 다시 말하면 이 작품은 그의 일생의 정신적 전망도(展望圖)이며 동시에 매우 주의깊게 조정된 자전적 산문시로도 보여진다.

때문에 여기에 그려진 아쿠타가와의 연애 상대도 그것을 실재 인물로 생각하고 그 모델을 찾으려는 것은 별 의미도 없고 그리 중요하지도 않다. 설령 이들이 실재인물이라고 하더라도 그것뿐으로, 아쿠타가와의 연애생활 전부를 얘기하고 있는 것도 아니다. 그가 사랑했던, 그를 사랑했던 여자는 두 세 명이 아니었기 때문이다.

생각건대 아쿠타가와가 경험했던 대부분의 연애는 두 가지 패턴을 극명하게 보여주고 있었다. 하나는 언급한 '광인의 여자'와의 관계를 그린, 정신적인 면은 전혀 존재하지 않고 육체적 욕망만 작용하고 있는 자신의 애욕생활의 내면을 묘사함과 동시에, 다른 하나는 '달빛 속에 있는 듯한' 여자와의 연애 과정을 그리면서 한층 고차원적인 정신적·육체적 결합의 환희를 묘사하려고 했다. 따라서 그것은 픽션이 아니라 하더라도 상당히 신중히 상징화되기도 했고, 변형되기도 했으며, 오버랩되기도 했다. 그의 구체적 경험을 사실 그대로 표현하기에는 그에게는 다소 무리였다.

소문과 사실

그런데 아쿠타가와의 실제의 사랑은 어떠한 것이었을까.

그가 자살했을 당시 그의 죽음의 그늘에는 여자가 있다는 소문에 한 신문사가 그 진상을 폭로하기 위해 그의 생전의 소행을 캔 적이 있었다. 결과는 신문사가 기대했던 만큼의 단서를 잡지 못했기 때문인지 아니면 다른 이유가 있어서인지 신문지상에는 보도되지 않았으나, 담당기자의 비공식적 정보에 의하면, 아쿠타가와와 관계했던 여성 수는 꽤 많았다.

그렇게 화려하다고까지는 말할 수 없지만 상당수의 여성 이름이 그의 애인 내지는 여친으로 문단에 떠돌았다. 그 이름 중에는 예를 들면 구조 다케코(九条武子, 1887~1928)[126]라든가 오카모토 가노코(岡本かの子, 1889~1939)[127] 등 상당히 이름이 알려진 여류명사나 지식인도 있었고, 모 규수가인, 가마쿠라(鎌倉)의 어느 큰 요정 주인 등등의 소문도 나 있었다.

물론 이러한 소문 중에 어디까지가 진실이고 어느 게 와전 내지 날조인지는 분명치 않다. 설령 알고 있다 하더라도 그것을 공개적으로 밝히기에는 조심스러운 사람도 있었다. 필자는 최근 아쿠타가와 여자

---

126 歌人.

127 歌人, 소설가.

로 소문이 난 한 여성을 만난 적이 있는데, 나의 얼굴을 보자마자 그
녀는,

"남의 이야기를 쓰는 건 좋지만 너무 노골적으로 본명 같은 건
밝히지 마세요. 저도 남편이 있고, 자식도 지금 출세가도에 있으니
까요."
라고 말했다.

아쿠타가와가 사랑한 여자는 대개 유부녀 아니면 상당히 산전수전
을 겪은 여자가 많았다. 단 한사람 'S코'라는 당찬 소녀가 있어, '자신
이 아쿠타가와를 정복'했다고 자랑하는 것을 들은 적이 있는데 이것은
예외다.

대체로 아쿠타가와 작품에는 젊은 여성의 달콤한 연애감정을 자극
하는 요소는 거의 없다. 작품에는 한 치의 틈도 없는 단정한 스타일로
일관되어 있고, 그 스타일의 배후에는 날카롭고 투명한 이지(理智), 살
로 파고드는 시니즘(cynisme), 그리고 씁쓸한 풍자를 번뜩이게 함과 동
시에 약간의 퇴폐성 독기가 감돌고 있다. 이러한 작품을 쓰는 작가에
게 소녀가 흥미를 가질 리가 없었고 설령 흥미를 가졌다 하더라도 감
히 그에게 접근할 정도의 용기나 여유는 없었을 것이다.

그런데 아쿠타가와가 가지고 있는 요소— 왠지 엄격할 것 같은 일
면과 한편으로 쉽게 무너질 것 같이 보이는 일면—가 세속적 경험이
많은 여성에게는 자신의 빈 부분을 채울 수 있는 좋은 먹잇감으로 보
였을 것이고 정복심을 자극했을 것이다. 뿐만 아니라 당시의 일본은—
다이쇼(大正) 말기의 일본은 평화롭고 경제적 성장기로 국민생활 수준
이 높아져, 앞서 언급한 유한부인, 불량마담 등이 잡초처럼 여기저기

자생하고 있었던 시대이기도 했다.

아쿠타가와가 여름에 가마쿠라해수욕장 풍속을 보고 천재지변이 일어날 것 같다고 말한 것은, 관동대지진이 발생한 1923년의 일이다. 제국호텔 무도회장에 우익 청·장년들이 들어와 검을 휘두르며 검무(劍舞)를 한 것도 이 무렵이고, 시내 호텔은 죄다 경찰이 경계를 서 출입하는 화족(華族)이나 실업가 부인·자녀들의 이름을 기록하는 것도 그 무렵이었다. 단순히 이러한 특수계층에 속한 여성뿐만 아니라 중류계급이나 교양있는 여성 사이에도 유희적이고 퇴폐적인 분위기가 농후해진 것도 이 시기였고 그러한 분위기에서 발생한 여러 문제가 많은 가정을 시끄럽게 했다.

당시의 이러한 풍조는 문단의 동향과도 관계가 없지는 않았다. 기쿠치 칸(菊池寬)의 『진주부인(真珠婦人, 1920)』을 비롯한 많은 작품에 유한부인의 생태가 작품에 묘사되기도 했다. 가타오카 뎃페이(片岡鉄兵, 1894~1944)[128], 아리시마 다케오 등, 그 밖의 여러 작가 주위에 여성 팬과 여친이 모여든 것도 이 시기였다. 그리고 마침 이때 아쿠타가와의 인기는 아리시마 다케오와 더불어 최고점에 있었기 때문에, 그의 주변이 정말 화려하게 비쳐진 것도 당연했고 실제로 다소는 화려했던 것 같았다. 그러나 앞서 소개한 신문기자가 상상한 것처럼 그의 신변에 항상 핑크빛 바람이 불었던 것은 아니었다.

---

128 소설가.

퇴폐성

아쿠타가와 신변에 항상 비밀스러운 정사(情事)가 존재해 있었던 것처럼 자칫 생각하기 쉬웠던 또 하나의 이유는, 그의 몸에 항상 붙어 다녔던 퇴폐적인 심리와 행동에 있었던 것 같다.

대체로 메이지 말기에서 다이쇼 초기에 걸쳐 문학수업을 한 자들은 한결같이 세기말적 사상의 영향을 받고 있었는데, 그중에서도 아쿠타가와는 특히 이 현상이 강했다. 세기말문학은 말할 것도 없이 1890년대의 유럽에서서 발생한 은밀·우울하고, 시니컬하고 관능적이고 병적인 특색을 가진 문학인데, 일본에서는 여기에 에도시대(江戶時代) 문학에의 회고(回顧)와 시타마치(下町)[129] 생활의 동경을 가미하여 '탐미주의' 이름하에 발전시켰다.

이러한 문학이 기타하라 하쿠슈(北原白秋, 1885~1942)[130], 기노시타 모쿠타로(木下杢太郎, 1885~1945)[131], 나가이 가후(永井荷風, 1879~1959)[132], 다니자키 준이치로(谷崎潤一郎, 1886~1965)[133] 등의 등장으로 전성기를 맞이한 것은 메이지 40년(1907) 전후였고, 아쿠타가와가 등장했을 때는 이미 내

---

129 에도시대 상인과 장인들이 모여 상권을 형성했던 번화가.

130 시인, 동화작가, 歌人.

131 시인·의사.

132 소설가.

133 일본 근대 탐미주의 대표작가.

리막길이어서 그 영향력도 미미해졌다. 때문에 구메 마사오나 기쿠치 칸 등『신사조(新思潮)』로 발족한 그의 동인들도 조금은 그 영향을 받고는 있었지만 본질적으로 밝고 건강한 자질을 가지고 등장한 것에 반하여 아쿠타가와는 그 영향으로부터 빠져나올 수가 없었다.

여기에는 아쿠타가와가 너무 조숙하여 어렸을 때부터 문학에 친숙했다는 이유도 있지만, 그 보다도 그가 전통적 에도(江戶) 가문에서 태어나 성장하여 에도 말기의 퇴폐적 분위기를 태어나면서부터 몸에 익히고 있었다는 점에 무게를 두어야 할 것이다. 잘 알려진 사실이지만 그의 어머니의 삼촌은 에도 말기 대단한 풍류인으로 유명했던 사이키 고이(細木香以, 1822~1870)[134]였다. 물론 아쿠타가와가 외가로부터 직접 영향을 받았을 리는 없지만, 이러한 가계(家系)의 분위기는 충분히 추측할 수 있으며, 그러한 분위기 속에서 자란 그가 에도시대의 대풍류인의 손자로서 그의 성격의 깊은 한 곳에 각인되어 있었다고 할 수 있다.

여담이지만 그의 가계 분위기를 엿볼 수 있는 참고자료로, 근래 아쿠타가와의 출생 비밀에 대해 문제가 제기되고 있는 점은 흥미로운 일이다. 아쿠타가와는 니하라 도시조(新原敏三)의 장남으로 태어났다. 그 해(年) 부모가 다 액년(大厄)에 해당되어 당시의 풍습에 따라 그는 일단 부친 가게 지배인이었던 마쓰무라(松村)라는 사람이 데려가 양육했다고 전해지고 있다. 그 후 그가 11세가 되었을 때, 외삼촌의 양자가 되어 아쿠타가와 집안에서 성장했다. 그러나 그러나 아쿠타가와의 출

---

134 에도 말 풍류인·歌人.

생을 문제 삼은 사람들은 액년(厄年)에 관한 미신을 그 정도로 신봉하는 친부가 왜 유일한 사내아이인 아쿠타가와를 다른 집에 양자로 보냈을까하는 점에 의문을 품은 것이다. 처음 마쓰무라라는 사람에게 보낸 것은 단순히 아이를 포기한다는 형식을 밟은 것뿐이기 때문에 그다지 문제가 되지 않지만, 후에 아쿠타가와 집안에 양자로 보낸 것에 대해서는 그 이유가 애매하다. 그 이유로 전해지는 것은 그의 친모가 아쿠타가와를 낳고나서 9개월 후 정신 이상의 징후를 보였기 때문이라고 되어 있는데, 단순히 그런 이유로 굳이 장남인 그를 다른 집 양자로 보내야 했을까는 아직도 석연치 않다.

그런데 여기에 또 하나의 문제가 되는 것은, 아쿠타가와가 죽고 그 유해를 관에 넣을 때 그의 탯줄 보자기[135]에 적힌 그의 성씨는 니이하라도 마쓰무라도 아쿠타가와도 아니었고 전혀 다른 성이었다고 당시의 목격자 오아나 류이치가 진술하고 있다.

이렇게 되면 당연히 아쿠타가와의 친아버지는 누구일까라는 의문이 문제가 된다. 그리고 그것이 문제시되자, 후에 아쿠타가와가,

'인생의 비극의 1막은 부모와 자식이 되었을 때 시작된다'라고 말하거나, '4분의 1은 나의 유전, 4분의 1은 나의 처지, 4분의 1은 나의 우연,—나의 책임은 (나머지) 4분의 1뿐이다'라고 말한 것에 주목하여 거기에 어떤 깊은 의미가 내재되어 있는 것으로 해석되기도 했고, 더 나아가 그가, 조카를 임신시킨 시마사키 도손을 맹비난했던 것까지 제

---

135 입관 시 보관해 왔던 망자의 탯줄과 함께 유해를 관에 넣는 풍습이 있음.

시하며 그의 출생에 대해 여러 추측을 하기도 했다.

물론 이러한 것들은 모두가 의문과 상상과 가정 위에 성립한 것으로 뭐라 단언할 수 없지만, 그의 도가 넘은 자기혐오, 어두운 부자관(父子觀), 심한 수치심 등을 종합하여 생각해 보면, 어쩌면 그럴 수도 있다는 추측이 가능하다.

어쨌든 아쿠타가와의 성격과 행동에 퇴폐적 경향이 강한 것은 확실했고 그것은 유흥을 즐기는 일면에서도 나타나 있다. 그 당시 그의 친한 친구들 기쿠치, 구메, 우노[136] 같은 자들은 꽤 빈번히 화류계를 드나들었는데, 아쿠타가와는 그 정도는 아니었다. 물론 다소 출입은 했지만 대부분 '단순한 사귐' 이상의 선은 넘지 않았던 것 같다.

필자도 그 당시 몇 차례인가 그러한 술자리에 아쿠타가와와 동석한 적이 있는데, 매우 요령 좋게 즐기고는 있지만 그가 술자리 여자들에게 강한 흥미를 갖고 있다고는 느껴지지 않았다. 아마도 다이쇼시대의 도쿄 기생은 그에게는 너무 명랑하고, 너무 건강하고, 돈을 좋아했을 뿐, 매혹적으로 비쳐지지는 않았던 것 같다.

그 대신 같은 유흥이라도 더 어두운 것, 더 짓궂은 것, 더 노골적인 것, 더 병적인 것—요컨대 퇴폐적인 것에는 그는 적지않이 흥미를 느꼈던 것 같다.

한때 아사쿠사(浅草)의 한 요정에 나체춤을 추는 여자가 온 적이 있었다. 요즈음의 스트립쇼의 원조라 할 수 있겠는데, 그녀의,

---

136 우노 고지(宇野浩二, 1891~1961) 소설가.

"아쿠타가와 선생님은 가끔 뵙고 있어요"

라는 말을 듣고 그의 빠른 행동에 모두가 놀랐다.

또 어느 여름, 사토미 톤(里見弴)과 구메 마사오와 필자 셋이서 사토미 집 근처 아마추어 매춘집(素人淫売屋)[137]을 방문한 적이 있다. 다음날 아침 요쓰야(四谷) 도로변 빙수가게에 들러 목을 축이고 있자,

"어이, 저것 좀 봐."

라고 외치고 구메가 왕래하는 사람들 쪽을 가리켰다.

가리킨 쪽을 보자 아쿠타가와가 친구와 함께 우리들이 막 나온 집 쪽으로 걷고 있는 것이었다.

"필시 그 집에 가는 거야."

라고 말하면서 구메가 용기를 내 그들의 뒤를 쫓았다. 구메의 예상은 적중했다.

당시 도쿄에는 그런 집들이 여기저기 있었는데 평범한 가정집을 가장하여 극비밀리 영업을 하고 있었기 때문에 베테랑이 아니면 그 존재를 알 리 없었다. 사토미는 자신의 집 근처인 관계로 우연히 그 집을 알았던 것 같은데 아쿠타가와는 다바타(田端) 끝 쪽에 살고 있는데도 그 집을 알고 있다는 사실에 놀랐다.

이러한 일면에서 보여지는 아쿠타가와의 성행(性行)은 분명히 어둡고, 건강하지 않고, 병적이기까지 했다. 그 점에서 그는 나가이 가후에 이은 세기말적 존재이었음에 틀림없지만 단지 그가 가후와 다른 점은

---

137 지금의 여대생과 같은 매춘 전문이 아닌 여성들 데리고 운영하는 요정 같은 곳

그가 그리 행한 자신에 대해 엄격한 반성을 함과 동시에 끊임없이 스스로를 채찍질하고 있는 것이었다.

모럴리스트 아쿠타가와

그의 자기반성과 자학(自虐)에 관해 설명하기 위해, 필자는 여기에 한 에피소드를 소개하겠다. 대지진이 있던 그해 여름, 가마쿠라 나의 집에서 어느 만담가(落語家)의 에도고바나시(江戶小咄)[138]를 들었을 때의 일이다. 그날 밤은 때마침 가마쿠라에 와 있던 문사들이 방문해 주었는데 그중에 아쿠타가와와 함께 오카모토 가노코 부부도 와 있었다. 만담가의 만담(小咄)이 끝나자 오카모토 부부를 비롯해서 모두가 돌아갔고 나중에 남은 사람은 구메, 오아나 등 친한 사람만 남아 있었다. 그러자 아쿠타가와가 갑자기 오카모토 가노코 욕을 하기 시작했다. 여간해서 볼 수 없을 정도로 격하고 더러운 말투로 비난하는 것이었다. 당시 나는 아쿠타가와와 가노코와의 관계를 전혀 몰랐기 때문에 그가 왜 그렇게 그녀를 안 좋게 얘기하는가에 대해 이해하지 못했다. 그런데 지금 생각해 보니, 그것은 아쿠타가와의 자기비판적 행동이었다.

---

138 만담가가 만담을 시작할 때 들려주는 짧은 이야기.

그날 아쿠타가와와 가노코 부부는 정거장 뒤쪽 같은 여관에 묵고 있었다. 애인과 그녀의 남편과 셋이서 동숙한다는 것이 감상적이고 예민한 아쿠타가와에게 어떤 생각을 하게 했는가는 대략 상상이 간다.

좀처럼 흔들리는 모습을 보이지 않은 아쿠타가와가, 그때 그런 행동을 보인 것은, 자신을 이러한 지옥으로 떨어뜨린 자—결국은 자기 자신에 대한 맹렬한 비난이었다는 해석이 정당하다고 생각된다.

이러한 그의 고뇌를 도덕적 고뇌로 해석하는 것을 아쿠타가와는 거부했다.

그는 자신을 도덕성을 갖추지 않은 인간이라고 말하고 싶어 했던 것 같다.

'나는 예술적 양심을 비롯하여 어떠한 양심도 지니고 있지 않다. 내가 지니고 있는 것은 신경뿐이다.'
라고 말하기도 했고,

'사랑 때문에? 문학청년 냄새 풍기는 사탕발림 말은 적당히 해. 나는 단지 정사(情事)에 굴복했을 뿐이다.'
라고 말하기도 했던 그는 한결같이 자기 자신을 도덕적 감정 너머에 있는 인간으로 인식시키려하는 것처럼 보인다.

그러나 실제로는 아쿠타가와 만큼 '도덕'과 '양심'을 의식한 작가는 그의 동시대에는 없었다는 것은 그의 작품 『어리석은 자의 말(侏儒の言葉)』을 읽어봐도 알 수 있다. 그가 '도덕'과 '양심'에 정색하고 도전해야 했던 것은, 그가 본질적으로 그것들을 얼마나 의식하고 있었는가에 대해 설명하는 것에 지나지 않는다.

그러나 이러한 그도 죽음이 가까워짐에 따라 조금씩 정직하게 자기의 투쟁과 고뇌의 정체를 느꼈던 것 같다. 그는 스스로를 '세기말 악귀'에게 시달리고 있는 인간이라고 고백한다.

그리고 그에 내재되어 있는 '세기말 악귀'는 그에게 모든 악덕과 죄(과실)를 범하게 함으로써 그를 '정신적 파탄'으로 안내했다고 느낀다.

나는 너무 피곤하여 문득 라디게(Raymond Radiguet, 1903~1923)[139]의 임종 때의 말을 읽고, 다시 한 번 신들의 웃음소리를 느꼈다. 그것은 "신의 병졸들이 나를 잡으러 온다"라는 말이었다. 그는 그의 미신(迷信)과 그의 감상주의와 투쟁하려 했다. 그러나 어떠한 투쟁도 육체적으로 그에게는 불가능했다. '세기말 악귀'는 실제로 그를 학대하고 있음에 틀림없었다. 그는 신을 힘으로 한 중세기 사람들이 부러웠다. 그러나 신을 믿는 것은—신의 사랑을 믿는 것은 도저히 그는 불가능했다. 아, 콕토(Jean Cocteau, 1889~1963)[140]도 믿었던 신을!'(『어느 바보의 일생』)

이것이 그가 죽음을 눈앞에 두었을 때의 생(生)의 끝맺는 말(結語)인데, 생각해 보면 그것은 종교적 참회이다.

그리고 그가 신을 부를 수 없었던 것은 콕토처럼 단지 어렸을 때부터 그와 같은 습관을 지니지 않았기 때문이다.

이렇게 아쿠타가와는 근대 작가로서는 가장 고풍의 퇴폐를 몸에 지니고 세상에 나와 가장 고풍스럽게(따라서 성실하게) 사랑하기도 하고, 투쟁하기도 하고, 그리고 고뇌하기도 하며 결국에 스스로 세상을 떠

---

139 프랑스 소설가. 대표작『육체의 악마』.

140 프랑스 작가. 시, 소설, 연극, 회화, 영화, 음악, 무용의 모든 분야에서 참신한 창작을 시도.

났다.

'시인 아쿠타가와는 새롭고 예민했지만, 모럴리스트 아쿠타가와는 낡고 범용(凡庸)했다'고 누군가가 말한 것은 바른 평가이다. 시인 아쿠타가와의 사랑은 새로웠을 지도 모른다. 그러나 그의 도덕은 그리 새롭지는 않았다. 때문에 그는 도덕을 무시하려 했으나 그의 고전적 '피'가 그것을 허용하지 않았다. 여기에 그의 '정신적 파멸'의 원인이 있었다고 할 수 있다.

어쨌든 그의 연애에는 가장 다이쇼기다운 화려함과 어두움이 동시에 존재하고 있었다는 것만큼은 틀림없는 사실이었던 것 같다.

작가와 여제자

사제(師弟)의 사랑

　교사와 여학생 사이의 연애 이야기가 그리 비난을 받지 않고 사람들의 화제에 오르게 된 것은 패전 후의 일이지만, 일반적으로 '스승님'으로 불리는 예능가─음곡(音曲), 무용, 유예(遊藝)로 시작하여, 다도, 꽃꽂이, 나아가 댄스, 안마에 이르기까지 남자 스승과 여제자 사이에 연애나 정사(情事) 추문이 많은 것은 새삼스러운 일이 아니다.

　그런데 문학작가와 여제자 내지는 여성 팬과의 관계는 일부 사람들이 상상할지도 모를 정도로 외설적인 것이 아니라, 대체로 깨끗하고 담백한 경우가 많았던 것 같다. 물론 예외는 어느 사회에도 있다. 메이지 이후의 작가들 중에도 접근해 오는 여성에게 손을 댄 자도 있지만 그런 경우는 아주 드물다. 그런데 그런 자들은 상당한 재능을 가지고 있으면서 대성하지 못한 것을 보면 문단이란 곳도 엄격한 윤리의식이 적용되고 있었는지도 모른다.

　대개 문학세계는 개인의 실력만이 말해주는 세계다. 아무리 훌륭하고 유력한 스승을 모시고 있어도 본인의 작품이 미숙하면 세상에 나올 수 없다. 게다가 그 작품이 좋은지 나쁜지를 결정하는 자는 결국 독자다. 아무리 수완이 좋은 저널리스트라도 대중의 취향과 선택에 반하여 유행작가를 제조할 수는 없는 것이다.

　그런데 일반 예능계를 보면, 스승의 감정이 제자의 운명에 영향을 주는 경향이 강하다. 아무리 재능있는 제자라도 종가와 스승과의 관계가 소원하거나, 스승의 눈에 잘 띄지 않으면 평생 두각을 낼 수가 없는 것은 단순히 만담가의 세계뿐만이 아니다. 때문에 제자들은 가능한 모든 수단을 동원하여 스승의 호의를 사려고 노력한다. 모든 수단이라고는 하지만 이것이 남자끼리, 여자끼리의 사제관계라면 그 수단도 간단하다. 열심히 연습하여 스승의 마음을 움직이게 하든지, 금전이나 선물로 호의를 사든지, 갖가지 아부로 홀리든가 하면 가능할 수도 있다. 그런데 이것이 이성간의 사제관계일 경우에는, 특히 남자 스승과 여제자일 경우에는 거기에 성 상납이라는 수단이 더해지기 때문에 여기에 더욱 복잡한 현상이 발생하는 것이다.

문학자와 여제자의 경우에는 대체로 그러한 복잡한 거래는 생기지 않는다. 그것은 거래의 이용가치가 적은 세계이기 때문이기도 하지만, 양자의 동기가 순수하기 때문이기도 하다. 하지만 그 만큼 두 사람 사이에 숨 막히는 듯한 열정이 생기는 경우도 드물지 않아, 그 사례도 얼마간 문학사에 기록되어 있다.

대개 한 젊은 여성이 남성작가에게 문학 수업 지도를 의뢰했을 경우, 얼마간의 존경과 신뢰하는 마음으로 오는 경우가 보통이다. 하기야 이러한 희망자들도 아주 다양하여 개중에는 꽤 수상한 자도 있다. 필자의 젊은 시절의 경험에 의하면, 선생님의 작품을 애독하고 있다든가, 자신의 작품을 읽어 봐 달라든가 하며 접근해오는 여자를 만나 보면 나의 작품은 하나도 읽지도 않고, 허접한 단가 몇 수 내밀고 이걸로 자신의 문학적 재능을 판단해 달라고 한다. 그중에는 멀리 규슈(九州)에서 일부러 부친과 함께 방문하고서는, 아직 독신인 나의 집에 기숙하면서 배우게 해달라고 부탁한다. 어떤 잡지를 애독하고 있는지 물으면 『여학세계(女学世界)』라고 대답한 아가씨도 있었다.

가와사키 초타로(川崎長太郎, 1901~1985)의 소설 등을 보면, 이러한 지
각없는 여자는 옛날이나 지금이나 흔히 볼 수 있는데, 이러한 것은 논
외다. 멈출 수 없는 문학적 열망에 작가를 지망하여 누군가를 스승으
로 모셔 작가 수업을 하려는 여성의 경우, 작가에 대한 강한 동경과 존
경과 정열이 전제가 되는 것은 당연하지만, 그러한 존경이나 열정과
연정과의 거리는 불과 종이 한 장이다. 대부분의 경우는 처음부터 잠
복성(潛伏性) 연정을 가지고 작가에게 접근해 온다. 이 연정을 영구히 잠
복성인 채로 끝낼 것인가 아니면 연애로 발전시킬 것인가는 대부분의
경우 스승의 태도 여하에 따라 결론이 나겠지만, 그중에는 상당히 근
엄하고 신중한 작가였던 자가 여제자와 사랑에 빠진 결과, 가정이 파
탄나고, 자신을 잃고 끝내는 스스로 문단을 떠난 사례도 왕왕 있다.

필자는 그러한 사제 간의 사랑을 내 주변에서 여러 번 봐 왔다. 물
론 그중에는 사랑으로 스스로를 성장시킨 결과, 혹은 사랑을 슬기롭게
삶의 디딤대로 하여 오늘날 성공리에 세상에 등장한 여류작가도 있지
만, 대부분의 경우는 사랑 때문에 스스로 파멸하고, 상대방에게 상처
를 주고, 어딘가로 모습을 감추고 있다.

여기서 나는 이미 세상에 알려진 저명한 작가와 여제자와의 애정
담을, 그 시대와 관련하여 문학사적 의의를 타진해 보겠다.

히구치 이치요의 짝사랑

　메이지시대의 최고 걸작으로 일컬어지는『키재기(たけくらべ, 1895, 1896)』의 작자 히구치 이치요(樋口一葉, 1872~1896)가 스승으로 택한 자는 나카라이 도스이(半井桃水, 1861~1926)였다. 나카라이 도스이라 해도 오늘날 독자 대부분은 모를 정도로 그의 작가로서의 지위는 낮다. 업적이나 재능 면에서도 탐탁치 않다. 그런데도 이치요 정도의 천재적 여류작가가 왜 일부러 스승으로 모시기를 스스로 택했던 것일까. 객관적으로 생각해 보면 잘 이해가 되지 않지만 어쩌면 이치요 쪽에서 도스이에 대한 연정이 어렴풋이나마 있었던 것은 아닐까.

　그러나 이치요는 애초부터 연정을 품고 도스이에게 접근한 것은 아니었다.

　이치요가 처음 도스이를 방문한 것은 스무살이 되던 해 봄, 1891(메이지 24)년 4월이었다.메이지 24년은 오가이(森鴎外)의『편지 배달꾼(文づかい)』『수말집(水沫集)』, 고요(尾崎紅葉)의『두 여인(二人の女房)』, 로한(幸田露半)의『풍류불(風流佛)』『오층탑(五重塔)』이 나온 해로 이른바 紅露逍鴎[141]의 4대 작가의 전성기였다. 때문에 오늘날 상식적으로 생각하면, 이치요는 당연히 이들 4대 작가 중 한 사람에게 붙어 자신의 재능을 키워야 했었고, 이치요 자신도 그리 생각했을지도 모르지만, 결국 그녀

---

141 尾崎紅葉, 幸田露半, 坪内逍遥, 森鴎外.

는 당시 3류 작가에 지나지 않은 도스이 문을 두드렸다는 점에 대해 과
연 이치요다운 서민적 성격과 심리를 엿볼 수 있다.

이보다 먼저 약 5년 전부터 이치요는 나카지마 우타코(中島歌子,
1841~1903)[142] 문하로 들어가 와카(和歌)를 배웠다. 나카지마 우타코는 미
토(水戸) 근왕파(勤王派)[143] 지사(志士)의 미망인으로 와카 교습소(하기노 야
萩の舍)에는 당시의 명사 부인이나 영애(令愛)들이 구름처럼 모였는데
그 사숙(私塾)에서의 이치요의 일상은 그리 즐겁지는 않았다. 그녀에게
는 가난한 지방관리의 딸로 태어난 열등감이 있었고 그 때문에 매사에
조심스럽고 소극적이어서 사람들은 그녀를 가리켜 '수줍은 낭자'라 부
르며 깔봤다.

이 쓰라린 경험으로 그녀는 평생 두 번 다시 명가의 문을 두드리지
않겠다고 결심했다. 물론 당시의 로한과 오가이 문하(門下)는 나카지마
우타코의 문하처럼 북적대지는 않았고 고요의 문하는 교카(泉鏡花)나
슈세이(徳田秋声)를 비롯하여 가난한 서생들의 아지트와 같았지만, 한때
명문 문턱에 서있던 그녀가 두 번 다시 일류 문하에 들어가려 하지 않
았던 기분은 이해가 된다.

그 당시 도스이는 아직 30대 초반의 독신으로 아사히(朝日)신문 기
자였다. 요즈음의 신문, 연재소설은 모두 사외(社外)의 작가에게 의뢰
하는 게 보통인데, 당시 신문소설은 사내의 글재주가 있는 자가 쓰
는 것이 보통이었다. 도스이도 기자 겸 작가로, 많은 식구들을 부양

---

142 歌人.

143 에도시대 말기 조정을 위해 도쿠가와 막부 타도를 꾀했던 존왕파(尊王派).

하며 꽤 가난하게 살고 있었다. 가난하다는 점에서는 이치요는 그보다 더 가난했으며, 2년 전에 이미 부친을 잃고 모친과 여동생과 함께 바느질이나 빨래로 생계를 지탱했던 그들은, 때로는 하루에 두 끼로 사는 일이 허다했다. 그녀는 어떻게 해서든 문필로 가족을 부양하려했다. 쓰라린 고생을 꾹 참고 나카지마 우타코의 교습소 하기노 야((萩の舍)에 다녔던 것도 이 때문이었는데, 동문 다나베 다쓰코(田邊龍子, 1869~1943)[144] 소설『덤불 속 꾀꼬리(藪の鶯, 1888)』를 출판하여 호평을 받는 것을 보고, 그녀도 소설을 쓰려고 다짐하고 먼저 도스이를 찾아 간 것이었다.

도스이는 기꺼이 그녀를 만나 찾아온 이유를 들었다.

"나의 작품은 졸작이고 당신의 스승이 될 자격은 없지만 세상의 고생만큼은 누구보다 잘 알고 있소. 그대도 여러 가지로 꽤 고생한 것 같으니 뭐라도 상담역은 되어드리지요."

도스이는 이렇게 답했지만 이 말이 이치요에게는 눈물이 날 정도로 기뻤다. 사실 당시의 이치요에게는 학문과 창작의 지도도 고맙지만 그보다 같은 처지에서 위로해 주고 격려해 주는 사람이 필요했던 것이다. 그리고 그러한 격려는 나카지마 우타코한테서는 결코 얻을 수 없는 것이었다.

이치요의 감정은 그를 처음 만났을 때부터 이미 이상하게 전율을 느낀 것처럼 보인다. 그녀는 그날의 일을 일기에 자세히 도스이의 용

---

144 후에 미야케 가호(三宅花圃)로 개명. 소설가.

모까지 적고 있다.

　'혈색이 좋고 온화한 분위기에 살짝 미소짓는 모습은 정말 세 살배기 어린애처럼 느껴졌다.'라고……

　그후 이치요는 5일, 10일에 한 번 도스이의 자택 아니면 하숙집에서 그녀의 습작 보여주고 지적받는 식으로 지도를 받았는데, 도스이는 지도 외에도 그녀의 생계에도 관심을 보이며 어려운 일이 있으면 언제든지 얘기하라고 주문하기도 했다. 그리고 실제로 이치요가 절박했을 때 소액의 융통을 부탁하자 도스이는 사람을 전당포에 보내 돈을 변통해 주었다.

　이러한 관계에서 그녀의 도스이에 대한 신뢰와 애정은 점점 깊어 갔지만, 그녀 자신도 이게 이성 감정이라고는 생각하지도 느끼지도 않았다.

　그런데 어느날, 이치요의 여동생이 어디서, 도스이가 대단한 난봉꾼이라는 소문을 듣고 와, 언니 이치요에게 전했다. 물론 도스이는 당시 신문기자인 만큼 유곽에 출입은 했지만 그렇게 유흥에 빠진 방탕한 사람은 아니었다. 그러나 이 보고는 아직까지 세속적 경험이 없는 20세 처녀에게는 충격이었다. 그녀는 고민했다. 3일간 식음을 전폐할 정도로 고뇌했다. 그리고 그러던 중 그녀는 비로소 자신이 도스이를 사랑하고 있음을 자각하기 시작했다. 사랑이 아니면 이처럼 고뇌할 필요가 없지 않는가.

　시간이 지나 그녀의 마음도 어느 정도는 진정되고 나서 이치요는 도스이를 찾아가 그에 대한 소문 이야기를 꺼냈다. 도스이는 얼굴을 붉히고,

"나는 그 소문과는 멀지 않은 품행이 안 좋은 남자요. 나는 솔직히 인정합니다. 그러나 당신한테만큼은 어디까지나 청결한 문학가이고 앞으로도 청결하고 싶다고 원하고 있으니 그것만큼은 믿어주시오."
라고 대답했다. 이치요는 도스이의 정직함에 감동하면서도 뭔가 은밀한 미흡함과 실망을 느끼지 않을 수 없었다.

그러나 그때부터 그녀와 도스이와의 관계가 '하기노 야' 문하생들 사이에 갖가지 소문이 나돌았다. 어느날 그녀와 친하게 지냈던 이토 나쓰코(伊東夏子)가 그녀를 별실로 불러,

"너, 가문의 명예가 얼마나 중요한 건지 알아?"

이렇게 말을 꺼내면서 도스이와 사제관계를 끊을 것을 충고했다. 생각다 못해 이치요가 나카지마 우타코에게 상담을 청하자,

"어머, 넌 나카라이 씨와 결혼하는 게 아니었어?"
라고 반문하면서, 결혼할 생각도 없는 젊은 남자와 교제하다니 당치않다고 말했다.

이치요는 도스이와 헤어지기로 마음먹었다. 그리고 어느날, 그를 방문하여 그 경위를 이야기하자,

"음, 그 소문 때문에 나도 전부터 당신한테 피해가 갈까봐 걱정하고 있었지요. 게다가 나의 문학자로서의 능력 또한 당신의 스승이 되기에는 역부족입니다. 그래서 나는 지금 오자키 고요(尾崎紅葉) 문하에 당신을 입문시키려고 연줄을 찾고 있어요."

도스이 말을 들은 이치요는 그의 정직하고 이타주의적 인격에 감동해버렸다.

"아니에요, 저는 선생님 말고 다른 스승을 모실 생각이 없습니다.

고요 선생님 같은 분 정말 싫습니다."

조금 전의 결심과는 정반대로 말해버리고 말았다. 하지만 너무 소문이 퍼지면 곤란하다는 이유로, 앞으로는 자주 만나지 않기로 하자고 약속했다.

그러나 이렇게 도스이를 볼 수 없는 날이 계속되자 이치요의 사모의 정은 한층 더해졌다. 그녀는 매일같이 도스이를 생각하며 보냈다.

'어느 때는 싫고, 어떤 때는 그립고, 멀리서나마 소문을 듣고는 가슴이 두근거리고 눈앞의 편지를 보고 눈물에 목이 메어 심란(心亂)한 채 갈피를 잡지 못한지가 40여일. ……지금 생각해 보면 이것은 인생에 반드시 한 번 쯤은 겪어야 할 마물(魔物)이 아닐까.'
라고 이치요가 일기에 쓴 것도 그 무렵이었다.

그런데 그때쯤 이치요의 운명의 길은 별안간 확 열렸다. 그녀가 다나베 다쓰코의 주선으로 『미야코노 하나(都の花)』[145]에 투고한 『파묻힌 나무(うもれ木, 1892)』가 발표되자 바로 문단의 호평과 함께 세인의 주목을 받기 시작했다. 특히 당시의 낭만주의 작가들, 특히 『문학계(文学界)』[146]의 젊은 문학자 바바 고초(馬場孤蝶, 1869~1940)[147], 우에다 빈(上田敏), 도가와 슈코쓰(戸川秋骨, 1871~1939)[148] 등이 감동하여 그녀의 집을 방문하기 시작했기 때문이다. 그녀는 젊은 문학자들의 감동에 힘을 얻어

---

145 일본 최초의 상업 문예잡지. 1883~1893 金港堂刊. 幸田露伴, 二葉亭四迷, 尾崎紅葉 등의 대표작이 실림.

146 메이지기의 낭만주의 월간 문예잡지. 1893.1~1898.1.

147 영문학자, 평론가, 번역가. 게이오대학 교수.

148 평론가, 영문학자, 수필가.

『키재기』, 『탁한 강(りごり江, 1895)』, 『13야(十三夜, 1895)』 등의 걸작을 차례로 『문학계』, 『문예구라부(文芸倶楽部)』[149]에 발표했다. 그녀의 이름은 삽시간에 알려져 고요 문하의 이즈미 교카와 더불어 신인작가 쌍벽을 구가했다. 그러나 얄궂게도 도스이 작품에 대한 세간의 평가는 그 전부터 점점 나빠져 갔다. 그의 작품은 신문에도 잡지에도 실리지 않게 되었다. 그는 생활이 점점 어려워졌다. 그리고는 간다(神田) 부근에 작은 가게를 내고 겨우 입에 풀칠할 정도로 살았다. 하지만 이치요의 도스이에 대한 사모의 정은 조금도 희석되지 않았다. 그녀는 몰래 도스이를 방문하고는 원고료 일부를 건네주곤 했다. 도스이가 이를 사양하자 그녀는 "제가 이렇게 된 것은 선생님 덕분이니까요." 혹은 "우리는 남매니까요"라고 말하며 억지로라도 그 돈을 받게 했다.

그러나 이치요의 행복도 길게 가지 않았다. 1896년 4월, 그녀의 최고 걸작 『키재기』가 『문예구라부(文芸倶楽部)』에 발표되어 문단을 통틀어 절찬을 받았을 때는, 그녀는 이미 폐병에 걸려 병상에 눕게 되었다. 그리고 그해 가을, 분쿄구(文京区) 후쿠야마초(福山町) 그녀의 자택 뜰에 노란 국화, 흰 국화가 만발했던 날, 그녀는 편안히 숨을 거두었다. 그녀의 나이 25세였다.

그녀의 장례는 문단의 애도 속에 차분하게 치러졌다. 거기에는 도스이도 참석하고 있었지만 그는 항상 방구석에 쪼그려 앉아 있었다. 불우(不遇)의 밑바닥으로 떨어져버린 그는 자신이 그 곳에 얼굴을 내미

---

[149] 1895.1~1933.1. 博文館이 출판한 순수문예지.

는 것이, 훌륭한 제자의 죽음에 먹칠하는 게 아닐까 걱정하고 있는 듯했다. 그는 끝내 이치요로부터 사랑받고 있다는 사실을 전혀 몰랐다.

이치요의 문학 스승으로서의 도스이는 분명히 범용(凡庸)했다. 그는 이치요에게 아무것도 지도할 수 없었던 것처럼 보인다. 그러나 이치요의 문학이 동시대 작가 누구한테도 큰 영향을 받지 않은 것은, 이치요에 있어서도 또 우리에게도 정말 고마운 일이다. 만약 그녀가 당시 오자키 고요 문하로 들어가 그의 영향을 받았더라면, 그녀의 문학은 어땠을까? 이른바 겐유샤(硯友社)[150]의 일류 여성작가로 화려한 작품을 썼을지는 모르겠으나, 그 견실하고 섬세한 사실풍의 서민문학을 낳을 수 있었는지는 의문이다.

그러나 도스이는 그녀에게 아무것도 주지 않은 것은 아니다. 이치요가 극빈 상황 속에서 그 정도의 작품을 쓸 수 있었던 것에는 역시 똑같이 가난했던 서민 도스이의 동정과 원조와 격려가 있었다는 사실을 무시해서는 안 된다. 뿐만 아니라 도스이는 그녀에게 일생 한 번의 사랑을 느끼게 했다. 그녀의 이 짝사랑의 상처가 그녀의 작품 속에 어떠한 형태의 상흔으로 남아 있을까. 그녀의 신선하고 아름다운 작품들이 이러한 고통스러운 짝사랑 속에서 쓰여졌다는 것은, 그것만으로도 의미깊은 일이다.

이치요도 훌륭한 스승의 은혜를 받지 못한 것은 결코 아니었다.

---

[150] 메이지 시기의 문학결사. 1885年, 尾崎紅葉, 山田美妙 등에 의해 결성됨. 1903년 尾崎紅葉가 죽자 해체됨.

이치요와 소세키

　여담이지만, 히구치 이치요와 나쓰메 소세키 사이에 연애가 존재했었다든가 결혼을 약속했었다는 소문이 난 적이 있다.

　사실은 이치요의 아버지와 소세키 아버지와는 같은 때 도쿄시청인가 어딘가에 근무한 적이 있어 동료로서의 교분이 있었다. 때문에 히구치 집안 소식은 나쓰메가(家)에서도 잘 알고 있어 장녀 나쓰코(夏子, 이치요의 본명)가 재능이 많다는 것도 자주 나쓰메 집안 사람들의 화제에 오르기도 했다. 그런데 집안사람들 이야기 속에서 나쓰코를 소세키 형과 맺어주면 어떨까하는 얘기가 나온 것은 사실인 것 같다. 그러나 그 전부터 히구치가에서는 폐병을 앓고 있는 장남(이치요의 오빠) 때문에 아주 가난하여 그녀의 부친은 여기저기 친한 동료한테 돈을 빌리는 식이었다. 소세끼 부친도 돈을 빌려준 사람 중 하나여서,

　"히구치 딸은 아주 영리하여 탐나지만 아버지가 있어서 안 돼. 결혼하면 그 사람 생활까지 고려해야 해."

라고 말하고는 혼담은 그대로 묻히고 말았다. 그때가 이치요 나이 16세, 그리고 얼마 안 있어 그녀의 부친이 세상을 떠났고, 이치요는 도스이를 방문했던 것이다. 이치요 보다 여섯 살 위인 소세키는 이러한 경위를 물론 잘 알고 있었기 때문에, 그후 이치요의 문학적 성공에 누구보다 더 관심을 보이고 있었던 것 같다. 그것에 대해 소세키가 뭔가 쓰고 있는지 어쩐지는 확실하지 않다.

뎃칸과 아키코

문학자와 여제자와의 대표적인 연애는 요사노 뎃칸(与謝野鉄幹, 1873~1935)과 아키코(与謝野晶子, 1878~1942)의 연애일 것이다. 이것은 가장 순수한 사제 간의 연애이고 오로지 문학을 향한 열정을 통해 탄생한 사랑이었고 완전한 문학 결혼의 모델이었다.

아키코가 처음 뎃칸을 만난 것은 1900년 8월로 알려져 있다. 이보다 십수년 전 뎃칸이 아직 오사카 히사요시(住吉) 안요지(安養寺) 동자승이었을 때, 사카이(堺)의 스루가야(駿河屋, 아키코의 생가)[151]에 양갱인가 뭔가를 사러 심부름을 가게 되어 우연히 그곳에 있던 아키코를 보게 되었다는 이야기가 전해지는데, 당시 뎃칸은 12세, 아키코는 7세였기 때문에 그때의 두 사람의 만남은 애정과는 관계가 없는 듯하다.

그해(1900, 明治33) 4월, 뎃칸은 가도(歌道)의 스승 오치아이 나오부미(落合直文, 1861~1903)[152]와 결별한 후, 신시샤(新詩社)'[153]를 창설 시가(詩歌) 잡지『명성(明星)』을 발간하여 새로운 단가(短歌)운동을 발족시켰다. 이때 오사카에는 가와이 스이메이(河井醉茗, 1874~1965)[154]가 있었고, 낭화청

---

151 제과점. 양갱, 생과자로 유명함.

152 歌人, 국문학자. 조선어학자 아유카이 후사노신(鮎貝房之進)의 동생.

153 1899년 11월 창설된 문학결사. 1900년 4월『明星』창간.

154 오사카 출신 시인.

년문학계(浪華靑年文学界)155와 같은 단체도 생겨, 뎃칸은 그들과 연락을 하기 위해 오사카로 갔다. 이때가 아키코가 막 20세가 되던 해였으며 뎃칸과 운명적으로 만났던 해였다.

당시 아키코는 아직 사카이(堺) 친정에 있었다. 사카이의 스루가야(駿河屋) 하면 상인이면서 교양이 높은 전통있는 집안으로 알려져 있었는데, 아키코는 이 집의 화려한 것을 좋아하는 장녀로 커가면서 자신의 무위도식의 중압감에 시달리고 있었다. 어렸을 때부터 즐겨 읽었던 『겐지이야기(源氏物語)』, 『신고금집(新古今集)』 등의 영향으로 조금씩 단가 등도 짓고 있던 터라, 뎃칸이 오사카에 온다는 소식을 듣고 그녀는 두근거리는 마음으로 모임에 출석했다.

모임은 오오카와초(大川町) 어느 여관집 2층에서 열렸다. 두 사람은 처음 만났다. 이것이 소설이라면 갑자기 여기서 사랑이 이루워질지도 모르겠으나, 현실적으로 사카이의 아가씨는 그렇게 단적으로 행동하지 않는다. 그녀는 뎃칸의 얼굴을 보고 그저 이야기만 듣고 집으로 돌아왔다. 단지 이때 소녀 가인(歌人) 야마카와 도미코(山川登美子, 1879~1909)를 소개받아 앞으로 친하게 지낼 것을 약속한 것이 그날의 수확이었다.

그런데 제2의 기회가 열흘 후에 왔다. 그날 이후 고베(神戸)와 오카야마(岡山)로 강연갔던 뎃칸이 다시 오사카로 돌아 와 재차 하마테라(浜寺)에서 단가모임(歌会)을 가졌다. 아키코도 도미코도 물론 출석했다.

---

155 간사이(関西)지방 새로운 문학운동의 선구역할을 했음. 中村吉蔵·高須梅渓가 발기하여 「小年文集」「文庫」「新声」등에 투고한 자들을 중심으로 창립.

이때는 전의 모임보다 출석자가 적었기 때문인지 그들은 뎃칸과 아주 친해졌다. 그리고 모임이 끝난 후에도 두 사람은 여관에 남아 뎃칸과 셋이서 하마테라 해안을 산책하기도 했다. 그날의 풍류는 세 사람의 감정을 견고하게 결합시켜 줬다. 뎃칸의 감정은 어쨌든, 아키코와 도미코 두 사람이 모두 뎃칸을 사모하게 되었다. 동시에 이 두 여제자 사이에도 서로 친근감을 느끼게 되었다.

일반적으로 이러한 삼각관계—한 남자를 둘러싼 두 여자의 관계—에 있어서는 여자끼리의 강한 경쟁심과 적대의식이 생기는 것이 보통이다. 아키코와 도미코 사이에도 그러한 심리적 갈등이 전혀 없었다고는 할 수 없겠지만, 그것보다도 그들은 같은 사람을 함께 존경하고 사랑하고 있다는 공통의식에 의해 서로 친애의 정을 돈독히 했던 것 같다.

어쨌든 그날만큼은 격렬한 사랑의 불꽃이 아키코 가슴에 불타올랐다는 것은 분명하고, 그 뒤부터는 도쿄로 돌아간 뎃칸과 자주 편지 연락을 하면서 타오르는 연심을 솔직하게 시(詩)로 표현했다. 아키코의 최초의 가집(歌集) 『흐트러진 머리(みだれ髪, 1901)』가 후지시마 다케지(藤島武二, 1867~1943)[156]의 아름다운 표지와 함께 세상에 나온 것은 다음 해 8월, 그녀가 상경한지 얼마 안 되었을 때였는데, 이 가집에 나와 있는 참신하고 대담한 연가(戀歌)는 그 모두가 당시 그녀의 가슴에 타올랐던 격렬하고 아름다운 불꽃의 모습이었다.

---

156 서양화가. 낭만주의적 화풍.

한편 도미코도 스승에 대한 연모의 정은 결코 아키코에 뒤떨어지지 않았지만, 그녀의 성격은 아키코만큼 분방하고 맹목적이지 않았다. 그녀는 뎃칸에게 처자가 있다는 것도 생각해야 했다. 게다가 그녀의 부친이 고향 와카사(若狹)[157]에서 그녀의 결혼을 준비하고 있었던 것도 무시할 수 없었다. 그녀는 뎃칸을 향한 연심을 버리고 부친의 의향에 따를 것을 고려하고 있었다.

두 여제자의 이러한 극단과 소극 사이에서 무언가 결정하려는 듯 그해 11월 뎃칸은 재차 간사이로 왔다. 세 사람은 교토에서 만나 히가시야마(東山) 단풍을 구경했다. 그리고 그날 밤은 교토의 한 여관에서 1박을 했으나 그날 밤은 세 사람의 운명을 결정지었던 것 같다.

방을 사이에 두고 가끔씩 들리는 당신의 숨소리, 그날밤 저는 하얀 매화를 안고있는 꿈을 꾸었습니다.

당신이 떠나버리면 무산(巫山)의 봄[158]과 같은 덧없는 하룻밤의 아내였습니다. 다음 세상에서 만날 때까지 부디 잊지 말아주세요.

이것이 그날 밤 아키코가 읊었던 시다. 한편 도미코는 자신의 슬픈 마음을,

---

157 후쿠이(福井)현.

158 중국 초나라 양왕(襄王)이 꿈 속에서 무산의 신녀(神女)와 인연을 맺었다는 고사를 인용함.

슬며시 연정을 꽃을 모두 친구에게 주고 한스러운 마음에 울면서 물망초를 겪습니다.

이렇게 노래하고 있었다.

그 다음 날, 뎃칸은 도쿄로 돌아갔지만 아키코의 마음은 이 하룻밤에 정해져버렸다. 그녀는 뎃칸에게 처자가 있다는 사실을 알고 있었지만 그런 것은 전혀 문제가 되지 않았다. 동시에 뎃칸도 새로운 사랑을 위해 가정을 버릴 수밖에 없다고 결심하고 몰래 준비를 하고 있었다.

그러나 당시의 일본은, 청일전쟁에서 승리한 국민의 자부심을 반영하여 상당히 보수적인 성향을 띠고 있었다. 그 영향으로 다카야마 초규(高山樗牛, 1871~1902)[159]가 '일본주의론(日本主義論)'을 쓰기도 하여 문단에도 보수적인 풍조가 한때 만연했다. 때문에 뎃칸의 이러한 행동에 차가운 시선을 보내는 자들도 많았다. 이윽고 『문단조마경(文壇照魔鏡)』이 익명의 저자에 의해 세상에 나왔다. 이것은 뎃칸을, 세상에 보기드문 색마로 매도하는 악의에 찬 글이었다. 젊은 뎃칸의 단가 혁신운동에 대해 탐탁하지 않게 생각하고 있던 기성 가인(歌人)과 문인 중에 그를 공격하는 불을 지필 좋은 폭탄이었다. 뎃칸에게 비난이 쏟아졌다. '문단확청론(文壇廓清論)' 같은 것이 맹렬하게 주장됐던 것도 이때였다.

21세의 아키코는 이때 아직 사카이에 있으면서 도쿄의 이 소동을 관망하고 있었다. 그러나 그녀가 목숨을 걸고 사랑하고 있는 스승에게

---

[159] 문예평론가, 사상가.

터무니없는 비난과 모욕이 집중되고 있는 것을 알게 되자, 그녀는 집에 가만히 앉아있을 수만은 없었다. 그녀는 돌팔매질을 당해도 좋다는 각오로 가족에게 알리지도 않고 그대로 도쿄로 달려갔다. 그녀는 드디어 곰팡이 낀 낡은 부모 집에서 탈출한 것이다.

그러나 그녀의 이 무모한 행동은 그 후 얼마 안 있어 용서받은 듯하다. 그것은 그 이듬해 그녀가 처음 임신했을 때에는 사카이 친정집에서 출산을 했고 그리고 바로 뎃칸이 그녀를 데리러 와 아이와 함께 도쿄로 돌아갔기 때문이다. 그런데 그 후로는 그녀가 친숙하게 사카이 친정을 오가는 기색없이 많은 문학자들이 그랬듯이 그녀도 고향을 싫어하는 사람으로 일생을 보냈다.

그러나 이러한 세상의 비난과 공격에도 불구하고 신시샤(新詩社)운동은 참신한 매력으로 당시 젊은이들의 마음을 사로잡아갔다. 뎃칸이 처자를 버리고 여제자와 결혼했다는 사실조차도 신시대의 영웅적 행동으로 일부 진보적 청년들은 찬양했다. 특히 아키코의 처녀시집『흐트러진 머리』가 세상에 나와, 그녀의 천재성이 충분히 증명되자 많은 사람들은 그들의 사랑을 비난하기보다는 오히려 미화시켜 칭송했다. 시부야(渋谷) 언덕 위에 자리잡은 그들의 조촐한 신혼집은 갑자기 부산해졌다. 히라노 반리(平野万里, 1885~1947)[160], 가야노 쇼쇼(茅野蕭々, 1883~1946)[161], 이시카와 다쿠보쿠(石川啄木, 1886~1912)[162], 다카무라 고타로

---

160 가인, 시인.

161 독일문학자.

162 가인, 시인.

(高村光太郎, 1883~1596)[163] 등의 젊은이들이 모여 시를 지으며 밤을 새는 날이 계속되었다.

이때부터 약 10년간은 그들이 가장 행복했던 시절이었다. 아키코는 차례차례로 훌륭한 가집을 내 세상을 놀라게 했다. 그리고 명성파(明星派) 시풍(詩風)이 모든 시단(詩壇)을 풍미하게 되었다. 그러나 그들의 '화려한 봄(おごりの春)'도 그렇게 언제까지 계속 이어질 수는 없었다. 이윽고 문단에 자연주의 운동이 일어나 시단에 아라라기[164] 운동이 일어나 사실중심 풍조가 높아감에 따라 그들의 존재감은 쇠퇴해갔다. 1908년 말, 『명성(明星)』이 폐간된 것은 그들의 전성기가 끝났음을 알리는 것이었다.

필자가 요사노 부부를 자주 보게 된 것은 다이쇼 초기였는데, 그즈음 아키코는 여류평론가로 문단에 활로를 개척하려 하고 있었고, 뎃칸은 언어학에 몰두하여 세상에 나오려 하지 않았다. 어느날 나는 잡지 기자로 아키코를 찾아가 원고를 의뢰했다. 기꺼이 수락하면서 작은 한숨과 함께,

"남편한테도 일감을 줬으면 좋을텐데."

라고 혼잣말처럼 말했다. 나는 그녀의 평생의 탄식을 들은 것 같은 느낌이었다.

뎃칸과 아키코는 처음에는 사제지간이었고 얼마 안 있어 부부가

---

163 시인, 조각가.

164 일본을 대표하는 단가 결사지. 1908년 이토 사치오(伊藤左千夫)를 중심으로 『阿羅　木』로 창간, 이듬해 『アララギ』로 개명. 1997년 12월 폐간.

되었지만 이윽고 문학에 있어서 생활에 있어서도 경쟁자가 되었던 것 같다. 이 경쟁에서 승리한 자가 뎃칸이었다면 문제는 없었을 텐데 너무나 분명하게 아키코였던 것이 중년 이후의 두 사람에게 눈에 보이지 않은 비극이 싹텄던 것 같다. 부부는 허물없이 문단 모임 등에 꼭 둘이서 참석했는데, 그 자리에서 남편의 체면을 세우려 노력하는 모습은 안쓰럽게 비쳐지기도 했다. 자존심이 강하고 감정적인 뎃칸은 아내에게 자신이 부양받고 있는 처지에 많은 열등감을 느꼈는데 그럴 때마다 아키코는 울려고 해도 울 수 없는 슬픔을 겪었던 것 같다.

제자가 스승을 능가하는 일은 옛날부터 흔히 있는 비극이다. 아내가 남편을 뛰어 넘는 것도 결코 드물지 않은 비극이다. 그러나 뎃칸과 아키코는 드물게도 이 두 가지 비극을 모두 안고 있었다. 요컨대 아키코는 너무 위대했다.

도쿠다 슈세이의 만년의 사랑

작가와 여제자의 사랑 이야기에 도쿠다 슈세이(1872~1943)와 야마다 유키코(山田順子, 1901~1961)를 빼놓을 수 없다. 이 두 사람의 사랑 이야기는 이치요와 아키코의 그것과는 다른 양상을 띠고 있다. 이치요, 아키코는 사랑에 의해 그 재능을 마음껏 펼친 작가인데 반하여 슈세이와 유키코는 그 사랑 때문에 스승도 상처입고 제자도 패가망신하여 두 사람 다 추문에 시달리는 결과를 낳았다.

그것에는 무엇보다 먼저 이 연애의 부자연스러움이 눈에 띈다.

이 두 사람 사이에 관계가 깊어진 것은 슈세이 나이 56세, 그의 조강지처가 세상을 떠난지 얼마 안 됐을 때였고, 유키코는 26세, 고향에서 결혼을 했으나 이혼 후 작가가 되기 위해 상경, 슈세이의 지도와 추천으로 데뷔작품을 출판하고 한참 지나서였다. 슈세이가 죽은 후, 유키코가 발표한 작품에 의하면, 1926년 이른 봄 어느 날 유키코가 가벼운 병으로 하숙방에서 누워있자 슈세이가 조용히 방으로 들어와 다짜고짜 덮쳤는데 이것이 그들 관계의 시작이었다는 것이다.

많은 예외는 있다하더라도 보통 남자 50대는 특히 그 후반은 성욕이 그리 왕성하지 않고 쇠퇴일로의 시기라 할 수 있다. 이시기의 남성은 성적 상실감에 다소 초조해 하고 육체적 쇠퇴를 보완하기 위해 뭔가 신선한 것, 정상이 아닌 것에 의해 관능을 자극하려는 경향도 강해진다. 발자크(Honore de Balzac, 1799~1850)[165]가 곧잘 썼던 이른바 '밝히는 영감'의 발생시기인 것이다.

슈세이의 늦 청춘이 이러한 연령을 배경으로 그의 일생을 가정에 묶어놓고 있던 아내가 돌연히 세상을 떠나자 뜻하지 않은 해방을 느꼈을 때의 미혹감에서 시작되었다고 할 수 있다. 마침 그때 유키코와 같은 여성이 가까이 있었던 것도 말하자면 운명이었을 것이다.

---

[165] 프랑스 소설가 근대 리얼리즘 대표작가.

야마다 유키코는 당시 문학을 하고 있던 여자 중에서는 빼어난 미모의 소유자였다. 아키타(秋田)현 혼조(本莊) 출신으로 상당한 자산가 가정에서 유복하게 성장했다. 그러한 성장과정 때문인지 어딘가 멍한 구석이 있고 착하고 응석받이 기질이 있으며 경계심이 없어 보여, 남자 입장에서 보면 쉽게 넘어올 여자처럼 보였다. 이러한 여성이 슈세이 소개로 갑자기 문단 권내에 들어온 것은 요즘 말로 하면, 조금 때 벗은 시골 여자가 우에노(上野)역 부근을 배회하는 것으로, 쉽게 늑대의 먹이가 되는 것은 뻔한 것이었다. 갑자기 그녀는 다케히사 유메지(竹久夢二 1884~1934)에 걸려들어 한 동안 그와 동거하기도 했고, 그녀의 처녀작을 출판한 출판사 사장과 관계를 갖고 첩 신세가 되기도 했다. 그밖에도 여러 남자와의 추문이 적지 않았다. 물론 슈세이는 그러한 그녀의 행동을 알고 있었지만, 아직 아내가 살아있을 때여서 그냥 묵묵히 보고만 있었다. 그런데 이윽고 아내가 죽고나서 자유를 느끼게 되자 갑자기 그녀를 독점하고 싶은 욕망에 사로잡히게 되었던 것 같다.

그 후 그녀와 슈세이와의 관계는 여제자이면서 6명의 아이를 떠안은 가정부였고 정부(情婦)이기도 했다. 또 슈세이 소설의 모델이 되기도 했다. 그러던 중, 그녀가 시집에 두고 온 두 아이를 떠맡게 되어 쌍방의 아이들 문제로 헤어지기도 하고 다시 합치기도 하고, 또 새로운 애인이 쌍방에 모두 생겨 신문 기사거리가 되기도 했다. 이러한 복잡한 관계 이야기는 당시 슈세이의 작품에도 일부 쓰여져있고, 유키코도 작품에 쓰고 있다.

단지 여기서 슈세이 문학을 감상하는데 하나의 문제가 되는 것은 이 사건에 대한 그의 인간으로서, 작가로서의 태도다.

이 사건은 당시 여러 신문이 관심을 가졌다. 그것에는 슈세이 자신이 뭔가 필요에 의해 일부러 신문사에 전화를 걸어 정보를 흘린 적도 있지만, 어쨌든 그는 자주 신문기자를 만나고 있었다. 그럴 때마다 그는 "나는 작가니까……"라는 말을 사용하며 은근히 자신의 행동을 윤리적 비판 권 밖에다 두려고 애썼다. 작가에게 그러한 특권이 있는지 없는지는 어쨌든 당시 슈세이가 자신의 행동이 창작거리를 만드는 수단이라 하며 주위에 인식시키려고 했고, 실제로 자신이 그런 마음으로 안이하게 자신을 용서하는 경향이 있었다. 이 경향은 다야마 가타이(田山花袋)도 도쿠다 슈세이도 모두다 당시 자연주의 작가들이 그랬듯이 공통적이었다. 거기에 자연주의가 그야말로 천박한 자기긍정의 문학으로 떨어져버린 이유가 있었다고 생각된다.

사실을 말하면 이 연애사건은 슈세이에게는 꽤 심각한 경험이었던 것 같다. 이 초로의 작가가 사랑 때문에 마치 어린애처럼 이성을 잃어 제정신이 아니었던 것 같다. 이러한 모습은 어느 정도는 웃고 넘길 일이었지만, 한편으로는 뭔가 엄청난 느낌을 주는 부분도 있었다. 사실 사람이 60 가까이 되어 이 정도로 분별없이 젊은 여자의 몸을 탐닉할 수 있다고는 상상하지도 못했기 때문에, 그러한 슈세이의 용감함과 정직함을 존경하면서 그러한 경험에서 훌륭한 작품이 나오기를 기대했다. 사실 청년기나 중년기의 연정과 성욕을 다룬 작품이나 희곡은 부지기수지만 노년기의 그것을 다룬 작품은 거의 없다. 때문에 슈세이가 노년기의 성욕의 어두운 실체를 파헤쳐 '밝히는 영감'의 정직하고 심각한 일본판이 탄생하는 것을 기대했다.

그런데 우리의 기대에 반하여, 차례차례 발표한 '유키코 물'은 그

야말로 얄팍한, 평범한 보고서 내지는 변명문에 지나지 않았다. 그것
은 얄궂게도 시종 자신의 행동을 정당화시키기에 급급하여 유키코의
심리는커녕 자신의 심리나 욕망조차 깊게 파고들지도 못한 졸작으로
끝나버렸다. 세상을 그렇게도 떠들썩하게 했으면서도 그 결과는 싱거
웠다.

　여기에 우리는 전에 말했듯이 "나는 작가니까……"라는 묘한 직업
의식에 의해 천박하게 자기긍정을 하거나, "작품을 위해서는 무슨 짓
을 해도 된다."와 같은 지극히 상식적인 예술지상관에 의해 엄격한 자
기비판을 피해갔던 자연주의 작가의 공통적 약점을 생생히 보는 것 같
았다. 자신의 경험만을 쓰는 작가라도, 시가 나오야(志賀直哉, 1883~1971)
라면 결코 그렇게 천박하게 자기긍정을 하지 않았을 것이고, 자기비판
을 무디게하지 않았을 것이다. 예를 들면 『야마시나의 기억(山科の記憶,
1926)』 등에 보이는 교토 찻집의 여자와의 이야기다. 이것도 작가 나오
야가 초로(44,5세)에 들어섰을 때 돌연히 덮쳐온 '치정'을 다룬 작품인데
그에게는 전혀 '작가니까'하는 식으로 자신을 특별 취급하는 부분은
없고, 또 그것으로 자기비판을 무디게 하는 부분도 없다. 설령 자신의
행위를 변명한다하더라도 그것은 작가니까'라는 것으로 변명하는 게
아니라 한 인간으로서, 남편으로서 변명하려하는 것뿐이며, 여기서 우
리는 같은 사소설 작가면서도 작가로서의 입장에 본질적 차이가 있다
는 것을 알 수 있다.

　작가와 여제자와의 화제는 이것으로 끝나는 것은 아니다. 전후(戰

後)에는 다자이 오사무(太宰治, 1909~1948)[166] 신변에도 '희생자'가 있었다.

작가와 여제자라는 관계에는 숨 막히는 연애감정이 발생하기 쉬운 감정적인 부분이 있지만, 그래서 모든 사제가 사랑에 빠지는 것은 아니고, 다수의 여제자가 '희생자'가 되는 것도 아니다. 실제로는 의외로 그 사례가 적다. 이것은 일본 문단 명예를 위해서도 짚고 넘어가야할 사항이다.

---

166 소설가. 대표작으로는 『走れメロス』『津輕』『お伽草紙』『斜陽』『人間失格』 등이 있음. 야마자키 도미에(山崎富榮)와 동반자살.

찾아보기

근대 일본의 문단연애사

초판 1쇄 발행일 2012년 7월 31일

지은이 다나카 준
옮긴이 임명수
펴낸이 박영희
편집 이은혜·김미선·정민혜·장은지·신지항
인쇄·제본 태광인쇄
펴낸곳 도서출판 어문학사
　　　서울특별시 도봉구 쌍문동 523-21 나너울 카운티 1층
　　　대표전화: 02-998-0094/편집부1: 02-998-2267, 편집부2: 02-998-2269
　　　홈페이지: www.amhbook.com
　　　트위터: @with_amhbook
　　　블로그: 네이버 http://blog.naver.com/amhbook
　　　　　　다음 http://blog.daum.net/amhbook
　　　e-mail: am@amhbook.com
　　　등록: 2004년 4월 6일 제7-276호

ISBN 978-89-6184-272-3　93830
정가 15,000원

이 도서의 국립중앙도서관 출판시도서목록(CIP)은 e—CIP홈페이지(http://www.nl.go.kr/ecip)와
국가자료공동목록시스템(http://www.nl.go.kr/kolisnet)에서 이용하실 수 있습니다.
(CIP제어번호: CIP2012003416)

※잘못 만들어진 책은 교환해 드립니다.